Knaur®

Originalausgabe 1988

Umschlaggestaltung Adolf Bachmann
Umschlagfoto Sammlung Menningen
Satz Auer, Donauwörth
Druck und Bindung Elsnerdruck, Berlin
Printed in Germany 5 4 3 2 1
ISBN 3-426-01637-0

Annemarie Schoenle:
Ringelblume sucht Löwenzahn

Ein heiterer Roman

Knaur

1. Kapitel

Ein stürmischer Apriltag. Kalt, regnerisch, mit einem Himmel, der sich selbst nicht mochte und wie zäher Erbsbrei über der Stadt hing.

Katharina Fröhlich saß mit angezogenen Beinen im Bett und starrte in einen kleinen Handspiegel. Er hatte einen Sprung und teilte ihr Gesicht in zwei traurige, blasse Hälften. »Fünfunddreißig Jahre«, sagte sie erschüttert vor sich hin. »Eine alte griesgrämige Frau. Unbemannt, ungeliebt. Erste Falten um den Mund. Gesprenkelt wie ein Perlhuhnei. Rote Haare.« Sie schob den Spiegel unter die Bettdecke und beschloß, eine lauwarme Dusche zu nehmen. Lauwarme Duschen waren so ziemlich das Ekelhafteste, das sie sich vorstellen konnte, und paßten zu einer Frau, die sich langsam, aber stetig dem Altersheim näherte.

Die Wohnung war still. Und mehr als öde. Wie reizend man sich wieder einmal meines Geburtstags erinnert, dachte Kathie und zog ein fröstelndes Bein unter ihr wärmendes Flanellhemd.

Klar, daß der verdammte Simon just in diesem Moment aus seinem Zimmer kam. »Schonzeit für Störche«, sagte er und blickte trübsinnig auf Kathies nackte Zehen.

»Ich habe heute Geburtstag.«

»Ach.« Simons Vokabular war reichhaltig wie immer.

»Danke für die guten Wünsche. Und für den liebevoll gedeckten Geburtstagstisch.«

»Meine liebe Katharina. Ich bin hier nur der Untermieter. Was ist mit Tobias?«

»Tobias ist hier nur der Bruder. Von einem Bruder kann man noch weniger erwarten als von einem Untermieter.« Kathie setzte ihr fröstelndes Bein wieder zurück auf die Erde und öffnete die Küchentür.

»O Gott«, sagte sie nur und erschauderte. Denn die Küche war Dantes Inferno. Sie war ein rotweiß kariertes Schlachtfeld, auf dem es nach Tortellini alla milanese, überbackenem Camembert und Johannisbeergrütze roch. Teller standen herum, in einer Salatschüssel welkte braungeränderter Chicorée, rosa Lippenstift pappte an einem der Weingläser, eine weiße Seidenbluse hing am Schlüssel des Besenschränkchens. Tobias neueste Jagdtrophäe.

»Saustall, mistiger!« sagte Kathie und warf die Seidenbluse über einen Stuhl.

»Man sagt nicht ›Saustall‹! Und man geifert nicht wie ein böses Marktweib.« Tobias, schlaksig und sommersprossenübersät wie seine Schwester, latschte um die Ecke des schmalen, verwinkelten Flurs und sank, von neuerlicher Müdigkeit überwältigt, auf Kater Moritz' Lieblingsstuhl. Ein paar Strähnen seines rotblonden Haares fielen ihm in die Stirn, seine Augen, sehr hell, sehr blau, blickten treuherzig zu Kathie auf. Ein höchst lächerlicher, seinen kurzen Hosen entwachsener, fünfundzwanzigjähriger Gymnasiast, dachte sie. Was die Frauen an dem nur fanden!

»Wenn du schon mit einer deiner Miezen hier speist, während ich bis spät nachts im Büro sitze, dann doch bitte mit einer fleißigen Hauskatze. Die abwäscht hinterher«, sagte sie.

»Mein Faible für Hauskatzen hält sich in sehr geziemenden Grenzen.« Tobias schüttelte den Kopf. »Kathie, Kathie. Wie willst du jemals einen Mann kriegen mit deiner spießigen Einstellung!«

»Meine Einstellung scheint immer dann spießig zu werden, wenn sie für dich mit Arbeit verbunden ist.«

»Ich kann doch nicht Julio Iglesias, Kerzenlicht und meinen ganzen Charme kredenzen, um anschließend neckisch mit dem Scheuertuch zu winken. Man nimmt keinen Weichspüler und schüttet pfundweise Kalk darauf.«
»Dann bitte wechsle die Reihenfolge. Zuerst der Abwasch, dann der Charme. Ich habe es nämlich satt, dein Liebesleben ständig auf Kosten meiner Arbeitskraft zu bereichern.« Kathie wand ihr karottenrotes Haar zu einem braven Dutt und verschwand im Bad.
»Sie hat heute Geburtstag«, hörte sie Simon sagen.
»Warum ist sie dann so schlecht gelaunt?«
»Vielleicht das Alter...« Simons Grinsen knisterte.
»Liebes Ringelblümchen. 'tschuldigung.« Tobias klopfte an die Tür. »Aber am frühen Morgen darfst du von einem Studenten der Volkswirtschaft noch keinerlei geistige Turnübungen erwarten.«
»Mich deucht, von einem Studenten der Volkswirtschaft kann man auch während des Tages nichts Besonderes erwarten.«
»Du kränkst mich tief.«
»Du mich auch«, sagte Kathie. »Und nenn mich gefälligst nicht immer Ringelblümchen. Ich ringle nicht. Ich bin eine selbständige, moderne Frau, der du vielleicht eine Tasse Kaffee machen solltest.«
Tobias zwinkerte Simon zu und begab sich mit der Zeitung auf die Toilette. Toilette war immer gut. Toilette konnte man abschließen. Toilette verbat andersgeartete Tätigkeiten.

Kollege Udo Marquart, der gelegentlich für einen Zwillingsbruder von Dieter Thomas Heck gehalten wurde und den diese Tatsache auch noch glücklich machte, saß an der Addiermaschine und hüstelte. »Der Hartmann hat bereits nach dir gefragt«, sagte er.
Kathie blickte sich um, und ihre Enttäuschung war so lang

und grau wie die endlosen Gänge der Firma Pelz & Söhne. Keine Blumen! Keine Karte! Nichts. Chefsekretärinnen schienen sich mit den Jahren ähnlich abzunutzen wie Ehefrauen. Wobei es die Ehefrauen weitaus besser hatten, dachte sie böse. Wenn Evelyn Hartmanns Geburtstag sich jährte, stand es in ihrem, Kathies, Kalender. Sie telefonierte nach Blumen, sie schickte den widerstrebenden Ehemann zum Juwelier, sie inspirierte das Lehrmädchen zum Kauf einer veilchenumrankten Geburtstagskarte.

»Kathie?«

»Kathie hier, Kathie da«, sagte sie böse.

»Bitte kommen Sie. Ich will die Akte ›Stahl KG‹ diktieren.«

Als Kathie Ralph Hartmann folgte, schmolz ihr Herz, und ihr Ärger fiel in sich zusammen wie Asche im Kamin. Sah er nicht göttlich aus? Ach ja, gewiß, das tat er. Er war groß, kräftig, hatte schwarzes, glattes Haar, einen schwarzen Kirgisenbart, schwarze Augen, gelbbraun getönte Haut. Mindestens sechzehn rassige Schönheitsköniginnen und fünfzig Dressmen mußten sich in seiner stattlichen Ahnenreihe höchst unmoralisch vergnügt haben. Ein Schiwago auf deutsch, falls es das gab.

Er wandte sich um. »Tut mir leid, daß es gestern abend so spät wurde. Aber Sie wissen ja... Dr. Bender fliegt heute nach Brasilien. Die Unterlagen mußten einfach noch fertig werden.«

»Ist schon okay.«

»Was täte ich bloß ohne Sie.« Die kirschschwarzen Augen lachten.

Gute Frage, dachte Kathie. So ein dummes Luder wie sie fand er sicherlich nicht ein zweites Mal. »Ich hoffe, heute abend kann ich pünktlich gehn...«

Ein rascher Blick. »Aber ja. Gäste?«

Kathie wurde rot. »Eine kleine Familienfeier.«

»Sie leben, glaube ich, mit Ihrem Bruder zusammen?«
»Tja. Und mit Simon, dem Untermieter.« Die Röte auf ihren Wangen vertiefte sich. Wie das schon klang. Frau Wirtin hat auch einen Mieter... »Er gehört so gut wie zur Familie«, schob sie hastig nach.
»Und Ihre Eltern?«
»Meine Mutter ist gestorben, als ich gerade sechzehn war. Und mein Vater lebt seit einigen Jahren in Kanada. Ist abgedampft mit der raffinierten Elsa.«
Ralph Hartmann lachte. »Wieso raffiniert?«
»She looks like an angel... Aber sie ist so geldgierig wie zehn nackte Schotten und anspruchsvoll wie eine Filmdiva. Vater hat wahrscheinlich alle Hände voll zu tun.«
»Kommt er oft nach Deutschland?«
»Nein. So gut wie nie.«
»Und Sie blieben in der elterlichen Wohnung?«
»Tja. Mit Bruder Tobias und Untermieter Simon und Kater Moritz.«
Kathie setzte sich an Ralph Hartmanns Schreibtisch und zückte enttäuscht den Bleistift. All diese dummen Fragen stellte er natürlich nicht das erste Mal. Führungsseminar, zweite Lektion. Wie motiviere ich meine Sekretärin. Ob in diesen Seminaren auch gelehrt wurde, was man mit verliebten Sekretärinnen tat? Seit genau sechseinhalb Jahren verliebten? Sie wußte jedenfalls, was Ralph Hartmann tat. Er übersah es. Aber er ignorierte nicht. Er kokettierte. Eine verliebte Sekretärin war nämlich nahezu unbezahlbar. Blieb bis elf Uhr nachts vor der Schreibmaschine hocken in der irrwitzigen Hoffnung, der Angebetete, der Herrliche, der Macher, dessen beruflicher Erfolg wie hundertprozentiger Sex-Appeal aus seinen gepflegten Knopflöchern sprang, möge plötzlich hinter ihr stehen, nachdenklich ihren reizenden Nacken betrachten und seine Männlichkeit entdecken. Um dann den Stecker aus

der Schreibmaschine, die Haarnadeln aus ihrem Haar und die Whiskyflasche aus der Schublade zu ziehen. Jenen Whisky, der sonst nur den Generalvertretern der Konkurrenz vorbehalten blieb. »Honey. Du raubst mir den Verstand. Und mit meiner Frau schlafe ich schon lange nicht mehr. Sie versteht mich nicht.«
»Kathie?«
»Pardon, Herr Hartmann.«

Am Nachmittag telefonierte sie mit Tobias. »Wir dachten, wir machen heute abend ein kleines Essen«, sagte er. Er hatte die Zeitung inzwischen ausgelesen, seine Stimme klang vergnügt.
»Wer ist wir?«
»Simon, Hermine, Ulla, Birgit und ich. Was hältst du davon?«
»Und jetzt wolltest du mir mitteilen, was ihr euch zu essen wünscht?« fragte Kathie sarkastisch.
»Nein, natürlich nicht. Bring nur auf den Tisch, wozu du lustig bist.«
»Also ein Glas Wasser und das Beschwerdebuch. Okay. Ich muß Schluß machen. Tschau. Und vergiß nicht, den Kater zu füttern.«
Kathie legte auf und schnitt eine Grimasse.
Simon, Hermine, Ulla und Birgit. Entzückend. Was für eine reizende Gesellschaft. Simon, der sie immer musterte, als hätte er es mit einer total Bekloppten zu tun. Hermine, seine Dauerverlobte, die sich meist dem intelligenten Gesichtsausdruck ihres Bräutigams anschloß und mit ihren siebenundzwanzig Jahren so treublond brav und zopfig wirkte wie die Damen aus Deutschlands unbewältigter Vergangenheit, und daneben Ulla, Kathies Freundin: groß, vollbusig, grünäugig, total verschlampt und amoralisch. Um die Birgits und Ma-

rions in Tobias' Leben machte Kathie sich allerdings keine Gedanken. Sie waren so auswechselbar wie die Glühlämpchen im Flur und Tobias Zuneigung zu ihnen ähnlich schnell ausgebrannt. Sie waren jung, schlank, blond und albern verliebt. Manchmal klingelten sie des Nachts, schnüffelten sich in Kathies Wohnzimmer und ließen sich trösten. Sie tranken ihren Cognac leer und schliefen in ihrem Bett. »Verdammter Tobias«, sagte Kathie so laut, daß Udo Marquart zusammenzuckte. »Verdammt« war eines der Worte, das sie besonders schätzte.

Am Abend hastete sie zum Supermarkt. Müde, abgearbeitete Sklavinnen, vielerorts auch Ehefrauen genannt, hechteten nach billigen Schnitzeln, eine aufgetakelte Blondine rammte ihr den Einkaufswagen in die Kniekehlen, und einsame Männer, die es noch nicht geschafft hatten, sich eine nach Schnitzeln hechtende Sklavin anzuschaffen, drehten ziemlich ratlos abgepackte Wurst in ihren Händen und dachten an ihre kaputte Spülmaschine. Ein pickeliger junger Mann lächelte Kathie zu. »Kennen wir uns nicht?« fragte er, sichtlich entzückt ob seines Einfallsreichtums, und streifte wie zufällig ihren Arm. Kathie lächelte giftig zurück. »Brigitte Bardot ist meine Mutter. Daher!« sagte sie und wackelte mit den Hüften.

Als sie durch den Park lief, begann es wieder zu regnen. Kleine Nebelschwaden krochen über den Rasen, ein paar Tauben flatterten auf und setzten sich auf den ehernen Kopf eines ehernen Reiters, ein Junge in Jeans und Anorak trieb Papierschiffchen über Pfützen, in denen sich der graue Himmel spiegelte.

Das Haus Königstraße 16, in dem Kathie und Tobias bereits seit ihrer Geburt lebten, wirkte wie eine alte, schläfrige Frau, die es leid war, sich zu wundern, und die nur noch viele Röcke trug und Wärme spendete. Kathie schüttelte ihren Schirm aus. Die Flaschen in den Tragtüten schepperten gegen das Treppengeländer.

In der Wohnung roch es nicht mehr nach italienischer Kneipe. Es roch nach Bohnerwachs und Pfeifenrauch, Simons Zimmertür stand einen Spalt offen, die Lampe auf seinem Schreibtisch brannte. Kathie schüttelte den Kopf. Kaum zu glauben, wie schnell die Zeit verflog. In diesem Zimmer hatte sie früher mit Tobias Schulaufgaben gemacht, hatte Vokabeln abgehört, Aufsätze verbessert und müde auf tintenverschmierte Bubenfäuste gestarrt, während sie überlegte, was Vater sich wohl zum Abendbrot wünschte und welchen Anzug sie ihm für den kommenden Tag aufplätten sollte. Vater. Sie seufzte. Damals hatte er noch in Deutschland gelebt und nichts gewußt von einer raffinierten jungen Elsa. Von Frau Fröhlich, der zweiten.
»Simon?«
»Hallo, Kathie.« Simon öffnete die Küchentür und lächelte ihr zu. Alles an ihm war kräftig und dunkel und überaus sympathisch. Die braunen Augen, der dichte Bart, das kurzgeschnittene, gelockte Haar. Er war mittelgroß, muskulös, er trug Hemden und Hosen, die weit und bequem waren, er rauchte Pfeife, hatte eine angenehm rauhe Stimme und saß am Abend meist lesend in seinem Zimmer. Er besaß eine Handvoll Freunde, mit denen er ab und zu zum Weintrinken ging oder ins Kino, er scheute laute Lustigkeit und haßte Angeber. Und zimperliche Frauenzimmer. Wenn er, wie jetzt, in der Küche arbeitete, zeigte sein Gesicht den gesammelten Ausdruck einer Hausfrau, die Eingemachtes abfüllte. Er war drei Jahre älter als Kathie und ihr und Tobias so vertraut wie ein Paar ausgelatschte Schuhe.
«Du brauchst doch nicht Tobias' Saustall aufzuräumen«, sagte Kathie.

»Laß nur. Tobias ist auf der Jagd nach Blumen. Und diese komplizierte Aufgabe raubt ihm fast den Verstand.« Simon grinste.

»Wann kommt Hermine?«

»Sie wollte gleich nach dem Amt vorbeisehen. Warum?«

Kathie lachte. »Ich bin froh, daß sie erst kommt, wenn alles aufgeräumt ist. Sie hat so eine Art, mich wortlos zu maßregeln...«

Sein Gesicht verschloß sich. Hermine war seine Braut, Steuerbeamtin, ein überaus tüchtiges, nüchternes Wesen und, wie alle Welt sagte, genau die Richtige für ihn. Denn Simon, dessen Geschäftssinn in keinerlei Verhältnis zu den täglichen Anforderungen stand, betrieb im gleichen Hause einen kleinen Buchladen; er beriet seine Kunden mit der Sorgfalt eines Schriftgelehrten und bestückte den Laden mit Büchern, die seinem Geschmack entsprachen. »Unzweifelhaft die sicherste Methode, pleite zu gehen«, sagte Hermine und pflegte meist korrigierend einzugreifen. »Du mußt Unterhaltungsliteratur in dein Programm aufnehmen. Was willst du mit deinen Nobelpreisträgern und all den modernen Amerikanern in einer Gegend, wo vorwiegend Hausfrauen und Rentner leben?« Und sie schob Simons geliebte Klassiker in die hintersten Ecken der Regale und brütete über neuen Bestellungen. Und hatte auch die glorreiche Idee mit den Schreib- und Rauchwaren.

»Ich bin kein Krämer«, hatte Simon damals geschrien. Doch Hermine hatte lediglich gemeint, er solle um Himmels willen nicht so arrogant sein, hatte die Zimmertür geschlossen und auf ihre stämmige Art erreicht, was sie für nötig hielt.

»Was gibt es denn Feines?« Simon stellte Gläser auf den Tisch.

»Risotto. Grünen Salat. Schokoladencreme. Rotwein.«

»Na, prima.« Er nahm eines der Gläser und hielt es gegen das

Licht. »Was hat dir dein Schiwago geschenkt?« fragte er, ohne Kathie anzusehen.

»Oh ... Er hat ...« Kathie wurde rot. »Er hat mich morgen abend zu einem Glas Champagner eingeladen.«

»Ach. Und seine Frau?«

»Was hat das mit seiner Frau zu tun?«

»Nun, ich nehme an, daß es nicht zum absolut Normalen gehört, mit seiner Sekretärin Champagner zu trinken.«

»Seit wann muß ich normal sein?«

Er sah sie mißbilligend an. »Kathie, Kathie«, sagte er.

»Kathie, Kathie ... Laß mich bloß in Ruh mit deinen spießigen Ansichten. Und danke deinem Schöpfer, daß bei dir und Hermine alles so schön im Lot ist. Die brave, zukünftige Familie. Die heile Welt. Wann heiratet ihr eigentlich?«

»Bald.«

»Na, dann herzlichen Glückwunsch. Wie ich euch kenne, werdet ihr flugs ein Musterkind nach dem anderen produzieren, lauter kleine Buchhändler und Beamtinnen.« Kathie schmetterte einen Topf auf den Herd.

»Und du, meine Liebe, wirst enden als böse Alte, wenn du so weitermachst«, antwortete Simon gemütlich und steckte beide Hände in die Hosentaschen. »Mach dir bloß nichts vor«, setzte er hinzu. »Du bist nicht die raffinierte Geliebte eines Ölmillionärs in Texas. Du bist Kathie Ringelblümchen und verplemperst dein Leben mit deiner hirnrissigen Liebe zu diesem Karrierehengst.«

»Was geht's dich an?«

»Nichts«, sagte er. »Gott sei Dank.«

Die ›hirnrissige Liebe‹ ärgerte sie am meisten. Und auch der ›Karrierehengst‹. Weil es der Wahrheit so entsetzlich nahekam. Denn Schiwago Hartmann war ein Karrierehengst. Einer, der sein Fähnchen stets nach dem Winde hängte. Der gut angesehen war im Hause. Der gerne intrigierte. Der immer wußte, worauf's ankam. Ts. Klar war es hirnrissig, ihn zu lieben. Doch auch wenn sie ihn liebte, wußte sie, was sie von ihm zu halten hatte. So vollständig verblödet, wie Simon dachte, war sie nicht. Aber ehrlich . . . waren es nicht immer die Schurken, die man am meisten begehrte? Logissimo, um mit Bruder Tobias zu sprechen. Wer mochte schon einen faden, netten Sachbearbeiter, der so gut und edel war, daß es einen grauste?

Als Ulla klingelte, atmete sie erleichtert auf. Ulla kam ihr gerade recht. Ulla war so herrlich unmoralisch und fand es ganz in Ordnung, daß Freundin Kathie einem verheirateten Mann nachlief. »Na und?« sagte sie stets. »In unserem Alter? Was willst du da anderes! Entweder sind sie mit vierzig noch ledig, dann ist sowieso was faul im Staate Dänemark. Dann sitzt zu Hause das greise Mütterchen, kocht des Bübchens Lieblingsspeisen, bügelt seine Hemden und verscheucht mit giftigen Blicken alles, was nach Weib aussieht. Oder aber sie sind verwitwet, und ihr Herz liegt irgendwo zwischen Friedhof und Kneipe. Du darfst zum Jahrestag der teuren Verblichenen rosa Nelken aufs Grab legen und mußt das Gulasch ständig so versalzen, wie sie es tat. Tja. Und dann haben wir noch die Geschiedenen. Mein lieber Mann! Das sind die Allerschlimmsten. Die beschlossen bereits vor ihrem Scheidungstage, sich an der weiblichen Menschheit zu rächen. Sie zwängen ihren Bauch in enge Jeans, tragen Playboyhemden und Goldamuletts, stehen in den Kneipen herum und behandeln dich wie das reinste Sexobjekt!« Ulla wußte, wovon sie sprach. Sie war seit Jahren Sexobjekt.
»Hallo, Mädchen.« Sie schüttelte eiskalten Aprilregen aus ihrer braunen Mähne und feixte. »Alles Gute. Und halt die Ohren steif. Hat Schiwago dir einen Brillanten geschenkt?«

»Nein. Hat er nicht. Er hat mir die ›Stahl KG‹ diktiert und den Geburtstag glatt vergessen.«

»Scheißkerl.«

»Richtig.«

Ulla band sich eine Schürze um und rührte im Risotto. Sie war einen Kopf größer als Kathie, vollschlank, vollbusig, hatte Augen wie Smaragde und unentwegt Liebeskummer. »Wer kommt alles heute?« fragte sie.

»Simon, Tobias, irgendeine Birgit und Hermine.«

»O Gott.« Hermine beflügelte Ulla immer nur zu diesen zwei Worten. Umgekehrt war es ähnlich. »Aha«, sagte Hermine stets, wenn von Ulla die Rede war.

»Dreh dich um und freu dich auf der Stelle«, rief Tobias durch die Küchentür und hielt Kathie schon von weitem einen Strauß Chrysanthemen entgegen. Weiß und gelb. Ein nachösterliches Sonderangebot der Friedhofsgärtnerei. Kathie schluckte. Chrysanthemen hatten sie ihrer Mutter immer an Allerheiligen aufs Grab gelegt. »Danke«, sagte sie etwas säuerlich und holte eine Vase.

Eine Stunde später saßen sie alle um den Tisch: Simon in seinem dicken Janker, Tobias mit frischgescheiteltem Haar, Ulla, Hermine musternd, Hermine, Ulla übersehend, und Birgit, ein geschlechtsloses, sehr junges Wesen mit dem Gesicht eines Kükens, dessen Mutter gerade im Suppentopf schmorte. Ihre wasserblauen Augen hingen unablässig an Tobias' risottoverschmierten Lippen. Sie trug eine formlose braune Bluse, einen gemusterten Rock, der aus dem Fundus des Residenztheaters zu stammen schien und wohl gelegentlich Mutter Courage entstellte, und bleistiftkurzes Haar. Ein weiblicher Sträfling in Sachen Mode. Und wohl auch in Sachen Liebe, so wie Kathie ihren Bruder kannte.

»Schmeckt es?« fragte sie höflich.

Birgit nickte irritiert. Essen war plebejisch, die Lust auf Essen kundzutun, unterstes Niveau.
»Bei uns im Amt wird Gleitzeit eingeführt«, sagte Hermine zufrieden.
»Was ist das?« Tobias' Löffel schwebte in der Luft.
»Falls du jemals in den Prozeß, den man Arbeitsleben nennt, einsteigen solltest, was ich allerdings sehr bezweifle«, meinte sie, »wirst du es zu schätzen wissen. Du bestimmst nämlich deine Arbeitszeit nahezu selbst.«
»Toll.« Tobias war tief beeindruckt. »Du meinst, wenn ich am Abend vorher eine Fete habe, gehe ich mittags hin und kann mich nachmittags um drei schon wieder verabschieden?«
»Nein. Gewisse Kernzeiten müssen natürlich eingehalten werden.«
»Kernzeiten wann?«
»Anwesenheit ist Pflicht zwischen acht Uhr dreißig und fünfzehn Uhr.«
»Acht Uhr dreißig?« Das Thema war für Tobias schon gestorben. Er legte einen Arm um die junge Mutter Courage und drückte sie an sich. »Ich möchte jetzt Bescherung machen«, sagte er. »Ich kann es nämlich kaum noch erwarten.«
»Klingt wie Weihnachten.« Simon stopfte Tabak in seine Pfeife.
»Wird auch wie Weihnachten.« Tobias verschob seinen Mund von einem Ohr zum anderen, und Kathie schwante nichts Gutes. Sie räumte den Tisch ab und goß sich vorsichtshalber einen Schnaps ein. »Also«, meinte sie und lächelte.
Hermine schenkte ihr ein Tischtuch.
Ulla einen erotischen Roman.
Simons Geschenk war liebevoll in japanisches Seidenpapier verpackt. »Paß auf«, sagte er. »Zerbrechlich.«
Es war eine kostbare, alte Puppe. Sie trug einen Porzellankopf mit zwei Gesichtern; wie immer man sie drehte, sie blickte

einen an. Ein Gesicht, das weinte, und eines, das lächelte. »Du kannst so jeden Tag kundtun, wie du gelaunt bist«, meinte Simon.
»Wird für uns eine große Hilfe sein. Nicht wahr, Tobias?« Er grinste.
Kathie lief aus dem Zimmer, setzte die Puppe, das lachende Gesicht nach vorne, auf Kater Moritz' alten Lederstuhl. »Kathie heute gutgelaunt«, rief sie übermütig und freute sich wie ein Kind. Sie umarmte Simon und küßte ihn auf die Nase. Er roch nach englischem Pfeifentabak und frischer Seife. An seinem Hals pochte eine Ader.
»Und jetzt«, sagte Tobias, »kommt der absolute Renner des Abends. Das Geschenk der Geschenke. Die Nummer eins auf dem Gabentisch.« Er erhob sich, nahm ein Paket in der Größe eines Schuhkartons vom Küchenschrank und warf es Kathie in den Schoß.
»Uff«, sagte er glücklich. »Ich freu mich seit Tagen auf diesen Augenblick.«
Es war tatsächlich ein Schuhkarton. Als Kathie Geschenkpapier und Deckel entfernt hatte, erstarrte sie. Circa dreißig ungeöffnete Briefe lagen darin und ein Zeitungsausschnitt:

RINGELBLUME SUCHT LÖWENZAHN

SOS! Leicht chaotische Mittdreißigerin, rothaarig, sommersprossig, anschmiegsam, anhänglich und mit chronisch gebrochenem Herzen hat es satt, auf ihrer sumpfigen Wiese allein zu stehn!

WER HILFT?

Zuschriften mit Bild an Chiffre 202A865

»Wieso sumpfig?« fragte sie.
»Klang besser als grün.«

»Und chaotisch?«
»Toller Werbeeffekt«, meinte Tobias stolz. »Wer will schon eine ausgeglichene, langweilige Tussi mit Schürze um den Leib. Und anhänglich bist du auch, mußt du zugeben. Als du damals diesen Lehrer mit dem Öko-Tick kanntest, hast du tagelang nur Joghurt verschlungen, ihm seine Sandalen geputzt, Korn geschrotet und sittsame Rupfenkleider getragen. Wenn das nicht typische Ringelblumen-Mentalität ist!«
»Du willst also sagen, du hast für mich eine Anzeige aufgegeben, Briefe sind eingegangen...«
»Es kommen sicher noch mehr.«
»... Briefe sind eingegangen von wildfremden Männern, die du in dieser dußligen Schachtel gesammelt hast, um sie mir zu schenken.«
»Klar doch. Damit du noch einen abkriegst für deine alten Tage. Ist es nicht eine göttliche Idee?« Er sah sich strahlend um.
»Sehr göttlich«, sagte Hermine. »Wieviel hat der Spaß denn gekostet?«
»Was ist schon Geld...«
»Mach die Briefe auf...« Ullas Augen glitzerten.
»Daß ich einmal so enden muß«, sagte Kathie fassungslos. »Eine Mittdreißigerin mit einem Haufen Männer im Schuhkarton, die allesamt auf meiner sumpfigen Wiese... Also, wirklich! Und dann der Text: ›Ringelblume sucht Löwenzahn‹. Das ist die unverblümte Aufforderung an sämtliche Machos in München und Umgebung, mir ihre starke Schulter zur Verfügung zu stellen. Heiliger Strohsack!« Sie wußte nicht, ob sie lachen oder weinen sollte.

Zwei Stunden später hatten Stimmung und Situation sich grundlegend geändert. Ulla machte Kathie klar, daß Ralph Hartmann ein herzloser Geselle und ihre Liebe zu ihm der pubertäre Ausrutscher einer gefühlsmäßig Abhängigen sei, Tobias setzte ihr, läppisch grinsend, Kater Moritz auf den Schoß, mit der aufbauenden Bemerkung, dieser sei wohl das einzig männliche Wesen, das ihr noch verblieb, während Hermine die Briefe zählte und ihr riet, Nutzen zu ziehen aus der Tatsache, daß dreißig Männer, ziemlich wehrlos sozusagen, auf ihrem karierten Tischtuch lagen.

Nur Simon schwieg.

»Was sagst du dazu?« fragte Kathie. »Wen soll ich nehmen? Den FKK-Anhänger, der ständig von seiner natürlichen Körperbejahung spricht? Oder den Siebzigjährigen, der noch so rüstig ist und seine Gesundheit dreimal unterstrichen hat? Oder vielleicht den netten Grafen? Du mußt zugeben, er sieht blendend aus, fast so gut wie mein Schiwago.«

»Nimm den Lyriker«, sagte Tobias. »Du weißt schon. Der schwankende Grashalm, der so gerne auf deiner sumpfigen Wiese stünde...« Er wühlte in den Briefen: »Ich spüre es, du bist es, du Schöne der Nacht, sitzend an dem kristallklaren Bach des Lebens.« Er grinste. »Das ist genau das Richtige für dich. Denn, meine liebe Katharina, du bist eine heillose Romantikerin, wie wir alle wissen...«

»Bin ich nicht«, sagte Kathie beleidigt. »Ich bin rotzfrech und sachlich wie ein Gerichtsvollzieher.«

»Der Typ mit den Maßen ist ja auch stark, findest du nicht?« Ulla kicherte.

»Vielleicht könntest du deine unanständige Begeisterung etwas zügeln«, meinte Hermine.

»Was heißt hier ›unanständig‹?«

»Deine Interessen sind uns hinlänglich bekannt.«

»Ach«, sagte Ulla.

»Genau«, antwortete Hermine, und wieder einmal war zwischen beiden alles gesagt worden, was es zu sagen gab.

Simon klopfte vorsichtig seine Pfeife aus. »Für einen Jux ein bißchen teuer, das Geschenk«, meinte er.

»Wieso Jux?«
»Willst du etwa sagen, du antwortest auf irgendeinen dieser Briefe?«
»Warum nicht?« Kathie nahm einen großen Schluck Wein. Ihr Kopf war Watte mit rotem Kraushaar darum, das Leben kein Labyrinth mehr, das sie ängstigte. »Ein Bauer«, schrie sie entzückt und hielt ein neues Foto hoch. »Ist das nicht herrlich? Guck, Ulla, das Bild. Im Hintergrund sein Hof, neben ihm ein Hund, und Kühe und Hühner...«
»Du in deiner Schußligkeit auf einem Bauernhof?« fragte Simon. »Du melkst doch versehentlich die Hühner und schlachtest den Hund. Und bei den Kühen wunderst du dich, warum sie nicht lila sind und Schokoladenwerbung machen.«
»Behandle mich bitte nicht immer wie eine komplette Idiotin!«
»Wenn du dich wie eine solche aufführst...«
Es war plötzlich sehr still im Raum. Simon sah Kathie mit zusammengekniffenen Augen an. »Normalerweise wäre es mir gänzlich egal, was du machst. Aber dein Vater ist in Kanada, und kein Mensch paßt auf dich auf...«
»Du meinst, du hegst väterliche Gefühle für mich, obwohl uns nur drei kleine Jahre trennen?«
»Drei Jahre? Daß ich nicht lache. Du führst dich auf wie ein alberner Backfisch. Bist seit Jahren in einen Mann verliebt, der für dich nicht in Frage kommt und sich nicht das geringste aus dir macht. Erwägst jetzt, wildfremden Männern zu schreiben, sich mit ihnen zu treffen... Als ob du nicht selbst wüßtest, daß Heiratsannoncen der absolute Käse sind. Wenn Tobias schon spinnt, mußt du es nicht auch noch tun.«
»Na hör mal...« Tobias zog die Schultern hoch.
»Halt den Mund!« Simons Gesicht rötete sich. »Wetten, Kathie kriegt weder einen Mann noch sonst etwas durch diese blöde Annonce?«

»Wetten, daß doch?« fragte Kathie zurück.
»Was geht's dich an?« schrie Hermine.
»Eben. Es geht ihn gar nichts an«, sagte Kathie, raffte die Briefe zusammen und warf sie zurück in den Karton.

In der Nacht erwachte sie. Ihr Herz klopfte bis zum Hals. Sie wickelte sich in eine Decke und setzte sich ans Fenster. Es hatte aufgehört zu regnen, ein blasser, hochmütiger Mond stand am Himmel. »Ich werde dem Grafen schreiben«, sagte sie zu Kater Moritz, der auf ihren Schoß sprang und ebenfalls aus dem Fenster starrte. »Wetten, der Graf gibt Simon den Rest?« Moritz begann zu schnurren. Er hatte sehr viel übrig für philosophische Gedanken im blassen Mondlicht. Und für Kathies Hand, die seinen Nacken kraulte.

2. Kapitel

Am nächsten Morgen saß Kater Moritz auf den dreißig Briefen und hoffnungsvoll lächelnden Konterfeis im Schuhkarton und sah Kathie unverwandt an. Durch die geschlossenen Vorhänge stahl sich eine penetrant freundliche Sonne, Simon sang im Bad die überaus ketzerische Ballade des Mannes, der partout nicht heiraten will, und Nachbar Grunewald schmetterte mit den Türen und tat damit kund, was er von diesem jungfräulich frischen Morgen hielt.

Kathie war geneigt, sich seiner Ansicht anzuschließen. Denn ihr Kopf schwebte nicht mehr, wie am Abend zuvor, überaus heiter und gelassen inmitten rosaroter Wattewolken. Er lag eher schwer und bleich auf einem von Hermine bestickten Kissen und schien ein Hort trübsinniger Gedanken und Schlußfolgerungen. In der Nacht hatte ihr geträumt, sie säße hoch zu Roß neben jenem charmanten Grafen, dessen Brief ihr so imponierte. Und ihr zu Füßen, die Augen stumpf und verzweifelt, kauerte Ralph Hartmann und bat um den Verwalterposten. »Wollen wir ihn nehmen?« hatte der Graf hochmütig gefragt. Und sie hatte, ein grausames Lächeln auf den blassen Lippen, geantwortet: »Nein, wozu?«
Über dieser köstlichen Aussicht war sie erwacht und mußte zu ihrem Leidwesen feststellen, daß der Traum weder Leben noch ihr Leben ein Traum war. Das Ganze war eher eine Mischung aus Gräfin Mariza und Eliza Doolittle und nicht im mindesten dazu angetan, ihre düstere Verfassung aufzuhellen.
Vorsichtig streckte sie einen Fuß aus dem Bett und gähnte.

»Guck nicht so dumm, Moritz«, sagte sie. »Und sitz gefälligst nicht auf meinen zahlreichen Männern herum. Das gehört sich nicht.« Sie nahm ihren Morgenmantel und ging auf den Flur. Simons doppelgesichtige Puppe lächelte ihr entgegen. »Hallo, du.« Kathie nahm sie auf. »Du hast heute das falsche Gesicht. Heute ist Kathie nicht glücklich. Heute hat Kathie Weltschmerz.« Sie drehte die Puppe um. Das zarte Porzellangesicht blickte nun traurig und geheimnisvoll. »Ich werde dich ›Melusine‹ nennen«, sagte Kathie. »Du hast Melusinenaugen.«

»Was, bitte, sind Melusinenaugen?« rief Hermine in genau jenem heiter glucksenden Ton aus der Küche, den Kathie am Morgen partout nicht ausstehen konnte. Außerdem ärgerte sie sich. Sie ärgerte sich immer, wenn Hermine bei Simon übernachtete und in ihrer Küche herumstand. Denn Hermine war auch als Hausfrau unschlagbar. Sie klatschte nicht Wurst und Käse auf einen Teller und schrie wie eine alternde Megäre: »Frühstück ist fertig, ihr Penner.« Nein, mitnichten. Sie trällerte ein fröhliches Liedchen, legte Eier in sprudelndes Wasser, drapierte Servietten um die Saftgläser und erinnerte mit ihrem Ach-was-für-ein-herrlicher-Morgen-Getue an jene Margarine-Werbung, in der die Hausfrau geziert lächelnd am rustikalen Eichentisch Platz nimmt und ihrer sauber geputzten Familie einen Topf Fett unter die Nase hält.

»Melusine war eine arme kleine Nixe, die sich höchst unglücklich in einen männlichen Menschen verliebte.«

»Du hast es wohl mit unglücklichen Lieben.«

»Sei nur froh, daß du so glücklich bist.«

»Das ist eine Sache der Planung und Vernunft.« Hermine begann wieder zu trällern.

»Die Liebe?« Kathie staunte mit offenem Mund. »Wann hast du denn geplant, Simon zu lieben? Im Kindergarten schon?«

»Ich habe nicht geplant, ihn zu lieben. Er hat mir einfach gefallen. Aber wenn ich bemerkt hätte, daß er nicht zu mir paßt, dann hätte ich die Finger von ihm gelassen.«

»Weiß Simon, daß er zu dir paßt?«

»Mit meiner Methode bleiben einem jedenfalls eine Menge Ärger und Enttäuschung erspart. Man rennt nicht herum wie ein kopfloses Huhn, dem jeder Gockel recht ist. Man wägt ab und überlegt. So einfach ist das.«

»Mann«, sagte Kathie andächtig. »Angenommen, Simon hätte zwar nicht zu dir gepaßt, dir aber so gefallen wie kein anderer je zuvor? Hättest du dich dann nicht gefragt, wie es wohl wäre, wenn er dich küßte oder ... na ja? Und hättest du dir nicht gesagt, jetzt, jetzt bin ich erst einmal glücklich, und später sehe ich weiter?«

»Nein. Das hätte ich ganz bestimmt nicht gesagt.«

»Hast du das gehört?« fragte Kathie das traurige Melusinengesicht, neben dem nun Kater Moritz saß und sich putzte. »Wenn du Hermine heißen würdest, wärst du schon längst mit einem braven Wassermann verheiratet und würdest jeden Sonntag deine Kinder in einer großen Muschel spazierenschwimmen. Und würdest dich nicht nach einem Erdenmann sehnen, der starke Arme hat und so viel Sex-Appeal, daß du sogar das kleine Einmaleins vergißt in seiner Gegenwart.«

»Weißt du, Kathie, was mit dir nicht stimmt?«

»Nein. Sag's mir.«

»Du gefällst dir so unsagbar gut in der Rolle der irren Chaotin, daß du wahrscheinlich Bauchkrämpfe kriegen würdest, würdest du einmal normal reagieren.«

»Ich kriege eher Bauchkrämpfe bei deinen kleinkarierten Moralpredigten.«

»Ob du's nun wahrhaben willst oder nicht: Du bist fünfunddreißig Jahre alt und hast es noch nicht weitergebracht, als mit deinem Bruder in der elterlichen Wohnung zu leben und einen Mann anzuhimmeln, der dein Vorgesetzter ist. Und obendrein noch verheiratet. Sehr originell, fürwahr! Ich finde, du solltest ihn ad acta legen, deinen Boß, und dir ein Exemplar suchen, das noch zu haben ist.«

Kathie verschluckte ein Lächeln. Sie sah Ralph Hartmann, sauber gelocht und ängstlich zappelnd, in einem Leitzordner, gekennzeichnet mit dem Buchstaben ›H‹, verschwinden.

»Weißt du, Hermine, was mit dir nicht stimmt?« fragte sie zuckersüß.

Hermine kräuselte die Lippen.

»Du bist so verdammt selbstgerecht und nüchtern, daß sogar der Gerichtsvollzieher noch ein toleranter, phantasievoller Mensch ist gegen dich. Ich frage mich bloß, wie Simon es aushält mit so einem Ausbund an Tugend und logischem Verstand.«

»Er hält es aus, keine Sorge.«

»Na ja. Was bleibt dem armen Schwein auch anderes übrig, waidgerecht zerlegt und verplant, wie es nun einmal ist.«

Kathie nahm ein für Simon liebevoll zubereitetes Wurstbrot, biß hinein und legte es zurück auf den Teller.

»Auch Simon nennt dich ein hirnverbranntes Frauenzimmer«, sagte Hermine mit schmalem Mund und bösen Augen.

»Sein Vokabular scheint seiner humanistischen Bildung beträchtlich hinterherzuhinken. Weißt du, wie ich ihn nenne?«

Hermine schwieg.

»Ich nenne ihn einen langweiligen Pantoffelhelden. Und jetzt entschuldige mich bitte. Ich muß ins Bad.«

Im Flur stieß sie auf Simon. Er gähnte.

»Tu mir einen Gefallen«, meinte sie bissig.

»Aber jeden, liebste Katharina.«

»Sag deiner bläßlichen Dauerverlobten, sie möge mich in Zukunft verschonen mit ihren moralischen Ratschlägen.«

»Müßt ihr denn immer streiten?«

»Oh, wir haben uns nicht gestritten. Wir führten lediglich unter Austausch diverser Freundlichkeiten ein tiefsinniges Gespräch über das Leben und die Liebe und die Moral. Und über Pantoffelhelden.«

»Der Pantoffelheld soll wohl ich sein?«

»Richtig. Du bist ein Pantoffelheld und ich hirnverbrannt. Also troll dich schon und geh in die Küche. Sonst kriegst du Schelte.«

Simon grinste. »Eifersüchtig?«

»Eifersüchtig? Auf was?«

»Auf die Tatsache, daß du deinen Kamillentee ständig alleine schlürfst am Morgen. Und daß kein so netter Mann, wie ich es bin, dir Gesellschaft leistet.«

»Ein netter Mann?« Kathie drehte sich suchend um. »Wo ist hier ein netter Mann? Ich sehe keinen. Ich sehe nur einen zerknitterten, griesgrämigen Morgenmuffel mit rot unterlaufenen Augen und zerzaustem Bart. Wenn das alles ist, was man hat am nächsten Morgen, na, danke!« Sie knallte die Badezimmertür zu.

Immer noch wütend stapfte sie eine Stunde später durch den Park. An den Forsythiensträuchern zeigten sich erste gelbe Spitzen, Märzenbecher und Tulpen blühten, es roch nach Frühling und Auspuffgasen, und Kathie blieb für einen Moment stehen. Mann, o Mann! Mußte sie sich das von dieser spießigen Finanzbeamtin, in deren Brust kein Herz, sondern eine Steuertabelle lag, sagen lassen? Daß sie herumlief wie eine Henne, der jeder Gockel recht war? Und daß sie sich Simons Meinung nach wie ein hirnverbranntes Frauenzimmer aufführte? Nein. Mußte sie nicht. Und warum nicht? Genau. Weil sie nämlich seit gestern einen Schuhkarton hatte. In dem dreißig Gockel lagen, ohne Henne! Im Leben sei alles Planung, hatte die Steuertabelle gemeint. Nun gut! Kathie schnaubte verächtlich durch die Nase. Dann wollte sie eben planen! Und Schiwago Hartmann auf die Sprünge helfen. Sie gedachte nämlich nicht, ihn in einem Leitzordner namens ›Erinnerung‹ ad acta zu legen und das zu werden, was Hermine ›normal‹ nannte. Normal! Wer war schon normal. Und wenn er's war, was hatte er davon?

Sie betrat einen Blumenladen. »Ich möchte, bitte, fünf langstielige rote Rosen«, sagte sie. »Wenn möglich, stark aufgeblüht.«
»Stark aufgeblüht? Warum denn das?«
»Ich hab sie gestern schon geschenkt gekriegt. Deshalb.« Kathie lächelte so geheimnisvoll wie Prinzessin Turandot anläßlich ihres weltberühmten Quiz und legte siebzehn Mark fünfzig auf den Tisch.

Das Gebäude der Firma Pelz & Söhne hockte grau und hoffnungslos am Ende der Straße und beklagte sein Schicksal. Keine städtebaulichen Rücksichten waren genommen worden, das achtstöckige Haus war einfach ein würfelförmiger Komplex, den man mit Hunderten von kleinen Sträflingsfenstern und einer gläsernen Drehtür versehen hatte und den alle Welt schlicht ›den Kasten‹ nannte.
Kathie nickte dem Pförtner zu, fuhr mit dem Lift in das fünfte Stockwerk, holte eine Vase und stellte die Rosen auf ihren Schreibtisch. Dann puderte sie sich die Nase und kämmte ihr Haar.
»Rapunzel, Rapunzel, o hör mein Flehen«, sagte Udo Marquart grinsend. »Warum heute kein Dutt, liebste Katharina?«
»Nein, heute kein braver Dutt. Heute Revolution.«
»Weswegen?«
»Dein Kaffeegeschirr. Ich habe es satt, für dich jeden Tag mitzuspülen.«

»Du meinst, ich soll mit meiner Kaffeetasse in der Hand in die Teeküche latschen...« Udo war so verblüfft, als hätte Kathie ihm einen unanständigen Antrag gemacht.
»Genau das meine ich.«
»Aber für den Hartmann spülst du?«
»Der Hartmann ist mein Boß.«
»Ich dachte, du unterstützt einfach ganz pauschal das männliche Geschlecht in seiner Ungeschicklichkeit.«
»Das männliche Geschlecht ist chronisch ungeschickt. Vor allen Dingen, wenn es um Zerbrechliches geht. Außerdem habe ich beschlossen, die Männer nicht mehr liebevoll zu bemuttern. Ich werde nämlich ein Vamp. Und ein Vamp spült nicht Geschirr. Ein Vamp läßt spülen.«
»Wer läßt hier spülen?« Ralph Hartmann betrat mit genau jenem wohlkalkuliert elastischen Elan Kathies Büro, von dem es neuerdings in der Presse hieß, er zeichne die Führungsetagen der deutschen Unternehmen aus.
Kathie wurde rot. »Ein Vamp«, wiederholte sie dann und verrückte die Rosenvase.
»Und woher kommen die wundervollen Rosen?«
»Ich habe gestern Geburtstag gefeiert mit dreißig Männern und wurde überschüttet mit Rosen und... anderem.«
»Oh, mein Gott.« Ralph Hartmann schlug sich gegen die Stirn. »Und ich habe Ihren Geburtstag glatt vergessen. Aber so ist es: Daten, an die Sie mich nicht erinnern, existieren ganz einfach nicht mehr für mich.«
»Nun gut«, meinte Kathie. »Ich werde Ihnen nächstes Jahr einen Zettel hinlegen. ›Morgen Geburtstag der reizenden Katharina Fröhlich.‹ Zufrieden?«
»Zufrieden. Und was ist nun mit diesen dreißig Männern?«
Kathie lächelte in Ralph Hartmanns kirschschwarze Augen und schwieg.
»Was meinen Sie...«, sagte er gedehnt. »Wäre es der Sühne

genug, wenn ich Sie bäte, heute gegen Büroschluß ein Glas Sekt mit mir zu trinken? Ich habe noch einen besonders edlen Tropfen in meiner Büro-Bar liegen.«

»Das wäre sozusagen eine sehr gute Sühne«, erwiderte Kathie und tat so scheinheilig normal, als würde sie unentwegt sündteuren Sekt schlürfen mit Männern, die nach Dunhill und Erfolg rochen und deren Maßanzug mehr kostete als ihr ganzer Kleiderschrank zusammen. Obwohl ihr natürlich bewußt war, daß Ralph Hartmann eine seiner »Du-gehörst-nur-mir-Aktionen« startete. Denn wenn seine Sekretärin Rosen bekam und ein Vamp werden wollte, mangelte es ihr vielleicht in Bälde an der nötigen Begeisterung, der Firma Pelz & Söhne weiterhin durch beispiellosen Einsatz zu dienen. Fehlende Begeisterung aber war auch eine Nichtachtung seiner kostbaren Person. Was tat er also? Richtig. Er ergriff Gegenmaßnahmen. Dynamisch, flexibel und kalt entschlossen. Die Presse hatte schon recht mit der deutschen Führungsetage.

»Muß ich Sie an unseren Sühnetermin erinnern?« fragte sie.

»O nein. Daran nicht«, antwortete er und legte so viel Betonung in das kleine unschuldige Wort »daran«, daß es wirklich zu allerlei Hoffnungen berechtigte. Nun gut, dachte sie. Wenn er heute nachmittag endlich Farbe bekannte und sie höchst leidenschaftlich und zügellos küßte, sollte es sein Schaden nicht sein. Dann wollte sie glatt ihr Dasein als Vamp noch einmal überdenken. Sie schob Udos Kaffeegeschirr zur Seite und begann, die Post zu öffnen.

Am Nachmittag telefonierte sie mit Ulla.

»Heute oder nie«, sagte sie. »Er hat mich zum Sekt eingeladen. In sein Büro. Was zieh' ich bloß an?«

»Wieso? Hast du noch andere Klamotten dabei?«

»Nein. War nur ein kleiner Scherz.«

»Was hast du an?«

»Weiße Bluse, grauer Rock.«
»Trostlos.«
»Eben.«
»Da bleibt dir nur, einen Knopf mehr zu öffnen und dich zu baden in Moschus und Belladonna.«
»Danke für deine sprühenden Ideen.«
»Bitte sehr«, sagte Ulla gähnend. »Und jetzt leg ich mich noch ein Stündchen aufs Ohr.« Denn das Thema Streß im Beruf war für Ulla, die nur ab und zu als Kosmetikerin jobbte und ansonsten ihren großen Lieben lebte, kein Thema, sondern eher ein philosophisches Problem, das sie so wenig tangierte wie einen FKK-Anhänger die neueste Bademode.
Kathie starrte den Telefonhörer an und seufzte. Dann kramte sie nach ihrem Parfum mit dem aufregenden Namen »Wild Love«, steckte ihren Kamm ein, lief in den Toilettenraum und besah sich in einem der großen Spiegel, die von einer Neonröhre beleuchtet wurden und die im Nu jeden vor Gesundheit strotzenden Menschen in ein gelblich bleiches Monster verwandelten.
Tja. Ihre Sommersprossen waren nicht weniger geworden über Nacht, und ihre tintenblauen Augen blickten etwas müde. Doch ansonsten war sie okay. Sie war ein interessanter Typ mit einer ausgesprochen guten Figur, ihr karottenrotes Haar krauste und lockte sich bis zu den Schultern, sie hatte ein Muttermal rechts neben ihrem Mund, der fein gezeichnet war und reizende Fältchen bildete, wenn er lächelte. Und jetzt lächelte er. »Der Worte sind genug gewechselt, nun will ich Taten sehn«, sagte Kathie zu ihrem chinesengelben Spiegelbild, öffnete, wie von Ulla empfohlen, einen weiteren Knopf ihrer weißen Bluse und spritzte so viel »Wild Love« in ihren Ausschnitt, daß sie Gänsehaut bekam.

In der Uni tröpfelten indessen die Stunden dahin. Tobias malte nackte Frauen auf ein Blatt Papier und kam sich zwischen all seinen bildungsbestrebten Kommilitonen so fremd vor wie ein Pinguin im Gänseweiher. Wieso studierte er eigentlich Volkswirtschaft? Ach ja, die langmähnige Blondine! Er begann zu grinsen. Sie hatte damals in einer verrauchten Kneipe neben ihm gesessen, ihre schwarzumrandeten Augen in die seinen versenkt und gesagt: »Ich studiere Volkswirtschaft. Und du?« »Ich auch«, hatte er, kurz entschlossen, geantwortet. Leider heiratete der blonde Engel nach dem zweiten Semester. Einen Orthopäden. Tobias schüttelte den Kopf und malte seinen nackten Frauen ein paar Einlegesohlen unter die Füße. Und Hühneraugenpflaster.
»Wir gehen eine Pizza essen. Kommst du mit?« Die Seminarstunde, die sich mit dem rasend interessanten Thema eines »Parametertestes mit zweiseitiger Nullhypothese« beschäftigt hatte, dessen messerscharfe Logik Tobias so schnurzpiepegal war wie selten etwas in seinem Leben, war zu Ende.
»Keine Zeit«, antwortete er gähnend. »Ich gehe zu Simon. Bücher abstauben. Schließlich muß der Mensch ja leben.«

Daß er bei Simon »Bücher abstaubte«, stimmte nur zur Hälfte. Er packte auch Kisten aus, vervollständigte Listen, führte Karteien und flirtete mit jeder hübschen Frau, die in den Laden kam, um sich Zigaretten oder, was seltener war, ein Buch zu kaufen.
»Es scheint ein ursächlicher Zusammenhang gegeben zwischen dem Aussehen einer Frau und ihren Bücherwünschen«, sagte er wenig später zu Simon. »Ich kann dir auf Anhieb sagen, welche Mieze beispielsweise Dostojewskij liest oder Tolstoi, welche Simmel und welche Henry Miller.«
»Ach.« Simon grinste. »Du meinst die Bleichen, Ernsten lesen Tolstoi, die Netten, Gemütlichen bevorzugen Simmel,

und die Kessen, die keinen BH tragen und dich sofort in ihre Wohnung locken, lesen Bücher, die mehr zur Sache gehn.«
»Genau.«
»Ein bißchen simpel, deine Einschätzung der Frauen.«
»Frauen sind simpel. Ich wette mit dir zehn zu eins, daß deine Hermine Fachliteratur bevorzugt und Haushaltsbücher.«
»Hermine kennt den ›Faust‹ fast auswendig und arbeitet sich jetzt gerade durch Kleist und Kant«, meinte Simon amüsiert.
»Laß dich bloß davon nicht einfangen«, entgegnete Tobias stöhnend. »Du bist ein Klassik-Fan, also ist sie es auch. Wärst du Konsalik-Liebhaber, hätte sie all die eintausendfünfhundertachtundsiebzig Titel von ihm im Kopf und würde den Faust für ein Kampfblatt der Kommunisten halten. Glaub mir, ich habe absolut recht. Frauen sind im Grunde geistiges Ödland. Lernbegierig, doch niemals kreativ.«
»Aha. Und Kathie?«
»Kathie?« Tobias lachte. »Kathie ist eine Mischung aus Courths-Mahler und dem Brockhaus. Sehr gescheit und äußerst kitschig. Und weißt du, was ich glaube?« Tobias legte einen Finger auf die Nase und zog die rotblonden Augenbrauen hoch.
»Nun?«
»Wenn der blöde Kerl, dieser Hartmann, jemals zum Angriff überginge, würde sie auf der Stelle Reißaus nehmen und nur mehr mit Keuschheitsgürtel im Büro erscheinen.«
»Und deine blöde Heiratsannonce? Glaubst du, Kathie wird dadurch realistischer?«
»Nein, sowieso nicht. Aber vielleicht ist doch irgendeiner unter diesen Heinis, der ihr gefällt. Ein paar der Briefe waren doch absolut vielversprechend. Mußt du zugeben.«
»Meine Meinung kennst du«, sagte Simon mit einer so zurückhaltenden Stimme, daß Tobias überrascht aufblickte.
»Sag mal ... Magst du Kathie eigentlich?« fragte er und blies ein bißchen Staub von einem Regal zum anderen.

»Ich? Natürlich. Als Mensch schon. Aber als Frau finde ich sie katastrophal.«

»Du magst mehr so Typen wie Hermine? Mit dem Küchentuch in der Hand und gebärfreudigem Becken...«

»Werd bloß nicht ordinär.«

»Wieso ist das ordin...«

»Schluß jetzt. Räum bitte den großen Karton hinter ins Lager. Schließlich bezahle ich dir nicht fünfzehn Mark die Stunde, damit du mir deine fragwürdigen Anschauungen über Frauen unterjubelst«, sagte Simon und wandte sich ab.

Als er am Abend nach Hause kam, saß Kathie im großen Ledersessel im Flur und telefonierte mit Ulla. Die kleine Stehlampe brannte, sie tauchte das Ende des Flurs in sanftes Licht und zeichnete Kathies Kopf als bizarren Kräuselschatten an die Wand.

»Es war der totale Reinfall«, sagte sie zu Ulla. »Er redete nur von sich. Von seinem Beruf, seiner Familie, seiner Karriere, seiner Beförderung. Ich hätte noch zehn Knöpfe meiner Bluse öffnen können – er hätte es nicht bemerkt.«

»Der typische Zeuger.«

Kathie stieß ein kleines verzweifeltes Lachen aus. »Was ist ein typischer Zeuger?«

»Einer, der sich als Student austobt und jede Woche eine andere kennt. Und der dann nach vollendetem Studium sein Leben überdenkt und den Entschluß faßt, in Kürze Karriere zu machen, zu ehelichen, Kinder zu zeugen und ansonsten seinen Bedarf an Erotik in Form von Beförderungen zu sich zu nehmen. Manche Männer törnt eben nichts mehr an als das Gefühl der Macht. Und Macht erreichst du nur, wenn du keine Kollegen, sondern Untergebene hast.«

»Und eine liebeskranke Sekretärin...«

»Eine ziemlich dumme Sekretärin, wenn du mich fragst. Solche Typen tauschen nämlich sogar jede Stripperin ein gegen ein wohlwollendes Wort ihres Vorgesetzten. Die ticken nicht wie du und ich.«

»Vielleicht sind sie nur treu?«

Ulla lachte so schallend, daß Kathie den Hörer vom Ohr nahm.

»Schätzchen! Du verwechselst Treue mit Vorsicht. Selbst wenn dein Schiwago einmal im Jahr den Drang verspürte, sich auch noch auf anderen Gebieten als seiner Karriere zu betätigen, er würde sich stets nur außerhalb der Firma umtun. Eine Affäre mit einer Sekretärin, ich bitte dich! Das hat doch keinen Stil. Und könnte außerdem gefährlich werden. Aber Spaß beiseite. Ihr habt also tatsächlich nur Sekt geschlürft und über Belangloses geredet?«

»Ja. In was für einer tollen Firma wir arbeiten, zum Beispiel. Und was für ein toller Hecht er ist. Büromäßig natürlich. Und daß er sicherlich bald Hauptabteilungsleiter wird und Prokura erhält. Und was wer wann wo zu wem wieso gesagt hat.« Kathies Gesicht rötete sich. »Du mußt dir das mal vorstellen«, rief sie erbittert. »Du sitzt da und stinkst zum Himmel nach Moschus ›Wild Love‹, hast deine Bluse fast bis zum Gürtel offen und kommst dir so verführerisch vor wie ›Irma la Douce‹. Du hörst dir mit seligem Lächeln seine Selbstbeweihräucherung an, nickst ab und zu mit dem Kopf, um darzutun, daß du geistig durchaus folgen kannst, und achtest immer darauf, daß deine Beine übereinandergeschlagen und deine Augen sündig wie die Nacht sind. Und wenn du alles überstanden hast und er nach Luft ringt, um sich mit einem kleinen Schluck Sekt die vom Reden trockene Kehle zu befeuchten, was kommt dann?«

»Na?«

»Dann berichtet er über seine Frau, die teure Evelyn. Wie tüchtig sie ist. Und daß sie mit ihrer Zugehfrau, dem Au-pair-

Mädchen und dem alten Rentner, der gelegentlich im Garten arbeitet, ganz alleine das kleine Häuschen und die zwei Kinder versorgt. Und daß sie manches Mal sogar ihre Kosmetiktermine verschieben muß, um der Familie gerecht zu werden! Weißt du, was er ist?« Kathie schluckte. »Er ist ein Sadist. Er weiß natürlich ganz genau, daß ich eine Schwäche habe für ihn. Er will mich als Assistentin behalten. Und deshalb die Seiltänzerei zwischen Flirt und Sadismus.«

»Was wäre ein Sadist ohne seine reizende Masochistin. Vergiß doch diese frigide Niete«, sagte Ulla.

»Und was mach ich nun?«

»Der Schuhkarton.«

»Der Schuhkarton«, sagte Kathie nach einer langen Pause. »Du hast recht. Es ist zwar überaus tragisch, daß einem nichts anderes mehr bleibt als ein Schuhkarton mit dreißig Briefen. Aber was soll's. Ich werde heute abend diesem Grafen schreiben und dem Typen, der so gerne auf meiner sumpfigen Wiese stünde.«

»Ganz richtig. Und deinen Schiwago legst du ad acta.«

»Du redest schon wie Hermine«, klagte Kathie. »Wenn es einmal so weit kommt, daß ihr beide euch verschwestert, gehe ich ins Kloster.«

Simon saß unterdessen in seinem Zimmer und hatte vom vielen Lauschen bereits Ohrensausen. Außerdem ärgerte er sich. Er wußte zwar nicht so recht, worüber er sich ärgerte. Hatte er doch einen ruhigen, beschaulichen Abend vor sich, auf seinem Teller lagen zwei prächtige Hühnerbeine, im Schrank stand ein edler Cognac, und die Tageskasse war auch nicht schlecht gewesen. Das einzige, das ihn störte, war Kathies albernes Gequatsche. Nicht, daß es ihn etwas anginge! Oder im eigentlichen Sinne wirklich interessierte! Beileibe nicht. Aber ein auf eine Annonce schreibender Graf, zum

Beispiel, arbeitete sicherlich als Staubsaugervertreter und war Bigamist. Und gegen Bigamisten hatte Simon etwas. Zornig biß er in das erste Hühnerbein und goß sich einen Cognac ein. Dieses hirnrissige Frauenzimmer! Tappte doch tatsächlich von einem Schlamassel in das andere! Als würde sie »Blinde Kuh« spielen mit dem Leben und gar nicht wissen, daß man eine Augenbinde auch abnehmen konnte.

Beim zweiten Hühnerbein und dritten Cognac erhellte sich sein Gesicht. »Genau«, sagte er. »Genau das müßte man tun. Sie mit der eigenen Dummheit schlagen!« Er sprang auf und begann, fieberhaft nach einem alten Adressenbüchlein zu suchen. Es lag zwischen seinen Socken und sah ziemlich ramponiert aus. Simon zupfte etwas ratlos an seinem Bart, blätterte vor und um, wiegte den Kopf hin und her und tippte dann mit fettigen Fingern auf einen Namen. »Die Liebesmaschine«, murmelte er begeistert. »Na klar. Der bestaussehendste Mann Schwabings. Und das größte Luder, das herumläuft! Jawoll-ja!«

Er warf das abgeknabberte Hühnerbein in seinen Papierkorb und öffnete die Tür zum Flur. Kathie saß, ein Bündel Briefe im Schoß, auf dem Fußboden und betrachtete ein Foto.

»Tschau«, sagte Simon mürrisch und nahm seine dicke Jacke. Kathie hob die Augenbrauen. »Unter der Woche? Wie unsolide.« Sie legte das Foto beiseite und reckte sich. »Wie redet man eigentlich einen Grafen an?« fragte sie.

Im Lokal »Zum Dämmerschoppen« brodelte die Luft. Dicke Rauchschwaden standen im Raum, Bestecke klapperten, am Stammtisch verbesserten hemdsärmelige Männer die Welt, hinter der Theke lehnte der dicke Wirt und hatte alles im Leben schon einmal gesehen.

Simon sah Eberhard Bleibtreu, genannt die »Schwabinger Liebesmaschine«, sofort. Er saß, lässig zurückgelehnt, an einem kleinen Tisch, drehte ein Weinglas in seinen Händen und beäugte sein Revier. Er war ein Mann Ende Dreißig, ein klein wenig dekadent, im schmalen, braungebrannten Gesicht den müden Charme des ewigen Junggesellen, er hatte grüne Augen und blondes Haar, er war schlank, elegant. Er war genau der Richtige.

»Hallo.« Simon tippte ihn an. »Du hast die Kneipe also immer noch nicht gewechselt.«

»Simon? Ich werd verrückt. Wo kommst du denn her?« Eberhard sprang auf. »Ich hatte schon geglaubt, du seist Kaninchenzüchter in Australien geworden, so lange haben wir uns nicht mehr gesehn.« Er wandte sich strahlend an die Bedienung. »Kommt einfach hier rein und sagt ›Hallo‹«, grinste er. »Bist du immer noch auf Jagd nach der schönen Weiblichkeit?«

»Na klar. Auch meine Liebeshöhle in Schwabing hab ich noch. Und meine Freiheit.« Er zwinkerte Simon zu und drückte sein blondes Haar sorgfältig an die Schläfen.

»Ich brauche deine Hilfe«, sagte Simon verlegen. »Wird dir ziemlich blöd vorkommen, das Ganze. Wie eine Verwicklungskomödie à la Hollywood.«

»Die du nüchterner Mensch startest? Kaum zu glauben.«

Simon verkroch sich mit heißen Ohren hinter aschgrauer Sachlichkeit. »Ich möchte, daß du einer Dame, die eine Heiratsannonce in der Zeitung hatte, nette, romantische Briefe schreibst«, sagte er. »Die Briefe liefere ich. Und du leihst mir deine Adresse, dein Bild und dein Leben.«

»Wozu soll das gut sein?«

»Ich möchte diesem hirnrissigen Frauenzimmer vor Augen führen, wie blöd es ist, sich auf Annoncen einzulassen.«

»Und wenn sie mich sehen will? Ist sie wenigstens hübsch?«

»Du sollst sie gar nicht sehen. Ich will nur brieflichen Kontakt. Ich werde so sehr Süßholz raspeln, daß ihr Hören und

Sehen vergeht. Und am Ende gibt es die Demaskierung. Als Abschreckung sozusagen.« Er lachte unsicher.
»Bist du verknallt in dieses Frauenzimmer? Ich dachte immer, du heiratest die eiserne Hermine?«
»Wieso eisern?«
»Ich habe sie mir früher immer mit eisernem Brustpanzer vorgestellt.« Eberhard lächelte Simon entwaffnend an.
»Hermine ist die vernünftigste Person, die ich kenne. Und das will etwas bedeuten bei einer Frau.«
»Aha. Und die andere hältst du dir zur Freude? Ist auch nicht schlecht.«
»Ich halte mir niemanden zur Freude. Ich will nur helfen.«
»Ogottogott. Wenn einer sagt, er will einer Frau helfen, ist ihr nicht mehr zu helfen. Aber bitte. Du weißt, ich bin für jeden Scherz zu haben. Wenn du also meinst ...«
»Klar meine ich«, sagte Simon böse und biß auf seinem Wein herum.

Als er einige Stunden später nach langem Suchen endlich das häusliche Schlüsselloch fand und den dunklen Flur betrat, stand Kathie in ihrem braven Flanellnachthemd vor ihrer Zimmertür und hielt einen Brief in der Hand.
»Spuck drauf«, sagte sie.
»Wozu?«
»Damit es Glück bringt, du Penner. Ist ein Brief an den Grafen.«
»Spuck doch selber drauf.«
»Oh. Wir sind wohl etwas mürrisch heute.«
»Ich? Aber nein. Ich hatte bloß eine sehr wichtige Unterredung, das ist alles.«
»Wie wichtig?«
»Sehr wichtig.«
»Und warum grinst du so hinterhältig?«

»Ich grinse nicht.«
»Doch grinst du. Und außerdem hast du eine Fahne, größer als die vor dem Maximilianeum. Pfui, schäm dich! Wenn Hermine das wüßte, würdest du wieder sechs Tage Stubenarrest bekommen.«
»Laß Hermine aus dem Spiel«, sagte Simon.
»Spielt hier einer? Ich wüßte nicht«, antwortete Kathie kichernd. »Es sei denn, du spielst neuerdings.« Sie nahm Kater Moritz auf den Arm und verschwand in ihrem Zimmer. Und immer noch roch sie nach ›Wild Love‹, und immer noch war sie ein hirnrissiges Frauenzimmer.

3. Kapitel

Zartrosa Maiendämmerung. Ein Hauch Frühling hing über dem kleinen See, Kinder trotteten schläfrig an der Hand ihrer Eltern nach Hause, eine Entenfamilie plusterte sich zufrieden auf und zupfte an sonnenwarmem Klee.

»Zwick mich«, zischte Kathie. Sie saß, einen Strauß Margeriten im Arm, neben Ulla auf einer Bank im Englischen Garten und schleckte Zitroneneis.

»Wieso? Was hast du?«

»Da!« Kathie hob anklagend einen eisgekühlten Zeigefinger.

»Na und?«

»Da vorne wandelt Schiwago Hartmann nebst Eheweib. Und siehst du, was ich sehe?«

»Ich sehe, was du siehst«, sagte Ulla nach einer kleinen Pause empört. »Das Eheweib ist schwanger. Und rundherum so prall und proper, daß es eine Freude ist.«

»Vierlinge, wenn du mich fragst.«

»Mindestens.«

Kathie zerbiß zornig die klebrig-süße Waffeltüte. »Wie kann er mir das antun...«, stöhnte sie und hatte einen kalten Zitronenstein im Magen.

Eine Stunde später saßen sie in Kathies rotkarierter Küche und tranken Grappa. Kathie zog die Schultern hoch. Auf ihren nackten Armen lagen gelb erschrockene Sommersprossen, ihr Gesicht war blaß. »Das Leben ist eine einzige Wüste«, klagte sie. »Und ich eine dußlige Oase, die keiner bemerkt. Kannst du dir etwas Trostloseres vorstellen als eine saftig grüne Oase, an der alle Kamele vorüberziehen?«

»Du dummes Luder. Was hast du erwartet? Daß er seiner Frau nur einmal im Monat die Hand küßt?«
»Ulla. Ich schwöre dir. Es geht die Rede im Haus, daß es kriselt bei den beiden. Außerdem war er sehr melancholisch in letzter Zeit. Ganz so, als hätte er ein bißchen mehr für mich übrig als sonst.«
»Dieses herzlose Biest und melancholisch? Das glaubst du doch selbst nicht. Dieser Typ Mann wird erst melancholisch in den Wechseljahren. Da denkt er geschlagene drei Stunden über den Sinn des Lebens nach und kommt zu der klugen Erkenntnis, daß er gar nicht alt ist. Seine Frau ist es.« Ulla lachte böse.
»Ach, Ulla. Warum habe ich nicht meinen unverwüstlichen Optimismus, gepaart mit deiner Lebenserfahrung und deiner Oberweite. Ich würde glatt die Welt aus den Angeln heben.«
»Meine Lebenserfahrung basiert auf meiner Oberweite. Das ist das Problem.«
»Vielleicht wollte er das Kind gar nicht haben?« Kathie schenkte sich noch einen Grappa ein.
»Kathie! Was bist du eigentlich? Ein Klosterzögling? Wer in der heutigen Zeit schwanger ist, ist es mit Bedacht.«
»Und wenn sie ihn ausgetrickst hat?«
»Dann fehlte der Liebesnacht der Fortpflanzungstrieb. Wäre dir das lieber?«
»Merde«, sagte Kathie.
»Salute«, entgegnete Ulla.
Die Eingangstür schnappte zu. Eine hohe Stimme, die kicherte.
»Hi, Schwesterherz. Können wir reinkommen? Wir haben gräßlichen Hunger.« Tobias zog ein kulleräugiges Wesen, das eine seidene Jasminblüte hinterm Ohr und sanften braunen Schimmer auf den Pfirsichwangen trug, in die Küche. Eine liebliche Ophelia in den Gärten des Prinzen. Ihr Anblick

schmerzte Kathie fast so wie Evelyn Hartmanns katastrophale Rundungen. »Das Abendessen fällt aus heute«, sagte sie matt.
»Was ist los? Bist du krank?«
»Schiwagos Frau ist schwanger«, erklärte Ulla, die inzwischen einen Rest Spaghetti aufgewärmt hatte und Kathie damit fütterte.
»Das haben Ehefrauen so an sich. Was ist daran so seltsam?«
»Es kommt Kathie sehr ungelegen. Sie dachte nämlich, er machte sich neuerdings etwas aus ihr.«
»Das kann er doch trotzdem. Gerade wenn Ehefrauen schwanger sind, werden die Männer munter. Wo liegt also das Problem?«
»Ach, laßt mich doch in Frieden«, schrie Kathie. »Ich will nicht, daß mein Innenleben vor wildfremden Menschen ausgebreitet wird.«
»Oh.« Tobias zog die braunen Pfirsichwangen an sich. »Vor Marina brauchst du dich nicht zu genieren«, sagte er. »Sie versteht kein Wort deutsch. Sie kommt aus Florenz und will sich meine italienische Ansichtskartensammlung ansehen. Heimweh, wißt ihr.« Er zwinkerte Ulla zu.
»Tobias?« Kathie erhob ihre Stimme nur um ein weniges und wischte sich Tomatensoße von der Hand. »Morgen abend kommt der Graf. Du weißt schon. Der von der Annonce. Wir gehen aus. Sollte ich gerade noch im Bad stehen, dann unterhalte ihn. Aber erzähle ihm bitte nicht gleich, daß du mich unbedingt verheiraten willst. Deine Geschlechtsgenossen haben so etwas nicht gerne, habe ich mir erklären lassen.«
»Derer von Mäusezahn kommen?« feixte Tobias.
»Spinner! Er heißt Marius von Möller, wohnt im Chiemgau, hat dort so eine Art Gut und fährt morgen abend extra nach München, um die Ringelblume zu besichtigen. Hoffentlich gefalle ich ihm auch«, setzte sie spöttisch hinzu. »Nicht auszudenken, wenn er mir in den Mund sieht und mein Gebiß zu alt ist. Oder meine Schenkel zu breit.«

»Also, Kathie...«
»Na, ist doch wahr. Eine Pferdeauktion ist nichts dagegen.«
»Wenn du eine Annonce vom Supermarkt liest, gehst du auch erst gucken, ob das Fleisch in Ordnung ist.«
»Ach! Du betrachtest mich als eine Art Sonderangebot? Diese Woche preiswert und frisch: Katharina Fröhlich, zu haben im ganzen Stück, gut erhalten und genießbar.«
»Na! Ob du genießbar bist, bleibt noch abzuwarten. Die letzte Zeit jedenfalls warst du's nicht.« Tobias lächelte den Pfirsichwangen zu. »Bella ragazza«, sagte er. »Meine Schwester ist krank. Wollen wir gehen?«

Auch wenn er sich immer mit grenzenloser Rauhbeinigkeit umgab, wenn es um Kathie ging, so liebte Tobias seine Schwester doch heiß und innig. Sie hatte ihm, noch Zöpfe und Zahnspange tragend, die Mutter ersetzt, hatte sich seinetwegen mit den Nachbarjungen geprügelt, hatte ihn vor mißbilligenden Lehrern in Schutz genommen und ihn nicht ausgelacht, als er sich zum erstenmal verliebte. Sein erstes Moped kam von ihr, seine ausgefransten und mit dekorativen Flicken versehenen Jeans, sie hatte Vater seinen Führerschein abgeluchst und seine Hand gehalten, als er, vor dem Abitur stehend und vor Angst schlotternd, den Satz des Pythagoras plötzlich für ein Zitat von Goethe hielt. Und deshalb wollte er sie glücklich sehen, seine Kathie. Obwohl es fast schon zu spät war, wie er fand. Denn wenn eine Frau in ihrem Alter noch unbemannt durchs Leben schritt, war Katastrophenalarm angesagt.
»Ich kann heute nicht kommen«, meinte er, als er am Montagmittag mit Simon in der Küche saß und ein Käsebrot verschlang.
»Hast du Vorlesung?«
»Nein. Keine Vorlesung. Hausfrauenpflichten. Ich muß die

Wohnung ein bißchen auf Hochglanz bringen und eine gute Flasche Sekt besorgen. Und Fichtennadeln herumsprühen. Hier riecht's nämlich schon wieder nach italienischer Kneipe.«

»Wozu der Aufwand?«

»Derer von Mäusezahn kommen heute.«

»Wer kommt?«

»Derer von Mäusezahn. Ein Graf. Er nennt sich Marius von Möller und ist Gutsbesitzer.« Tobias stockte und blies eine rotblonde Strähne aus seiner Stirn. »Gibt es das heute überhaupt noch? Gutsbesitzer? Also, ich weiß nicht ... Das klingt so nach Operette und Graf von Luxemburg ...«

»Du meinst, der erste Kandidat tanzt an.«

»Genau. Der erste Kandidat.«

»Sind eigentlich später auch noch andere Briefe eingegangen?« fragte Simon verdächtig desinteressiert.

»Ja, ein paar. Und einer scheint etwas Besonderes zu sein. Den trägt sie mit sich herum wie eine Jungfrau ihr Aufklärungsbuch.«

»Wozu dann dieser Graf?«

»Ein großes Angebot erhöht die Chancen«, antwortete Tobias sehr volkswirtschaftlich. Sein Studium war zumindest familiär anwendbar, wie er fand.

»Na. Dann laß dich nicht abhalten von deinen hausfraulichen Tätigkeiten. Vielleicht überziehst du auch gleich noch Kathies Bett mit weißem bräutlichem Linnen!«

»Wie bitte?« Tobias war verblüfft. Simon gebärdete sich normalerweise direkt penetrant penibel, wenn es um Intimsphäre ging. Und nun das!

»Entschuldige.« Simon zupfte verlegen an seinem dichten Bart. »Ich bin heute wohl mit dem linken Fuß aufgestanden«, meinte er, aber die Worte schlüpften so widerwillig aus seinem Mund, als hätten sie keine Lust, irgend etwas zu erklären.

»Haste Knatsch mit deinem Goethe-Fan?«
»Welchem Goethe-Fan?«
»Na, mit deiner tüchtigen Hermine. Du hast doch erzählt, sie kenne den Faust fast auswendig und hätte auch kein gebärfreudiges Becken.«
»Ich hab dir schon mal gesagt, du sollst nicht so ordinär sein«, fauchte Simon.
»Aber wenn du vom Brautbett meiner züchtigen Schwester redest, ist das die Feine-Pinkel-Art!« Auch Tobias wurde wütend.
»Geh deine Fichtennadeln verstreuen und laß mich in Frieden.« Simon stopfte sich ein Stück Tilsiter in den Mund und starrte aus dem Fenster.
»Laut statistischen Erhebungen herrscht Männerüberschuß in der Bundesrepublik«, las Tobias mit einem listigen Seitenblick aus der Zeitung vor. »Ist ja toll«, sagte er dann, Simons Zorn dezent ignorierend. »Dann sieht's ja vielleicht gar nicht so schlecht aus für Kathie Ringelblümchen. Was meinst du?«
»Ich meine, daß ihr mich alle anödet mit eurem blöden Getue!« Simon warf ein angebissenes Brot zurück auf den Teller und stapfte aus der Küche.

Nach Büroschluß hetzte Kathie sofort nach Hause. Im Park sangen die Amseln, die Luft roch warm und würzig nach Erde, der Abend war eine sanfte kleine Melodie, süß und schmerzlich und sehr still. Kathie blieb stehen und atmete tief durch. Sie sah Ralph Hartmanns gelbbraunes Gesicht mit dem rassigen Kirgisenbart vor sich, seine kräftigen Hände und seinen schmelzenden Blick. Sie sah seine Frau, die teure Evelyn, mit einem rosigen Baby auf dem Arm am Gartenzaun stehen. Und sie sah sich selbst mit Stehkragen und Ärmelschoner, vergilbte Blätter abheftend, Brille tragend, mit verkniffenem Mund und häßlichen Falten. »Schluß mit diesem verdammten

Mist«, sagte sie plötzlich laut und deutlich. Ralph Hartmanns Gesicht verschwand. Sie hängte sich ihre Jacke über die Schultern und ging weiter.

Gegen acht Uhr riß sie ein Kleid nach dem anderen vom Bügel und verjagte Kater Moritz aus ihrer alten Pelzmütze. Was, um Himmels willen, trug eine Dame von Welt, wenn sie einen Grafen erwartete, mit dem sie ein Glas Sekt zu trinken geneigt war und der sie hinterher sicherlich zu einem großen Dinner führte? Das kleine Schwarze? Lächerlich. Das blieb Chopin und Beethoven vorbehalten und hatte sowieso bereits bessere Tage gesehen. Aber nur Rock und Pulli? Oder den weißen Overall mit dem orangefarbenen Seidenschal? Und lange Ohrgehänge. Und dann mit Bürste und Fön in ihr gekraustes Haar, damit es wie eine karottenrote Wolke vom Kopf stand. Ja, genau. Eine mondäne, weißgekleidete, geheimnisumwitterte Fremde. Mit tintenblauen Augen und einem betörend roten Mund.

Es klopfte. Tobias schlich leise wie ein Bühnenschurke in ihr Zimmer. »Derer von Mäusezahn seien da«, flüsterte er mit Verschwörerblick.

»Was, schon? Ich habe ihn gar nicht klingeln gehört.«

»Er hat nicht geklingelt. Ich war vor ihm an der Tür.«

»Aber Handschellen hast du ihm nicht angelegt, damit er nicht ausbüxt«, meinte Kathie.

Tobias grinste. »Siehst richtig rassig aus, Schwesterherz«, sagte er dann. »Ich wußte gar nicht, daß noch so viel Feuer in dir steckt.«

»Was weiß ein kleiner Bruder schon ... Wie sieht er eigentlich aus, der Gute?«

»Wie so ein Graf halt aussieht. Distinguiert. Um die dreißig. Braune Haare. Sehr gewinnendes Lächeln. Tolle Manieren. Er sitzt im Wohnzimmer und schlürft unser billiges Brausewasser, als wäre es ein ›Dom Perignon‹. Echt Lebensart, der Mann.«

»Okay«, sagte Kathie und straffte die Schultern. »Dann auf in den Kampf, mein liebes Ringelblümchen.«

»Und . . . Kathie?«

»Ja?«

»Ringle nicht gleich wieder.«

»Wie kommst du darauf?«

»Ich kenne dich«, sagte Tobias so sorgenschwer wie ein Vater, dessen Tochter an den Mann gebracht werden mußte und der deshalb ihre krummen Beine unter einem neuen Abendkleid versteckte.

»Meine liebe Frau Fröhlich!« Der Graf zog Kathies Hand galant an seine breite, männliche Brust. »Ich weiß, es ist ein etwas sonderbarer Augenblick, dieser Augenblick . . .« Er sah sie mit spitzbübischem Lächeln an. »Aber das Leben geht eben seltsame Wege, nicht?« Er bedachte auch Tobias, der unschlüssig unter der Tür stand, mit einem charmanten Lächeln. Er ist nett, und er sieht blendend aus, dachte Kathie in einem Atemzug. Und im nächsten: Wieso schreibt der auf eine Bekanntschaftsannonce?

»Darf ich Ihnen Sekt einschenken?«

»Danke.« Kathie setzte sich. Sie schob ihre Beine, die plötzlich zwei Meter lang waren, unter den kleinen Couchtisch und wünschte, Tobias möge nicht wie eine lauernde Kupplerin an der Tür stehen.

»Na, komm schon«, sagte sie nervös. »Schließ die Tür und trink ein Glas mit uns. Sie müssen wissen, mein Bruder lebt mit mir in der Wohnung und paßt auf mich auf . . .« Sie lächelte fremd. Dann lehnte sie sich zurück und spielte »Emanzipierte Frau erhält Besuch«. Immer, wenn sie sich unsicher fühlte, spielte sie solche Spiele.

Tobias kam eifrig zum Tisch. »Sieht sie nicht prächtig aus?« fragte er zufrieden.
Der Graf zog eine Augenbraue hoch. Kathie wurde rot. »Hör auf, dich wie ein Marktweib zu benehmen.«
»Aber ich bitte Sie.« Auch der Graf lehnte sich zurück. »Ihr Bruder hat recht. Ich frage mich ...« Er stockte. Sehr gekonnt und im genau richtigen Augenblick. »Nun, ich frage mich ... aber seien Sie mir, um Himmels willen, nicht böse ...«
»Ja?« Kathie wußte, was kam. Ein saublödes Spiel, dieses Spiel.
»Die Männer müssen sich doch scharenweise vor Ihrer Tür sammeln. Wozu die Annonce?«
Kathie setzte ihr süßestes Lächeln auf. Aus den Augenwinkeln bemerkte sie Tobias, der, gespannt wie eine Feder, auf seinem Stuhl saß und mit geradezu atemloser Spannung an ihren Lippen hing. »Die Annonce ist ein Geburtstagsgeschenk meines hoffnungsvollen Bruders. Weil er nämlich dachte, das ältliche Fräulein Schwester benötigte etwas Glanz in seinem tristen Leben.« Sie nahm einen großen Schluck Sekt und wünschte sich Ulla herbei. Ulla hätte jetzt gesagt: »Wissen Sie was, mein Lieber, ich habe einen Mordshunger. Gehen wir doch in der Leopoldstraße bummeln, schauen beim Chinesen rein und lassen's uns gutgehen.« Oder so ähnlich. Und der Graf hätte in sprachlosem Entzücken ihre schwellenden Formen betrachtet und flugs seinen Cadillac geholt.
»Und warum, um Himmels willen, antworten Sie auf eine Annonce? Sie wirken nicht gerade wie ein kleiner schüchterner Buchhalter, der Frau Susanne in der Zeitung um Rat fragt, wie er's anstellen soll.«
Tobias machte Kathie Augen. Besorgt entsetzte Vateraugen. Wie soll ich dich so an den Grafen bringen, fragten die Augen.
Der Graf schwieg und senkte bescheiden den Kopf. »Es war die Anzeige selbst«, sagte er dann. »Ringelblume sucht Löwenzahn. Sie war so ... charmant. Witzig. Einfallsreich.«

»Tja. Sie stammt, wie Sie inzwischen wissen, von Tobias. Er ist aber schon vergeben. Momentan wenigstens.« Kathie lachte etwas unfroh. »Er ist vergeben an eine kleine Italienerin, die aussieht wie Ophelia und sich leidenschaftlich gerne Fotoalben beguckt.«
»Pardon?«
Sie seufzte. »Ich finde, wir sollten unseren Sekt austrinken und essen gehen«, sagte sie und dachte wieder an Ulla. »Was halten Sie davon?«
Der Graf sprang auf. »Eine gute Idee«, erwiderte er. Aber seine Begeisterung hielt sich sehr in Grenzen.

Er fuhr auch keinen Cadillac. Er fuhr Straßenbahn. Und litt auch nicht an großem Hunger. »Aber vielleicht einen kleinen Salat?« sagte er und bat den Ober um die Imbißkarte.
»Sind Sie Vegetarier?«
»Gott bewahre.« Der Graf lächelte. Dann kaute er auf seiner Unterlippe und sah sie nachdenklich an. Und wurde, von einem Moment zum anderen, sehr normal und äußerst nett. »Ich glaube, ich lasse die ganze Schau mal. Ich finde Sie ausgesprochen reizend, Kathie, echt. Ich bin aufgrund meiner etwas verzwickten Vermögenslage nämlich auch Menschenkenner... Tja. Und deshalb schenke ich Ihnen lieber reinen Wein ein. Ich lebe auf einem kleinen Gut, das eher ein Bauernhof ist. Der Hof gehört meinem Bruder und mir zu gleichen Teilen. Ich arbeite nebenbei noch bei einem Immobilienhändler. Und ich suche eine reiche Frau.«
»Also sind Sie ein Heiratsschwindler?« Die Aussicht, einen Heiratsschwindler kennenzulernen, nahm Kathie den Atem. Einem Heiratsschwindler war sie noch nie begegnet. Ein Heiratsschwindler wäre eine echte Bereicherung ihres kargen Lebens gewesen.
Marius von Möller lachte. Er lachte laut und herzlich und wie

befreit. »Nein. Ich bin kein Heiratsschwindler. Ich bin ein... ein Mitgiftjäger. So sagt man doch, nicht wahr?«
»Aber warum haben Sie sich mich ausgesucht? Ich habe doch nicht annonciert, daß ich eine Million zu verschenken hätte.«
»Es war die Anzeige«, sagte er reuig. »Sie war so groß. Und so originell. Ich habe Erfahrung. Die Größe der Anzeige spielt eine wesentliche Rolle und auch der Tenor. Und ich dachte, eine wohlhabende Frau mit Witz und Charme...« Nun war er es, der die Farbe wechselte.
»Und sind dabei an eine kleine Büroangestellte geraten, die in einer Etagenwohnung lebt und beim Einkaufen die Billigangebote studiert.«
»Tja. Und Sie an einen verarmten Grafen, der mit dem Gut im Chiemgau große Pläne hat und eine reiche Frau sucht.« Er legte seine Hand auf die ihre, und es war nicht gerade so, daß sie nichts empfand. Dafür, daß sie eigentlich Ralph Hartmann liebte, empfand sie sogar beängstigend viel. Einen kleinen, ziehenden Schmerz, ähnlich wie vorhin im Park, als die Amseln sangen, und ein Gefühl, das am Nabel begann und nach oben wanderte und zur Seite und bis zu den Zehenspitzen. Sie sah in seine Augen. Sie waren grün, mit einer Nuance Blau. Sein rundes, glattes Gesicht, die breiten Backenknochen, die kleine Kerbe im Kinn sprachen von Kraft und Eigenwillen, die Fältchen um die Augen von Humor. Er war jünger als sie. Und er war ein Prachtexemplar. Warum bloß mangelt es mir immer an einem Schuß Frivolität, dachte Kathie. Warum beschließe ich nicht, einmal im Leben leichtsinnig zu sein und erst hinterher über alles nachzudenken? Zum drittenmal an diesem Abend fiel ihr Ulla ein. Ulla hätte jetzt genüßlich und ohne irgendwelche Rücksichten auf die etwas prekäre Finanzsituation des schönen Marius ein riesengroßes Steak verschlungen und dann diese einmalige Ausgabe von Mann über ihre Schultern geworfen und auf ihr Zimmer verschleppt.

»Nein, nein«, sagte er in diesem Moment und faßte noch ein wenig fester zu. »Das sind ganz und gar unsolide Gedanken, die da in Ihrem Kopf herumspuken.« Er lachte leise.
»Woher wissen Sie...«
»Ich weiß alles. Ich habe den siebten Sinn. Und ich weiß auch, daß Sie nichts sind für mich. Obwohl Sie mir so gut gefallen.«
»Nun denn...«, Kathie sah krampfhaft zur Seite. »Dann leisten wir beide uns halt mal einen kleinen Ausrutscher. Sie geben sich einen Abend lang mit einer Frau ab, die kein Geld besitzt, und ich...«
»Ja?«
Sie wagte sich wieder in seine grünblauen Augen hinein. »Und ich vergesse für ein paar Stunden, daß ich eigentlich einen anderen liebe«, sagte sie.

Am nächsten Morgen starrte sie gedankenverloren auf ein Glas mit Pflaumenmus und zerbröselte ihre Semmel.
»Muß ja ein toller Abend gewesen sein«, meinte Simon.
»Wie kommst du darauf?«
»Du benimmst dich wie eine Schlafwandlerin.«
Kathie schwieg.
»Und wird er in die nähere Wahl gezogen, derer von Mäusezahn?«
»Vielleicht«, sagte sie. »Ich habe übrigens nochmals einen Brief bekommen. Einen Nachzügler.«
»Ach. Von wem?«
»Er heißt Eberhard Bleibtreu. Ja, ich weiß, ein blöder Name. Aber er sieht sehr nett aus, er hat ein Foto geschickt. Und er scheint tatsächlich ernstere Absichten zu haben.«
»Wer's glaubt...«
»Ich glaube es. Er hat nämlich kein Postfach angegeben, sondern seine richtige Münchner Adresse. Und er hat einen so wunderbaren Brief geschrieben. Ich hatte von Anfang an das

Gefühl, diesen Mann zu kennen. Die gleiche Wellenlänge, weißt du?«

»Wann triffst du dich mit ihm?«

»Überhaupt nicht.« Kathie wurde rot. »Er will, daß wir uns zuerst nur schreiben. Ein Sichkennenlernen per Brief, wie er sich ausdrückte. Ist das nicht eine reizende Idee?«

»Daran ist doch etwas faul.«

»Wieso denn? Weil einer nicht sofort zur Sache kommt?« Sie wurde ärgerlich. »Es werden viel zuwenig Briefe geschrieben heute. Jeder hängt sich bloß noch ans Telefon. Ich finde die Idee nett. Ausgefallen. Ich kenne sein Foto, ich habe seine Adresse, ich schreibe ein paar Briefe, und dann ...« Sie sah Simons spöttische Augen und verhaspelte sich. »Dieser Mann geht jedenfalls äußerst zartfühlend vor«, sagte sie trotzig. »Er tanzt nicht hier an und betrachtet mich wie ein Kalb auf dem Markt und guckt sich verstohlen um, wo die nächste Couch steht.«

»Hat's dein Graf so gemacht?«

»Nein, hat er nicht.«

»Aha. Und nun? Schreibst du diesem obskuren Eberhard?« Simon lachte verächtlich. »Ja, natürlich schreibst du ihm. Lieber Herr Bleibtreu. Ich bin das unschuldige kleine Kathie Ringelblümchen und eine heillose Romantikerin. Ich habe zu viele schnulzige Kinofilme gesehen und hege in meinem ach so keuschen Busen den innigen Wunsch, meinem Traummann zu begegnen. Bitte kommen Sie doch und tragen mich auf Ihren starken Armen in den siebten Himmel hinein.«

Kathie stand auf. »Ich habe ja gewußt, daß man mit dir nicht vernünftig reden kann. Aber ob du es wahrhaben willst oder nicht: Ich habe bereits zwei nette Männer kennengelernt. Den Grafen und diesen Eberhard. Und es werden noch andere kommen.« Sie stellte ein paar Teller aufeinander und vermied es, ihn anzusehen.

»Und wenn alle Stricke reißen, dann hast du ja auch noch deinen Boß. Vielleicht erhört er dich ja doch einmal.«
»Eben. Den habe ich ja auch noch. Wohingegen du nur dein Herminchen vorzuweisen hast.«
»Ein Spatz in der Hand ist besser als eine Taube auf dem Dach, sagt man.«
»Es freut mich zu hören, daß du Hermine als Spatz betrachtest. Aber weißt du was? Auch ihr beide seid Traumtänzer. Für Hermine bist du nämlich die Taube auf dem Dach. Und ihr wäre doch auch mit einem Spatzen in der Hand sehr viel besser gedient.« Mit dieser überraschenden Bemerkung verließ Kathie die Küche. Und da sie wußte, daß Simon ihr verdutzt nachstarrte, drehte sie sich noch einmal um und stützte eine Hand in die Hüfte. »Wetten, daß ich meinen geheimnisvollen Briefeschreiber eher heirate als du deine Hermine?« fragte sie keck.
»Da sei Gott vor«, meinte Simon bloß und wurde blaß.

Als Udo Marquart zum Mittagessen verschwand, zog Kathie Eberhard Bleibtreus Brief hervor und legte ihn vor sich auf den Schreibtisch. War es eigentlich unhöflich von ihm, seine Briefe mit der Schreibmaschine zu tippen? Ach nein, sicher nicht! Im Zeitalter des Computers ... Sie strich mit der Hand übers Papier. Simon mochte sagen, was er wollte. Es war eine originelle Idee, dieses Kennenlernen per Brief! Und so herrlich unverbindlich. Man konnte, mit gezücktem Bleistift sozusagen, in seinem ältesten Pulli am Tisch sitzen und ein Heine-Gedicht zitieren. Man konnte lange abwägen, was man schrieb. Man konnte Zwiesprache mit dem Foto halten, und nichts störte. Kein Pickel auf der Stirn, kein zu lautes Lachen, kein Knoblauchatem. Und man konnte von einer gemeinsamen Zukunft träumen, ohne daß die harte Realität einem fortwährend auf die Füße latschte.

Das Telefon klingelte. Kathie nahm ab.

»Hallo. Du hast so eine sanfte Stimme«, meinte Ulla mißtrauisch. »Was ist los? Sitzt du gerade auf Ralph Hartmanns Schoß?«

»O nein. Ich habe nur einen wunderbaren Brief vor mir liegen. Von einem sehr sympathischen Mann.«

»Warte einen Moment. Ich hole mir bloß eine Zigarette«, rief Ulla. Und dann: »Also. Lies vor!«

»Nein. Ich will nicht. Das wäre indiskret.«

»Hat er Schweinereien geschrieben?«

»Ulla!«

»Na ja. Wenn es keine Schweinereien sind, was soll dann das ganze Getue?«

»Es gibt schließlich so etwas wie ein Briefgeheimnis.«

»Vor mir? Spinnst du?«

»Also gut, Ulla. Weil du meine beste Freundin bist. Aber nur ein paar kleine Stellen ... Hier zum Beispiel: ›Liebe, reizende Ringelblume. Ich darf Sie doch so nennen, nicht? Und auch reizend darf ich Sie nennen, denn ich weiß, Sie sind es. Ich sehe Sie direkt vor mir: eine warmherzige, lebensprühende Frau, geschaffen, einen Mann glücklich zu machen ...‹«

»O heiliger Bimbam. Das ist ein ganz Ausgekochter, sage ich dir.«

»Und hier schreibt er etwas Wunderschönes über die Partnerschaft: ›Partnerschaft stelle ich mir vor wie Ebbe und Flut, wie dankbares Geben und freudiges Nehmen ...‹ Ist das nicht sehr ergreifend?«

»Das hat er sicher irgendwo abgeschrieben. Wie sieht er denn aus?«

»O Ulla, er sieht blendend aus. Er ist neununddreißig Jahre alt, hat blondes Haar, ein schmales Gesicht, graugrüne Augen. Er wohnt in Schwabing, ist Architekt ...«

»Und der schreibt auf eine Annonce? Wieso eigentlich?«

»Es war das erste Mal, daß er es tat. Die Frauen laufen ihm nach, natürlich. Er gibt es zu. Aber es sind lauter hohle, eitle Geschöpfe.«

»Du klingst selbst etwas hohl. Bist du krank? Es soll gerade eine Kopfgrippe im Anmarsch sein...«

»Wieso denn?«

»Es sind lauter hohle, eitle Geschöpfe«, wiederholte Ulla mit erhobener Stimme. »Wie das schon klingt. Ein hübscher Architekt aus Schwabing... Weißt du, was der macht?«

»Nein. Aber ich werde es gleich wissen, wie ich dich kenne.«

»Ein hübscher Architekt aus Schwabing hat eine hübsche Wohnung in Schwabing und kennt lauter hübsche Miezen in Schwabing. Wenn der es nötig hat, auf eine Annonce zu antworten, klingelt's bei mir Alarm.«

»Nun. Da ist noch etwas...«

»Aha. Der Typ ist verheiratet. Hab ich mir's doch gedacht. Verheiratete schreiben oft auf Bekanntschaftsannoncen. Weil sie sich abends nicht auf die Suche machen können. Abends müssen sie ihr Gärtchen begießen, die Kinder ins Bett bringen und mit der Gattin das Fernsehprogramm studieren.«

»Nein. Er ist nicht verheiratet. Aber in meiner Anzeige steht, daß ich an chronisch gebrochenem Herzen leide. Nun. Er leidet auch. Er hat die Frau, die er über alles liebte, vor einigen Jahren durch einen Autounfall verloren.«

»Bitte, sei mir nicht böse, Kathie. Das klingt alles ganz furchtbar nach Schmalztopf.«

»Das Leben ist manchmal ein Schmalztopf.«

»Ich glaube, jetzt spinnst du komplett. Das Leben ist manchmal eine triste Angelegenheit. Und manchmal ist es ganz nett. Aber schnulzig ist es nie. Leider.«

»Du und Simon!« Kathie stieß ein höhnisches Lachen aus. »Immer total nüchtern und realistisch. Aber dieses Mal werde ich nicht auf euch hören.«

»Du hast doch noch nie auf uns gehört. Doch weißt du was? Du hast recht. Schreib ihm ruhig. Wenn es Balsam ist für deine wunde Seele . . .«
Kathie schwieg. Dann fragte sie: »Warum hast du eigentlich angerufen?«
»Wegen des Single-Clubs.«
»Wegen was?«
»Ich habe gelesen, daß es Clubs gibt für Singles. Sie haben Stammtisch jede Woche, sie machen gemeinsame Ausflüge, Theaterbesuche, gehen zum Skifahren . . . Ich finde, wenn du schon einen Mann suchst, dann solltest du alle Möglichkeiten ausschöpfen. Und ich werde dich begleiten.«
»Suchst du auch einen Mann?« fragte Kathie sarkastisch.
»Neue Jagdreviere sind immer willkommen.« Ulla lachte. »Nein. Spaß beiseite. Ich komme nur mit, um ein bißchen auf dich aufzupassen. Denn wie ich dich kenne, suchst du dir die einzige Niete des Abends heraus, wenn keiner dir auf die Finger klopft.«
»Dein Geschick, den richtigen Mann zu finden, ist uns ja allen hinlänglich bekannt.«
»Spar dir deinen Zynismus. Du kannst dich nicht mit mir vergleichen.«
»So? Warum denn nicht?«
»Weil ich weiß, daß die Maßstäbe, die ich anlege, unweigerlich zu Kummer und Chaos führen. Ich mache mir nichts vor, und ich gebe es gerne zu: Ich finde gutaussehende, kräftige junge Männer hinreißend. Und diese meine unmoralischen Gelüste bezahle ich mit meinem Herzblut.«
»Und das ist besser?«
»Nein«, sagte Ulla. »Das ist nur die Art, wie ich lebe. Und ich erkenne, wie ich lebe. Während du in den Wolken schwebst und ständig nach einer Schulter suchst zum Kuscheln. Doch gerade die Typen mit den kuscheligen Schultern haben es faustdick hinter den Ohren.«

»Aber doch nicht alle.«
»Alle. Und deshalb komme ich mit und passe auf dich auf.«
»Ich brauche aber keinen Aufpasser. Und schon gleich gar keinen, der selber von einem Schlamassel in den anderen tappt«, sagte Kathie wütend und warf den Hörer auf die Gabel.

Ein paar Stunden später saß sie Ralph Hartmann beim Diktat gegenüber und bedachte ihn mit einem aufmerksamen Blick. Sie empfand Trauer. Jahrelang nun hatte sie ihn geliebt. Jahrelang hatte sie auf ein kleines Zeichen gewartet. Und jetzt wurde sie ihm untreu. Schrieb gefühlvolle Briefe, ging mit einem Grafen aus und interessierte sich sogar für einen Club der einsamen Herzen.
»Wo sind Sie bloß mit Ihren Gedanken, Kathie?« fragte er ärgerlich.
»Was soll es eigentlich werden?« fragte sie zerstreut zurück. »Junge oder Mädchen?«
Ralph Hartmann starrte sie an. »Es wird ein Junge«, sagte er dann. »Ultraschall, wissen Sie.«
»Ultraschall.« Kathie nickte. »Schade, daß es Ultraschall nicht auch für die Gefühle gibt.«
»Was meinen Sie?«
»Bitte entschuldigen Sie. War nur ein Versprecher. An wen sollte das Angebot gehen?«
»An die Firma Strasser. Und Sie sind sicher, daß alles in Ordnung ist mit Ihnen?«
»Physisch bestimmt«, sagte Kathie. »Und geistig war ich immer schon ein bißchen labil.«

4. Kapitel

Hermine stand vor einem holzgefaßten alten Spiegel in Simons Zimmer, schaltete eine Wandlampe an und betrachtete sich. Ihr blondes Haar, das sie streng gescheitelt trug und das im Nacken von einem Band gehalten wurde, glänzte, und ihr rundes Gesicht zeigte den Ausdruck einer Frau, die genau wußte, was sie wollte. Sie drehte sich zur Seite. Ihre Augen mit den geraden blonden Wimpern wanderten nach unten. Sie hatte zugenommen, und obwohl sie in einigen Monaten erst achtundzwanzig wurde, wirkte sie matronenhaft. Sie löste das Band im Nacken und zog ihre hellen Brauen mit dem Finger nach.

»Spieglein, Spieglein an der Wand...« Simon trat, eine Tasche voll Bücher unterm Arm, ins Zimmer und lächelte ihr zu.

»Hallo. Ich dachte, wir könnten vielleicht ein Eis essen gehen«, sagte Hermine.

Simon hob bedauernd die Schultern. »Ich kann heute nicht. Ich bin verabredet. Mit einem uralten Freund.« Er dehnte das Wort ›uralt‹ wie ein ausgeleiertes Gummiband.

»Kenne ich ihn?«

Simon kramte mit roten Ohren in der Büchertasche. »Nein, ich glaube nicht. Ich habe ihn selbst erst vor kurzem wieder getroffen.«

»Wie heißt er denn?«

»Eb... Ewald«, nuschelte er in einen total verstaubten Hemingway hinein. »Warum?«

»Nur so.« Hermine lächelte ebenfalls. Doch in ihre Augen stahl sich Skepsis, und sie beschloß, auf der Hut zu sein.

Eberhard Bleibtreus luxuriöse Wohnung im Herzen Schwabings erinnerte an alte Hollywood-Filme, in denen die Helden ihre Verführungskünste, pendelnd zwischen einer reich bestückten Hausbar und einem kissenübersäten Rundbett, so gekonnt ausübten, daß den Damen gar keine andere Wahl blieb, als ihrer zelluloidsterilen Tugend ade zu sagen. Es dominierten die Farben Rot und Orange, Lichtschalter waren jederzeit und aus jeder Position heraus zu erreichen, im Kühlschrank lag stets eine Flasche Champagner und auf dem Plattenteller der Bolero von Ravel.

Als Simon klingelte, pfiff Eberhard vergnügt durch die Zähne und holte ein paar Flaschen Bier aus dem Kühlfach.

»Ist wirklich nett, daß du mich einmal besuchst«, sagte er.

Simon blickte sich grinsend um. »Hat sich nichts geändert seit damals. Sogar die roten Bommel an den Lampen sind noch da.«

Eberhard lachte. »Nett, nicht? Ich habe immer schon geschwärmt für flauschige Teppiche und runde Betten und Badewannen, so groß wie ein Froschweiher. Möchtest du einen Cognac zu deinem Bier?«

»Na, ausnahmsweise«, sagte Simon. Und dann, ohne jeglichen Übergang: »Ist Antwort da?«

»Es ist Antwort da, du Gauner. Also wirklich. Nie und nimmer hätte ich dir das zugetraut. Schreibst einem Weib unter falschem Namen und unter Angabe einer falschen Adresse.«

Eberhard warf Simon ein zartblaues Kuvert zu. Kathies Parfum »Wild Love« schwebte durchs Zimmer.

Simon steckte den Brief hastig ein. »Ich lese ihn zu Hause«, meinte er verlegen und kam sich so lächerlich kindisch vor wie vor zwanzig Jahren, als er sich die Haare bis zu den Schultern wachsen ließ und sich einbildete, alles würde sich dadurch ändern.

»Schade«, meinte Eberhard. »Ich hatte gedacht, wir machen uns einen fröhlichen Abend mit diesem Brief.«

»Nein, machen wir uns nicht. Ich hab dir schon mal gesagt, die ganze Aktion starte ich nur, um ihr vor Augen zu führen, wie blöd es ist, sich auf Annoncen einzulassen.«

»Wer ist denn die Glückliche, bei der ausgerechnet du zum Samariter wirst?«

»Meine Zimmerwirtin.«

»Oh, wie praktisch. Was ist sie denn? Eine Generalswitwe, die dir jeden Abend Bratkartoffeln kredenzt und so etwas animalisch Reifes hat?«

»Sie ist fünfunddreißig Jahre alt, sehr nett, sehr apart und außerdem total übergeschnappt.«

»Die Übergeschnappten sind mir am liebsten. Wahrscheinlich hast du doch Ambitionen.«

»Nein, danke. Sie wäre der totale Ruin für mich.«

»Warum?«

»Warum, warum ... Sie ist so unlogisch.«

»Unlogisch? Du meinst, sie reagiert nie so, wie man erwartet?«

In Eberhards Augen blitzte es interessiert auf. »Laß dir eines gesagt sein: Nur mit Frauen, die unberechenbar sind, bleibt man auf Trab. Mit den anderen, den ewig Berechenbaren, den Braven, kommst du dir nach kürzester Zeit schon vor wie ein uralter Krüppel. Und fängst an, herumzuwildern.«

»Da gehen unsere Meinungen weit auseinander.«

»So? Na. Du wilderst doch auch im Moment. Das kannst du einem Dümmeren erzählen, daß du alles aus purer Nächstenliebe tust. Wenn ein Kerl anfängt, Briefe zu schreiben ...« Eberhard kicherte.

Simon schüttelte unwillig den Kopf. »Für mich ist Hermine die ideale Frau, verstehst du?«

»Nein«, antwortete Eberhard, der Hermine nie verziehen hatte, daß sie ihn früher eine gut geölte Liebesmaschine genannt und diesen Begriff sogar in seiner Stammkneipe verbreitet hatte. »Aber es spielt auch gar keine Rolle, ob ich es verstehe. Wenn sie dir so viel bedeutet ...«

»Ja, das tut sie. So. Und nun zu dir. Was treibst du die ganze Zeit?«

Eberhard breitete die Arme aus. »Nun, was treibe ich? Ich treibe es toll, und mir geht's ausgezeichnet. Mit meiner Architektur läßt sich's gut leben. Ich könnte noch mehr Aufträge übernehmen, wenn ich wollte. Aber ich will nicht. Ich eigne mich nicht zum besessenen Arbeiter. Und privat ...« Er lächelte genüßlich. »Privat läuft alles so wie früher. Es gibt einfach zu viele schöne Frauen auf der Welt.«

»Du hast nie daran gedacht, dich zu binden?«

»Ich? Spinnst du? Ich hab's doch so viel schöner.«

»Kein Wunsch nach Haus und Garten und Frau und Kind?«

»Und immer mit der gleichen Dame am Frühstückstisch sitzen? Die womöglich noch Lockenwickler im Haar trägt und fragt, wann ich am Abend nach Hause komme? Nein, danke bestens! Ich habe diese schnuckelige Wohnung, ich habe eine reizende Zugehfrau, ich speise jeden Abend in einem anderen Lokal und bin auch sonst Feinschmecker, wie du weißt. Warum also sollte ich heiraten?«

»Tja, warum?« antwortete Simon düster. Genaugenommen wußte er auch nicht, warum dieser beneidenswerte Eberhard heiraten sollte. Genaugenommen verspürte wohl kein Mann den dringenden Wunsch zu heiraten. Zumindest keiner, der einigermaßen bei Verstand war.

Kathie saß inzwischen auf Kater Moritz' Lederstuhl, hatte die Puppe Melusine auf dem Schoß und las Zeitungsannoncen. Die Tür zu Simons Zimmer war nur angelehnt, ein Radio spielte, Hermine summte ein Liedchen und räumte Simons Schreibtisch auf.

Kathie wählte die erste Nummer. Es klickte. Ein Tonband lief und versprach lockere Freundschaften, eitel Lust und Laster

und einen Katalog mit circa zweihundert Damen in Farbe und Glanz und den dazugehörigen Telefonnummern.
Die zweite Nummer klickte ebenfalls und bot ebenfalls Farbe und Glanz, dieses Mal mit männlichem Accessoire.
Die dritte Nummer bot Eindeutiges.
»Sachen gibt's«, staunte Kathie.
»Wieso?« Hermine trällerte sich aus Simons Zimmer.
»Du nimmst einen Katalog zur Hand, schlägst auf, stutzt, wählst eine Nummer und bist schon versorgt und fertig für die Nacht. Hast du das gewußt?«
»Ich kümmere mich nicht um solche Sachen. Wieso kommst du überhaupt darauf?«
»Ich suche die Nummer eines Single-Clubs. Und habe begonnen mit dem Verein ›Internationaler Treff‹ und einem anderen, der sich ›Inter-Freundschaft‹ nennt. Aber sie waren offensichtlich nicht die richtigen. Ulla und ich wollen nämlich in so eine Art Freizeitclub gehen.«
»Ulla in einem Single-Club? Als Füchsin im Hühnerstall, oder was?« Hermine wieherte böse. »Außerdem liegst du falsch. Das Wort ›Single-Club‹ besagt, daß es dort Singles gibt, Alleinstehende, die es auch bleiben wollen und die lediglich ihre Freizeit miteinander verbringen. Die warten nicht auf frustrierte oder liebestolle Frauen, die Anschluß suchen.«
»Ach. Darf ich hoffen, daß du mich zu den Liebestollen zählst? Oder bin ich die Frustrierte?«
Hermine sah Kathie spöttisch in die Augen. »Zumindest hättest du allen Grund, frustriert zu sein. Wie ich höre, hat dein Graf mit seinen unendlichen Ländereien im Chiemgau sich als kleiner Bauer herausgestellt, der lediglich eine reiche Erbin sucht, die ihm seinen Stall mit den eineinhalb Kühen ein wenig aufmotzt.«
»Woher beziehst du denn dein fundiertes Wissen?«
»Ich hab so etwas läuten hören. Von Tobias.«

»So, so«, sagte Kathie giftig. »Ist ja toll, daß man sich so ausführlich über mich informiert. Aber ich sage nur eines dazu: Die Kennerin schweigt und genießt. Ihr braucht euch um mein Liebesleben keine Sorgen zu machen. Und auch meine Hormone tummeln sich in der richtigen Dosierung in meinem sexbesessenen Körper. Kurzum, alles funktioniert bestens.« Kathie hatte sich so in Wut geredet, daß sie gar nicht bemerkte, daß sie eine neue Nummer gewählt und Anschluß gefunden hatte.
»Ich habe nur etwas von richtig dosierten Hormonen mitgekriegt«, dröhnte eine rauchige Frauenstimme amüsiert. »Also. Wir hätten hier sowieso keine Östrogen-Präparate zur Hand. Aber wir bieten jede Menge Freizeitspaß. Sie sprechen mit der Vorsitzenden des ›Freizeitclubs der Freunde Schwabings‹. Und ich gebe gerne Auskunft.«
»Bitte entschuldigen Sie. Ich hatte nur gerade eine etwas gereizte Diskussion mit einer Dame, die ihr Leben schon bis Anno zweitausendfünfhundertelf geplant und geordnet hat. Und die ihre sorgfältig abgezählten Hormone in einem Schächtelchen aufbewahrt, falls einmal schlechte Zeiten kommen sollten.«
Hermine tippte sich gegen die Stirn und ging zurück in Simons Zimmer.
»Sie leben alleine?«
»Ja. Ich lebe alleine. Und ich möchte in meiner Freizeit gerne mit anderen zusammen etwas unternehmen.«
»Sehr schön.« Die rauchige Stimme wurde sachlich. »Sie zahlen bei uns einen Jahresbeitrag, kommen zu den wöchentlichen Stammtischen, Sie lernen neue Leute kennen und können sich ohne Zwang und Verpflichtung mit den einzelnen kleinen Cliquen verabreden. Zu Theaterbesuchen, zum Kegeln, zum Skifahren. Silvester feiern wir zusammen in einem großen Weinkeller, im Fasching gehen wir auf einen der traditionellen Bälle.«

»Kann ich mich zur Probe mal bei solch einem Stammtisch blicken lassen? Zusammen mit einer Freundin?«
»Aber ja, Kindchen. Immer Dienstag abends. Im Lokal ›Zum Ratsherrn‹.«
»Und wie finde ich Sie?«
»Gehen Sie nur dem Gelächter nach«, sagte die rauchige Stimme. »Dann kommen Sie direttissimo zu uns.«

Als Simon nach Hause kam, brannte Kathies Antwortbrief in seiner Tasche wie die böse Tat im Herzen des gestrauchelten Missionars. Zwar freute er sich darauf, ihn zu lesen. Zugleich aber schämte er sich. Ein ausgewachsenes Mannsbild, das Kindergartenspiele spielte! Er warf seinen Janker über einen Stuhl und stapfte auf sein Zimmer zu. Ein Schild hing an seiner Tür: »Achtung! Die tugendsame Steuertabelle schnarcht auf deinem Bett. Das Schächtelchen mit ihren Hormonen liegt unter deinen Socken. Falls du es brauchen solltest heute nacht!«
»Was ist los?« murmelte Simon. Er löste das Plakat ab und schüttelte den Kopf.
Hermine lag tatsächlich auf seinem Bett. Sie hatte sich in eine Decke gewickelt und schlief. Als er die kleine Wandlampe anknipste, fuhr sie hoch.
»Oh. Wie spät ist es denn?«
»Kurz nach eins. Was soll dieser Zettel an meiner Tür?«
Hermine runzelte die Stirn und band, während sie las, ihre Haare zusammen. »Dieses blöde Frauenzimmer«, schimpfte sie. »Ich weiß wirklich nicht, wie du es aushältst mit ihr.«
»Welche Hormone meint sie?«
»Die meinen. Ich erklär's dir ein andermal.« Sie lächelte Simon an. »War's schön mit deinem Freund?«
»Ja. Sehr nett. Äh... bleibst du heute nacht hier?«
Hermine kniff die Augen zusammen. »Danke für die überaus

freundliche Aufforderung. Ich kann auch gerne noch nach Hause fahren.«

»Wieso... Ich hab doch nur gefragt?«

»Ja. Und so begeistert, als müßtest du zehn Kniebeugen machen mitten in der Nacht.« Sie warf die Decke über einen Stuhl, schlüpfte in ihre Schuhe und packte ihre Handtasche.

»Nun sei doch nicht albern!«

»Ich und albern? In dieser Wohnung hier bin ich wahrscheinlich die einzig Normale. Ihr merkt ja schon gar nicht mehr, wie total blöd ihr euch alle benehmt.«

»Wer ist ›ihr‹?« fragte Simon ruhig.

»Ihr drei.« Hermines Gesicht verfinsterte sich. »Kathie war immer schon ein Chaoten-Weib«, sagte sie böse. »Und Tobias ein charakterloser Parasit, ein ewiger Student. Und du...«

»Und ich?« Simons Stimme war nun gefährlich leise.

»Du? Du findest das Getue von Kathie auch noch reizend. Ich habe gesehen, wie du sie immer anstarrst, wenn du glaubst, keiner sieht nach dir.«

»Geh nach Hause. Und wenn du dich wieder beruhigt und deine kindische Eifersucht abgelegt hast, können wir weiter diskutieren.«

»Ich und eifersüchtig? Auf wen? Auf eine Person, die schon auf die Vierzig zugeht und sich immer noch benimmt wie eine Siebzehnjährige? Daß ich nicht lache!«

»Lach doch. Es könnte dir nicht schaden.« Simon wandte sich ab und knöpfte sein Hemd auf.

»Und jetzt?« fragte Hermine dramatisch.

»Jetzt lege ich mich ins Bett, meine Liebe. Wenn es denn sein soll, auch ohne dich.«

»Es soll sein. Und vergiß nicht, Kathie meinen herzlichen Dank für ihr nettes Plakat zu übermitteln.« Hermine warf Simons Tür ins Schloß und stürmte aus der Wohnung.

»Mußte das sein?« fragte Simon beim Frühstück.
»Was denn?« Kathie schnitt ein Butterbrot in fürsorgliche Streifen und schob sie auf Simons Teller.
»Was soll der Unfug! Ich bin doch kein Baby.«
»Das sind Streifchen nach Hermines Muster. Und da sie dich heute nacht so schnöde verlassen hat...«
»Du hast es also gehört?«
»War nicht zu überhören. Sie hat immer eine so anmutige Art, aus unser beider Leben zu gehen. Ich fand sogar Mörtel neben der Eingangstür.«
»Wundert dich das? Was gehen dich Hermines Hormone an?«
»Nichts gehen sie mich an. Aber da sie sich anscheinend ständig Gedanken über die meinen macht, wird es wohl erlaubt sein, zurückzuschlagen.«
Simon begann zu grinsen. »Kathie Ringelblümchen schlägt zurück«, sagte er, und es klang sehr nett und fast ein bißchen zärtlich.
Kathie wurde rot. Und grob. »Was ist los mit dir? Ist der Tag der Nächstenliebe ausgebrochen?«
Simon lachte. »Nein. Ich bin nur guter Stimmung momentan.« Er holte seinen Tabaksbeutel aus der Schublade und stopfte sich eine Pfeife. »Ich habe heute nacht etwas Köstliches gelesen«, sagte er schließlich. »Und du weißt ja, wie sehr gute Lektüre meinen Seelenzustand verbessert.«
»Was hast du gelesen?«
»Etwas Autobiografisches.« Simon nahm eines der Butterbrotstreifchen, klappte es zusammen und schob es Kathie in den Mund.
»Werthers Leiden?« mampfte sie.
»Eher ›Simons Freuden‹.« Er hob beide Hände. »Nein, bitte, quetsch mich nicht aus. Über diese Art von Lektüre spricht man nicht.«
»Pfui, Simon Burger. Für Pornos bist du eigentlich noch zu

jung. Aber ich kann's verstehen. Wo deine Hermine ihre Hormone schon eingemottet hat...«
»Hörst du jetzt auf?«
»Klar doch, du Spinner.« Kathie lehnte sich zurück. »Ich will eigentlich nur, daß du glücklich wirst, weißt du«, sagte sie plötzlich.
»Bei mir habe ich da weniger Bedenken...«
»Wieso? Hast du einen extra Bezugsschein erhalten vom lieben Gott, einen, der dir jedes Jahr drei Pfund Glück und fünf Pfund Wohlstand garantiert?«
»Nein. Aber ich denke mit dem Kopf und hänge sehr der These an, wonach jeder Mensch seines eigenen Glückes Schmied ist.«
»Wie gut du Hermines Lektionen schon gelernt hast.«
»Was hat Hermine damit zu tun?«
»Alles. Oder nichts.« Kathie streckte sich. »Tja, ich muß mich sputen. Ich habe einen Schreibtisch voller Akten, und mein Schiwago ist sehr gereizt dieser Tage. Aber das sind schwangere Männer ja immer. Sollte er allerdings auch noch anfangen, Essiggurken und Schlagsahne durcheinander zu futtern, werde ich ihm vorschlagen, den Gynäkologen zu wechseln.« Sie erhob sich. »Tschau, du moralistischer Fundi.«
»Auf Wiedersehen, romantische Gans.«
Sie lachten sich an.

Im Büro war die Hölle los. Ralph Hartmann sollte in einer Woche zu einem Geschäftspartner nach Madrid fliegen und suchte nach Unterlagen, die nur in seiner Phantasie existierten. Kollege Marquart, der sich inzwischen auch so kleidete wie Dieter Thomas Heck und der letzte Nacht bei einer schönen Blondine mit der Bemerkung, sie stehe mehr auf Thomas Gottschalk, abgeblitzt war, hackte auf seine Rechenmaschine ein, als sei sie ein schlechtgestimmtes Klavier, und die vornehm blasse Vorstandssekretärin wies Kathies Ansinnen, sich Fotokopien einer Besprechungsnotiz gefälligst selbst zu machen, empört zurück.

»Sind Sie total übergeschnappt?« schrie Ralph Hartmann. »Sie können doch die Sekretärin von Dr. Sauer nicht dermaßen dumm anreden.«

»Kann ich sehr wohl«, sagte Kathie. »Weil Dr. Sauer eine Position erreicht hat, in der er Arbeiten nur mehr delegiert, muß das seine Tippse nicht auch tun.«

»Seine Tippse«, wiederholte Ralph Hartmann erschüttert.

»Klar, seine Tippse. Was denken Sie wohl, was Vorstandssekretärinnen im allgemeinen sind? Es sind gut bezahlte Schreibkräfte mit dem Hang zu Höherem. Sie sind meist arroganter als ihre Chefs, kleiden sich in Pastell in der irrwitzigen Hoffnung, das hebe ihre ätherische Wirkung, bevorzugen Orchideen und träumen von einem kräftigen Preisboxer, der eines Nachts in ihr weißes Schleiflack-Schlafzimmer stürmt und gar nicht lange fragt.«

»Ich wollte von Ihnen keine psychologische Studie über Sekretärinnen haben. Schließlich sind Sie selber eine.«

»Ich bin Ihre Assistentin. Haben Sie das vergessen?«

»Sie machen, bevor Sie jetzt nach Hause gehen, die Kopien für das Sauer-Büro und hören auf zu stänkern.« Ralph Hartmann musterte sie so kühl, als sei sie ihm versehentlich in der Straßenbahn auf die Füße getreten.

Kathie knallte einen Ordner in den Schrank und sah in dem kleinen Spiegel, der über dem Handwaschbecken hing, daß ihre Haare wie rotgoldendes Stroh von ihrem Kopf standen und ihre Sommersprossen böse tanzten. Das Telefon klingelte.

»Katharina Fröhlich nach achtzehn Uhr und äußerst gereizt«, sagte sie.

Eine tiefe, angenehme Stimme und ein warmes Lachen.

»Hallo, Kathie. Hier spricht ein gräflicher Löwenzahn. Ich wollte zwar nie mehr etwas von mir hören lassen nach dem Motto: Meide himmlisches Feuer und bleibe auf der Erde. Aber die Erinnerung an unseren reizenden Abend neulich, vor allen Dingen an den atemberaubenden Abschluß, ließen mich schwankend werden...«

»Wir hatten keinen atemberaubenden Abschluß«, sagte Kathie verlegen.

»Nein? Und was ist mit unserem Spaziergang durch den Englischen Garten, eingehüllt in den silbernen Schein des Mondes? Und den Glühwürmchen, die uns begleiteten, und diesem wundervollen Kuß unter dem Weißdornstrauch?«

»Es war totale Mondfinsternis. Und was den Kuß betrifft...«

»Ich bin ganz Ohr.«

»Nun ja. Weißdorn hat immer diese Wirkung auf mich. Er belebt. Wußten Sie das nicht, mein lieber Graf?«

»Also keine Wiederholung?«

Kathie überlegte. Obwohl eine Menge Telefonleitung zwischen ihr und dem Grafen lag, war sie sich seiner Nähe sehr bewußt. »Warum nicht?« fragte sie nervös. »Ich habe sehr viel übrig für frische Luft und für Weißdorn. Weißdorn soll nämlich auch herzstärkend sein. Und mein Herz ist momentan so schwach, daß sogar Christiaan Barnard sich Sorgen machen würde.«

»Sagen wir um acht?«

»Sagen wir um acht.« Kathie kämmte mit den Fingern ihr Haar gegen den Strich und wurde sehr nachdenklich.

In Simons Laden nistete schläfrige Abendstimmung. Simon saß an seinem kleinen Schreibtisch hinter einem der Bücherregale und las Kathies Brief. Er las ihn, seine nächtliche Lektüre eingeschlossen, bereits zum fünftenmal. Und war entzückt. Sie hat einen guten Stil, dachte er. Und sie beschreibt ihr Leben voller Witz und Ironie und tiefer Selbsterkenntnis.

»Heiß heute.« Frau Meister, Simons Putzfrau, ächzte sich in den Laden und stieß einen Kübel um. Simon zuckte zusammen und schob Kathies Brief unter einen Katalog.

»Womit kann ich dienen?« fragte er zerstreut.

»Mit 'ner kräftigen Gehaltsaufbesserung«, meinte Frau Meister und fand wieder einmal bestätigt, was ohnehin von jeher ihre Meinung war. Daß nämlich Leute, die sich mit zu vielen Büchern umgaben, im Laufe der Zeit immer wunderlicher wurden.

Während Kathie unter der Dusche stand, um sich sehr gebührend und mit einer duftenden Schaumwolke auf den Abend mit dem Grafen vorzubereiten, zog sie Bilanz. Wenn man es genau bedachte, hatten die letzten Wochen ihr einiges eingebracht: nämlich fünfunddreißig Bekanntschaftsangebote mit dazugehörigen Fotos, die Puppe Melusine, einen erotischen Liebesroman, eine Champagnerstunde mit einem stramme Vierlinge erwartenden Fast-Geliebten, ein Salatessen mit einem exzellent küssenden und eine reiche Frau suchenden Grafen, herzerfrischende Kräche mit Hermine und einen reizenden Menschen namens Eberhard Bleibtreu, der so etwas war wie ein Brief-Fetischist und der aussah wie der müde Charme der Bourgeoisie.

»Da soll einer sagen, ich sei unergiebig und würde es zu nichts bringen«, meinte sie zu ihrem Spiegelbild und umrandete ihre tintenblauen Augen mit einem tintenblauen Stift. Dann übte sie ein paar traurig schöne Gesichter und zupfte Löckchen in die Stirn.

»Kathie! Wie exotisch«, rief Marius von Möller, als sie ihm, in einer Wolke von ›Wild Love‹ schwebend, die Tür öffnete.

»Ich habe mich meiner Stimmung gemäß gekleidet und ge-

schminkt«, sagte sie hoheitsvoll. Sie hatte auf nüchternen Magen einen Martini getrunken und sah sich, verführerisch und unsagbar geheimnisvoll, auf der Bühne, die sich Leben nannte, agieren und reagieren.
»Eine Träne in der Wimper und ein kleines trauriges Lächeln im Herzen?«
»Genau. Wie gut du mich schon kennst.«
»Wollen wir wieder, eingedenk meines schwachen Geldbeutels, einen Salat essen gehen? Und dann einen Schoppen Wein trinken?«
»Ja, das wollen wir. Und ich werde dir unentwegt, fünf welke Salatblätter lang, meine traurige Liebesbeziehung, die gar keine war, erzählen. Und auch du wirst furchtbar traurig werden und mich bedauern. Und dann werden wir aus einem Weinglas trinken und ein sehr warmes Gefühl in unserem Herzen haben. Das Gefühl der Freundschaft nämlich.«
»Freundschaft, die zur Liebe wurde.«
»Keine Liebe. Ich bin inwendig kalt und tot und sehr erhaben.«
»Begrabt mein Herz an der Biegung des Flusses ...«, sagte Marius todernst und legte Kathie ihre gehäkelte Stola um die Schultern.

Als sie ein paar Stunden später in einem kleinen Weinlokal saßen und Zigeunermusik hörten, zog auch der Graf Bilanz über Kathies Leben. »Ach, du grüne Neune«, meinte er mitfühlend. »Du hast also damals einen sehr hoffnungslosen Kampf gegen die raffinierte Elsa gekämpft und ihn verloren. Und dein Vater dampfte ab nach Kanada und ließ dich mit Tobias allein.«
»Tja, so war's. Und um das Maß meiner Glückseligkeit voll zu machen, verlor ich meinen Job bei einem verkrachten Importeur, der im Namen seiner Frau zum zweitenmal Bankrott

ging, und landete bei der Firma Pelz & Söhne. Und wurde Ralph Hartmann zugeteilt. Er hatte damals schon seinen Kirgisenbart und seinen entsetzlichen Sex-Appeal, und du weißt, was männlicher Sex-Appeal alles anrichten kann in einem unerfahrenen Mädchenherzen ...«

Kathie nahm einen tiefen Schluck Wein.

Marius lachte. »Ach, Kathie, was bist du süß ...«

»Ich bin nicht süß. Ich bin alt und häßlich. Und lebe höchst platonisch von einem Schuhkarton mit fünfunddreißig Männern drin. Einer davon bist du.«

»Nun. Ganz so platonisch braucht es ja in meinem Falle nicht zu bleiben.«

»Aber ja doch. Du suchst eine Millionärin. Hast du dich eigentlich schon umgesehen im schönen Chiemgau? Gibt doch sicherlich ein paar reiche Erbinnen dort?«

»Ja, sicherlich. Und ich habe durchaus Erfolg gehabt in ein paar keuschen Mädchenkammern. Aber die Herren Väter! Die hatten nicht so viel übrig für meinen Charme. Die Herren Väter sind ausgekochte Bauern, die Kontoauszüge verlangen und den Steuerbescheid der letzten zehn Jahre. Und sowohl das eine wie das andere ließ sie in höhnisches Gelächter ausbrechen.«

»Und das Immobilienbüro, für das du arbeitest? Das müßte doch eine wahre Fundgrube sein für dich?«

»In meinem Immobilienbüro bin ich freier Mitarbeiter und zuständig für Mietwohnungen. Ich darf netten kleinen Mädchen Appartements zeigen und jungen Ehepaaren Dreizimmerwohnungen mit Blick auf den Kinderspielplatz. Kein gutes Revier für Großwild.«

»Und Großwild muß es sein?«

»Großwild muß es sein.« Er zündete sich eine Zigarette an.

»Kathie?« fragte er dann.

»Hm?«

»Heute scheint er aber, der Mond.«
»Wirklich?« Kathie sah des Grafen kräftige Hände, sein eigenwilliges Kinn und das schelmische Lächeln, das frech und fordernd in den Winkeln seiner Augen saß. Er war ihr sehr vertraut mit einemmal.
»Fräulein? Bitte zahlen!« rief sie.
Denn eines war klar: Sie brauchte Erinnerungen! Woran sollte sie sich später wohl einmal erinnern, wenn sie im Altersheim saß und für Schiwagos Enkelkinder Windeln säumte? An ihr keusches, einsames Bett?

Am nächsten Morgen sagte Udo Marquart nur »Ach, Gott!«, als er ihrer ansichtig wurde. Und Schiwago Hartmann, dessen Laune sich immer noch nicht gebessert hatte und der sie in letzter Zeit belauerte wie die Katze das Mauseloch, zog seine rassigen Augenbrauen hoch. »Hätten Sie einen Moment Zeit für mich?« fragte er.
Kathie schlich hinter ihm her. Er wirkte unheimlich frisch geduscht und sauber, und seine Poren atmeten Selbstzufriedenheit und Dynamik. Sie begann, ihn gründlich zu hassen. Er hatte so etwas Dampfendes, gesund Strotzendes an sich. Er war ein Pferd, das nach einem langen Ritt in kalter Winterluft in den warmen Stall zurückkehrte und die Nüstern blähte.
»Ist es neuerdings eigentlich üblich, daß die Damen hinter den Herren hertrotten wie gemaßregelte Schülerinnen?« fragte sie aggressiv.
Er wandte sich um. Der Ausdruck seines Gesichts war so fuchsteufelswild, daß Kathie furchtbar erschrak. Doch wie immer, wenn sie erschrak und sich fürchtete, ballten sich wahre Wolkenladungen dunkler Worte in ihr, alles Adrenalin, das sich in ihrem Körper staute, schoß in ihren Kreislauf, und ihre Augen begannen zu funkeln.
»Ich vermute, der freundschaftliche Ton der letzten Jahre

scheint Ihnen zu Kopf gestiegen zu sein«, fauchte Ralph Hartmann.
»Ach. Sie haben über Nacht wohl entdeckt, daß Sie Vorgesetzter sind und Anspruch auf devoteres Verhalten haben? War irgend etwas auszusetzen an meiner Arbeit in den vergangenen Wochen?«
»Nein. Sie haben alles im Griff, ich weiß. Aber Ihr Umgangston spottet jeder Beschreibung. Und Ihr Lebenswandel scheint mir aufwendiger als früher.«
»Nicht jeder kann zu Hause sitzen und zeugen.«
Nun sah er nicht mehr fuchsteufelswild aus. Nun wirkte er so erstaunt, als hätte sie sich nackt ausgezogen und ihre Kleider in seine Aktentasche gepackt. Seine schwarzen Augen wurden unergründlich. So unergründlich unergründlich, daß Kathie große Lust anwandelte, zu kichern. Sie schenkte ihm ein blasses Lächeln. »Ich bin eben verliebt«, sagte sie.
»Ich weiß, daß dieser Umstand bei Frauen die Denkfähigkeit beträchtlich vermindert. Von Ihnen hatte ich allerdings eine etwas höhere Meinung.« Er schwieg. Ganz plötzlich und unvermittelt. Und musterte sie. »Wären Sie bereit, mit mir nach Madrid zu fliegen?« fragte er.
Kathie starrte ihn an.
»Nun?«
»Was soll es werden? Eine horizontale Maßregelung?« Schon als sie es aussprach, wußte sie, daß sie zu weit gegangen war. Die Haut um seine Lippen wurde weiß vor Zorn. »Wollen Sie von sich aus kündigen, oder soll ich es tun?« fragte er.

Als sie nach Hause kam, fühlte sie sich mehr tot als lebendig. Sie setzte sich in den alten Lederstuhl neben Puppe Melusine, die einen Brief von Eberhard Bleibtreu in Armen hielt und geheimnisvoll lächelte. Sie hatte das Gefühl, sich nie mehr aus eigener Kraft erheben zu können. Nach einer Weile riß sie den Brief auf und begann zu lesen.

»Er hat ein Gedicht mitgesandt«, sagte sie zu Simon, der gerade aus seinem Zimmer kam.
»Das da lautet?«
»Du hast Wolkenschuhe – für dein Träumeseil.
Und im Mitgiftköcher – einen Wortepfeil.« Kathie schluckte. Ihr war eiskalt.
»Aha. Miriam Frances. Dein geheimnisvoller Briefeschreiber scheint dich schon recht gut zu kennen.«
»Wieso?«
»Regenbogenseide, schirmt dich vor der Welt... Ist ein reizendes Gedicht. Für ein reizendes Kind.«
»Für ein reizendes Kind...« Kathie lächelte kläglich. »Ich bräuchte momentan Hunderte Meter Regenbogenseide«, sagte sie. »Und wäre immer noch nicht beschirmt genug.«
»Kummer mit deinem Boß?«
»Eher er mit mir. Ich benehme mich unmöglich momentan.«
»Momentan? Ich kenne dich nicht anders als unmöglich.« Simon lächelte, als er das sagte.
Kathie schwieg. »Simon?« fragte sie nach einer kleinen Weile. »Du hast nie etwas von deiner Familie erzählt. Hast du Geschwister? Schwestern?«
»Ja. Nur Schwestern, Gott sei's geklagt. Sie leben in der Provinz und sind allesamt verheiratet. Sie haben sich mit mir verkracht, und ich bin froh, wenn ich nichts von ihnen höre.«
»Du verkrachst dich oft mit Frauen, nicht?«
»Das kommt auf die Frauen an.«
»Mit welchen Frauen würdest du dich nicht verkrachen?«
»Mit vernünftigen.«
»So vernünftig wie Hermine?«
»So vernünftig wie Hermine.«

Kurz nach Mitternacht wählte sie Ullas Nummer.
»Bist du verrückt?« rief Ulla. »Ich soupiere gerade mit einem

Löwenbändiger vom Zirkus Krone, und wir sind mitten in der Nummer.«
»Ulla? Ich glaube, ich sterbe gleich.«
»Wieso?«
»Ich habe mich in den Grafen verliebt. So ein bißchen wenigstens. Und mein Schiwago...«
»Ja?«
»Er wird mir morgen kündigen. Und es wird mir das Herz brechen. Denn ihn liebe ich auch. Rasend.«
»Warum wird er dir kündigen?«
»Ich habe ihm ohne jeden Grund unanständige Absichten unterstellt.«
Ulla lachte. »Er wäre der erste Mann, der ernsthaft böse ist, daß man ihm potentes Verhalten unterstellt.«
»Meinst du?«
»Sicher. Also geh morgen zu ihm und entschuldige dich. Okay?«
»Okay.«
Kathie legte auf. »Findest du nicht auch, daß Simon wahnsinnig gescheit ist?« sagte sie plötzlich zu Kater Moritz, der auf dem Fensterbrett saß und in den Mond starrte. »Kennt sofort jedes Gedicht. Wie ein wandelndes Lexikon.« Sie zog die Vorhänge zu und atmete tief durch. Im Zimmer roch es nach Gesichtscreme und Zahnpasta und nach einem Fliederzweig, den Marius ihr letzte Nacht eigenhändig geklaut und in den Gürtel gesteckt hatte. Marius. Schöner Name eigentlich. Regenbogenseide, schirmt dich vor der Welt... Kathie seufzte. Hoffentlich wurde sie bald alt. Dann hatte sie es hinter sich. Es konnte im Grunde gar nichts Besseres geben, als die Liebe und sämtliche Gefühle hinter sich zu haben, dachte sie.

5. Kapitel

Am nächsten Morgen schlich sie, blaß und nervös wie eine große Tragödin vor ihrem entscheidenden Auftritt, ins Badezimmer, duschte eiskalt, bestäubte sich mit wohlriechendem Körperpuder und legte lediglich ein wenig Lippenstift auf. Durch das geöffnete Fenster sah sie, wie die Sonne über die Dächer kroch. Die alten Dachschindeln glänzten feucht, der Himmel war ein graurosa getupftes Gemälde, an den Rändern zerrissen und so verwaschen wie ein uralter Seidenschal.

In ihrem Kopf kreisten die Gedanken und kannten nur einen Rhythmus, den Rhythmus der tausend Entschuldigungen. Endlose Reden hatte sie gehalten letzte Nacht, endlose Erklärungen gestammelt und endlos tiefe Seufzer fabriziert. »Ich war außer mir. Privater Streß, wissen Sie?« hatte sie beispielsweise unter Tränen gehaucht. Oder sie hatte, bleich und trotzig, in einem der schweren Besucherstühle gekauert und Ralph Hartmann in ihrer rotblond gekrausten Niedergeschlagenheit so sehr gerührt, daß seine eisige Miene sich lockerte und so etwas wie drängender Beschützerinstinkt in seinen sündig schwarzen Augen erwachte. In einer anderen Version hatte er ihr allerdings mit Donnerstimme gekündigt. Und in der letzten, kurz bevor sie einschlief, sie in seine Arme gerissen und gemurmelt: »Ich weiß, Liebes. Es ist alles meine Schuld. Aber nun ist die Zeit der Wirrnisse vorbei, nicht wahr?«

Als sie in ihr Zimmer zurückkehrte, verharrte sie lange vor ihrem Kleiderschrank. Sie entschied sich für ein züchtiges dunkelblaues Kleid mit weißem Krägelchen und circa fünfundachtzig kleinen Knöpfchen. Warum es so viele Knöpfchen sein mußten, konnte sie nur ahnen. Aber es hatte irgend etwas damit zu tun, daß sie äußerst lose Reden geführt und, wenn sie sich recht erinnerte, sogar ohne jeden Anlaß, wie aus heiterem Himmel sozusagen, unterstellt hatte, daß man in ihr noch anderes sah als eine tüchtige Gehilfin im Chaos der Firma Pelz & Söhne. Heiliger Strohsack! Als ob sie nicht genau wüßte, daß Männer wie Schiwago Hartmann den Begriff ›Leidenschaft im Büro‹ höchstens für eine neue Marschrichtung der Marketing-Abteilung halten würden oder für den flammenden Aufruf des Direktors der Finanzen, sich künftig noch härter einzusetzen für die hoffnungsvollen Produkte des Unternehmens. Kathie schloß auch den obersten, fünfundachtzigsten Knopf und atmete tief durch.

Tobias saß bereits am Tisch, als sie die Küche betrat. Er schaufelte Corn-flakes in sich hinein und nuckelte an einem Glas Milch. »Trauer muß Elektra tragen«, sagte er düster und maß sie mit einem Blick tiefsten Abscheus.

»Wieso?«

»Das Kleid. Keines Mannes Gedanken verführst du zu Bösem in dieser Aufmachung.«

»Danke. Genau das wollte ich erreichen. Es ist mein Büßergewand, weißt du.«

»Wofür?«

»Ich habe despektierliche Äußerungen getan und will zum Ausdruck bringen, daß ich in mich gegangen bin.«

»In diesem Kleid bist du so total in dir, daß eine Nonne ein lockerer Vogel ist gegen dich.«

»Wunderbar. Dann habe ich ja erreicht, was ich wollte.«

»Was wolltest du erreichen?«

»Total unscheinbar zu werden. Eine graue Maus. Ein Nichts.

Ein Nichts kann keine Missetaten begehen. Ein Nichts kann nicht verärgern. Ein Nichts wird vergessen.«
»Von wem willst du vergessen sein?«
»Von meinem Boß.«
»Tatsächlich? Das ist neu. Hast du dich in einen anderen verliebt? In den charmanten Grafen vielleicht?«
»Mit dem Grafen verbindet mich nur Freundschaft. Wir gehen ab und zu einen Salat essen. Das ist alles.« Fast, dachte sie schnell.
»Ein Mann, der freiwillig Salat essen geht? Höchst verdächtig.«
»Der Salat ist wegen der Finanzen, weißt du. Ist noch billiger als Spaghetti und erweckt bei arroganten Obern den Eindruck, man sei leidenschaftlicher Vegetarier.« Tobias sah sie zweifelnd an. Dann griff er nach der Zeitung, und Kathie fand beim besten Willen keinen Grund mehr, nicht ins Büro zu gehen. Sie setzte Puppe Melusine mit dem weinenden Gesicht nach vorne auf einen Küchenstuhl und machte sich auf den Weg.

Im Büro trieb es sie um wie das leibhaftige, schlechte Gewissen. Sie spülte in ihrer Kopflosigkeit sogar Udo Marquarts Kaffeegeschirr, was dieser mit einigem Wohlwollen zur Kenntnis nahm.
»Du siehst so krank aus«, sagte er.
»Nein, nein. Mir geht's ausgezeichnet. Wann kommt unser Boß heute?«
»Ich dachte, er sei schon da. Wundert mich auch, daß er noch gar nichts von sich hören ließ.«
Kathie biß sich auf die Lippen. »Sag mal ... Er hatte gestern gemeint, ich solle mit nach Spanien! Weißt du, warum?«
»Soviel ich gehört habe, ist bei Miguel Modet die Fremdsprachensekretärin ausgefallen. Sie liegt im Krankenhaus. Und da

Modet so schlecht Englisch und Hartmann gar kein Spanisch spricht, du aber beides, hat man wohl gedacht, dies sei die beste Lösung.«

»Ich war einigermaßen überrascht«, sagte Kathie und wurde knallrot bei dem Gedanken, wie zügellos sie ihrer Überraschung Ausdruck verliehen hatte. »Normalerweise gehen hier im Hause die Sekretärinnen doch nie mit auf Reisen.«

»Du bist doch keine Sekretärin, sondern Assistentin«, erwiderte Udo Marquart süffisant.

»Ist auch nur ein anderer Ausdruck für ein und dasselbe. Als man sich entschloß, Putzfrauen künftig Raumpflegerinnen zu nennen, dachte man wohl auch über die Bezeichnung der zahllosen Dienstmädchen in den zahllosen Vorzimmern nach.«

»Meine liebe Katharina. Du bist heute so gefügig, daß mir angst und bange wird.« Udo Marquart nahm seine frisch gespülte Tasse und schenkte sich Kaffee ein.

Gegen zehn Uhr klopfte Kathie zögernd und mit einem Herzen, das fast zersprang vor Aufregung, an Ralph Hartmanns gepolsterte Tür. Sein Zimmer besaß einen eigenen Eingang, und sie nahm an, daß er, finster brütend und immer noch zornbebend, an seinem großen Schreibtisch saß und ihrer harrte. Natürlich hatte sie sich bereits am Morgen eine gewisse Taktik zurechtgelegt und war zu dem Entschluß gekommen, in nächster Zeit ein gerüttelt Maß an Seriosität auszustrahlen, um so vollkommen darüber hinwegzutäuschen, daß sie eine Frau war. Denn ihre frechen Bemerkungen waren feministischen Ursprungs gewesen, so viel war klar, und sie wollte daher zusammenschrumpfen zu einem dunkelblauen, bis zum Hals hin zugeknöpften Neutrum ohne Busen, Hüften und Bauch. Ein Neutrum würde Schiwago besänftigen. Ein Neutrum war genau das, was er, Gott sei's geklagt, im Büro bevorzugte.

Er musterte sie so lange und ausführlich, daß ihr kalte Schauer über die Haut liefen und sie unter der blauen schweren Seide des Kleides fror. »Ich kam, um mich zu entschuldigen«, sagte sie mit einer ganz fremden Stimme. »Ich weiß, ich habe mich unmöglich benommen. Ich werde auch von mir aus kündigen, falls Sie das wünschen.«
Er musterte sie immer noch. Seine schwarzen Augen waren ohne jeden Ausdruck.
»Ich habe eine etwas komplizierte Zeit hinter mir. Kompliziert in sehr privatem Sinne.«
»Und warum Ihr Ausbruch gerade gegen mich? Ich habe mit Ihrem Privatleben doch nicht das Mindeste zu tun?«
Kathie war einem hysterischen Anfall nahe. »Natürlich haben Sie nicht das Mindeste damit zu tun«, sagte sie und wunderte sich immer mehr, was die weibliche Psyche alles bereit war zu ertragen.
Er erhob sich und sah sie an wie eine Klapperschlange, die er einen schwachen Moment lang für eine harmlose Blindschleiche gehalten und sich vertrauensselig um den Hals gehängt hatte. »Was haben Sie eigentlich für ein sonderbares Kleid an heute? Ist Ihnen nicht heiß?« fragte er plötzlich.
»Oh.« Kathie nestelte an einem der fünfundachtzig Knöpfchen. »Es ist mein Beerdigungskleid, wissen Sie. Und da ich das unklare Gefühl hatte, daß ein wippender Rock und ein tiefes Dekolleté heute womöglich etwas unpassend seien . . .«
Er lachte. »Ich weiß nicht, ob andere es jemals fertig bringen, Ihnen böse zu sein. Ich jedenfalls nicht. Okay. Vergessen wir die ganze Geschichte. Nur eine Frage noch. Ihr privater Kummer . . . Er ist wohl männlichen Geschlechts und hat sich mit Ihnen verkracht?«
Kathie senkte den Kopf. Sie senkte ihn genauso verführerisch demütig, wie man es in Film und Fernsehen immer sah, und sie hoffte inbrünstig, ihr Nacken möge ähnlich bezaubernd

sein wie jener von Ingrid Bergman, als sie den guten alten Humphrey aufs Kreuz legte. »Es ist eine ziemlich verfahrene Geschichte«, murmelte sie.

»Kein Happy-End in Sicht?«

»Nein. Leider. Mein privater Kummer... Er ist...« Sie stockte. »Er ist verheiratet«, sagte sie dann.

»Oh.« Ralph Hartmann war tief betroffen. So betroffen, als hätte er zum erstenmal in seinem Leben vernommen, daß auch verheiratete Männer sich außerehelich betätigen und so etwas wie Beziehungen pflegen können. In der Tat, ein Primaner in der Empfangshalle eines Freudenhauses hätte nicht verlegener sein können. »Tja, dann... Wie ist es also«, fragte er rasch. »Das Büro Modet hat gerade eine blinddarmkranke Sekretärin. Wären Sie bereit, auszuhelfen?«

»Ja, natürlich. Wann sollen wir in Madrid sein?«

»Das war es, was ich gestern mit Ihnen besprechen wollte. Wir fliegen nächste Woche Mittwoch und kommen erst zurück am Samstag gegen Abend... Oder wäre das sehr ungünstig für Sie?«

»Aber nein. Es ist okay.«

»Ich will aber nicht Ihr Privatleben unnötig erschweren.«

»Samstags haben verheiratete Männer nie Zeit. Wußten Sie das nicht?« fragte sie sanft.

Er räusperte sich und maß sie mit einem Blick, der ihr bewies, wie unangenehm es ihm war, sie nicht mehr als Dame ohne Unterleib betrachten zu können. »Nun, nun«, meinte er und zog sich vorsichtig hinter seinen schweren Schreibtisch zurück. »Dann wäre also alles klar?«

Kathie schenkte ihm ein leeres Dorfidiotenlächeln und schloß die gepolsterte Tür so sacht, als hätte das blaue Knöpfchenkleid auch den letzten Rest von Temperament in ihr erstickt. Wenn wenigstens ihm nur alles klar ist, dachte sie, schon wieder leicht hysterisch, und fühlte sich plötzlich so einsam wie Robinson Crusoe, als er am Strand erwachte und nichts anderes sah als Himmel und Meer und ein paar alte Papageien.

Tobias stand inzwischen in Simons Laden auf einer Leiter und entstaubte den Buchstaben ›W‹. Er befand sich in einer Phase melancholischer Lethargie. Diese Lethargie befiel ihn immer häufiger in letzter Zeit. »Es ist der Frühling«, sagte er sich. Dieser verdammte Frühling dräute wie ein warmes, drängendes Versprechen in seinen Adern und gab ihm das trügerische Gefühl, in luftleerem Raum zu schweben. Er hatte sich für den Abend verabredet mit den braunhäutigen Pfirsichwangen aus Florenz, am Wochenende wollte er schwimmen gehen mit einer jungen Dame, die für einen Versandhauskatalog Miederwaren anbot, und außerdem war er an der Uni einer aufregenden Berlinerin begegnet, die seinem rotblonden Charme einiges abgewinnen konnte und dies auch sehr deutlich zum Ausdruck brachte. Woher also diese lethargische Unlust? Tobias zuckte ratlos mit den Schultern.
Als er sich umwandte und Gerda Ohlson bemerkte, die gerade den Laden betrat und in ihrer Tasche nach einem Portemonnaie kramte, wußte er, daß sich sein Leben an einem Wendepunkt befand.
»Sie lesen am liebsten Simone de Beauvoir und Sartre und glauben niemals an Zufälle, sondern nur an die Macht des Schicksals. Stimmt's?« Er sprang von seiner Leiter und lächelte Gerda Ohlson an.
Sie lächelte zurück. Ein wenig kühl, ein wenig spöttisch, und es traf ihn wie ein Blitz. Er starrte sie so unverwandt an, daß ihr kühles Lächeln ungeduldig und der Ausdruck ihrer Augen abweisend wurde. »Habe ich plötzlich zwei Nasen?« fragte sie. »Oder bereits sichtbare Anzeichen beginnenden Schwachsinns?«

»Bitte verzeihen Sie. Aber...«

»Ja?«

Tobias wurde entsetzlich linkisch und schob seine Hände in die Hosentaschen. »Es ist der Frühling«, sagte er. »Im Frühling fange ich immer an zu starren, wenn ich schöne Frauen sehe.«

Gerda Ohlson lachte. Sie hatte ein wunderbares Lachen, tief und melodisch. Und herrlich weiße Zähne. Und ein intelligentes Gesicht. Die Tatsache, daß ihn, der sich immer nach Lieblichem, Ebenmäßigem, Reizendem umgetan hatte, Intelligenz bezauberte, brachte Tobias vollends aus der Fassung. Aber es war so: Diese Frau hatte ein gescheites Gesicht, klare graue Augen hinter einer goldgefaßten Brille, kurzes schwarzes Haar, feingliedrige Hände und eine porzellanfarbene, blasse Haut. Ihre Stimme war so dunkel wie ihr Lachen, die Haltung distanziert. Nichts an ihr hatte Tobias bei anderen Frauen gesucht. Und alles an ihr brachte ihn schier um den Verstand.

»Ich suche ein Buch«, sagte sie. »Für meine Tochter. Sie ist zehn Jahre alt und sehr belesen.«

»Sie haben ein Kind?«

»Physisch liegt es durchaus im Bereich der Möglichkeit.«

»Aber...« Aber das geht doch nicht, wollte Tobias sagen. Denn zu einem Kind gehörte auch ein Vater. Auch dies war physisch sehr wahrscheinlich. Und einen Vater konnte er nicht gebrauchen.

»Wo ist der Vater für das Kind? Warum kauft er kein Buch?«

Gerda Ohlson schüttelte den Kopf und betrachtete ihn wie ein kleines Rhinozeros, das fröhlich in der Isar schwamm. »Wie bitte?« fragte sie.

Tobias wurde über und über rot. »Also ein Buch für eine Zehnjährige. Wie wäre es mit James Krüss? Oder mit Michael Ende? ›Die unendliche Geschichte‹?«

»Die unendliche Geschichte... Ja, das ist eine gute Idee«, meinte sie.
»Ich hoffe, auch unsere Geschichte wird unendlich«, sagte Tobias schnell.
Ein Eisberg war ein Nichts. Ein Eisberg war glühende Lava gegen ihren Blick. »Daß wir uns gleich richtig verstehen, Herr...«, sie blickte auf einen gestempelten Rechnungsblock, »...Herr Burger. Ich bin dreißig Jahre alt, verheiratet, und auch wenn ich es nicht wäre, so wäre ich doch niemals an grünen Jungs interessiert. Wieviel?«
»Wieviel was?« stotterte Tobias.
»Wieviel bin ich schuldig?«
Tobias bückte sich hastig nach einer Tragetüte. »Nichts. Ich schenke Ihnen das Buch.«
»Aber Sie können doch nicht...«
»Warum nicht?« Er war so unglücklich, daß er auch den ganzen Laden verschenkt hätte. »Ich habe so viele Bücher hier, und es ist mein Wunsch und Wille, einem kleinen Mädchen, dessen schöne Mutter verheiratet und außerdem an aufrechten, jungen Männern nicht interessiert ist, ein Buch zu schenken. Wie heißt Ihre Tochter?«
Gerda Ohlson schwieg eine Weile. Sie schien verwirrt. »Sie heißt Petra«, sagte sie dann. »Aber alle Welt nennt sie Murmel. Also, dann... Danke für das Buch.« Sie steckte ihr Portemonnaie zurück in die Tasche. Ihre Hände waren sehr schmal und wirkten ähnlich intelligent wie ihr Gesicht.
»Ich bin am Samstag nachmittag im Ungerer-Bad«, rief ihr Tobias nach. »Und ich heiße nicht Burger, ich heiße Tobias Fröhlich. Und ich werde auch im Ungerer-Bad sein, wenn es regnet. Und werde es nie mehr verlassen. Es sei denn...«
»Es sei denn?« Sie hatte die Tür erreicht und wandte sich noch einmal um.
»Es sei denn, Sie kommen und führen mich hinaus.«

»Der kleine Tobias an der Hand der Mutter.«
»Der verwirrte Tobias inmitten eines feuerroten Dschungels.«
Gerda Ohlson lachte abermals. »Sie Spinner«, sagte sie.
»Na, sehen Sie. Jetzt haben Sie sogar schon einen Kosenamen für mich. Also, bis Samstag nachmittag?«
»Ganz bestimmt nicht bis Samstag nachmittag«, antwortete sie und verließ den Laden.

Am Freitag nach Büroschluß radelte Kathie mit Ulla durch den Englischen Garten. Es war ein zauberhafter Vorsommerabend. Der Mond schwebte als schmale silberne Sichel am Himmel, und auf den sandigen Wegen wechselten dämmriges Licht und dunkle Schatten einander ab und verschmolzen zu geheimnisvollen bizarren Figuren.
»Trinken wir noch einen Schoppen Wein in einem Gartenlokal?« rief Kathie Ulla zu.
»Warum sonst strampele ich mich hier ab?« Ulla wich einem jungen Pärchen aus, das am Wegrand stand und sich küßte.
»So. Und nun erzähl mal«, sagte sie wenig später, als sie mit Kathie an einem kleinen Tisch unter alten Kastanienbäumen saß und auf die Bedienung wartete. »Du fliegst also nächste Woche mit deinem Schiwago nach Madrid. Mein Gott, du Glückskind! Da wird dir der widerspenstige Kerl ja sozusagen auf dem silbernen Tablett serviert. Er ist so gut wie drin im Spinnennetz! Eine warme südliche Nacht, Milliarden funkelnder Sterne und du in einem duftigen Sommerkleid ... Du kannst nicht bestreiten, daß sich einiges machen läßt mit diesen Requisiten.«
»Requisiten sind für Schiwago nur dann von Bedeutung, wenn sie seine Beförderung vorantreiben. Außerdem muß ich sehr vorsichtig sein momentan. Ich muß meinen Heiligenschein wieder aufpolieren. Er hat ein paar sündige Flecken bekommen.«

»Und das alles, weil du dich mit Schiwago gekracht hast?«
»Gekracht? Ich habe mich nicht gekracht. Ich bin entgleist. Wie eine Straßenbahn, die den größenwahnsinnigen Drang verspürt, ein Flugzeug zu werden.«
»Wirklich? Hast du versucht, ihn zu verführen?«
»Meine Liebe. Laß uns von etwas anderem reden, ja?«
»Aber...«
»Nein.«
»Okay.« Ulla seufzte. »Reden wir von etwas anderem. Reden wir vom Stammtisch des Single-Clubs zum Beispiel. Wir werden nächsten Dienstag hingehen. Was meinst du?«
Kathie zog die Schultern hoch. »Ich weiß nicht...«, sagte sie unschlüssig. »Hermine meint, ein Single-Club beherberge ausschließlich Leute, die alleine bleiben wollen. Und die nicht auf frustrierte oder liebestolle Frauen warten.«
»Seit wann hörst du auf Hermine? Die ist doch nur eifersüchtig.«
»Eifersüchtig? Wieso sollte sie eifersüchtig sein? Sie hat doch alles, worauf es ankommt in unserem kargen Dasein. Einen krisenfesten Beruf, eine nüchterne Einstellung zu den wichtigsten Dingen des Lebens und Simon. Was will sie mehr?«
»Ob sie Simon gar so sicher hat?« fragte Ulla und streifte Kathie mit einem vorsichtigen Blick.
»Aber ja doch. Sie hat ihn gebündelt und verknotet und wartet nur noch auf eine günstige Gelegenheit, ihn einem willigen Pfarrer vor die Füße zu legen.«
»Wenn er so dumm ist, sich bündeln zu lassen.«
»Simon ist nicht dumm.«
»Nein?«
»Nein. Er ist nur gutmütig.«
»Ich weiß nicht recht... Ich halte ihn eher für einen Romantiker, der sich verzweifelt einredet, ein Ausbund an Nüchternheit zu sein. Und sich deswegen an ein weibliches Wesen klammert, das ihn durch die rauhe Welt führt.«

»Willst du vielleicht sagen, du hältst ihn für feige?« Kathie stellte ihr Glas so heftig auf den Tisch zurück, daß etwas Wein überschwappte.
»Reg dich bloß wieder ab. Ich halte ihn nicht für feige. Ich halte ihn für sensibel. Und sehr phantasievoll. Und deshalb glaube ich, daß er recht unglücklich werden wird mit der guten Hermine.«
Kathie lehnte sich zurück. Die silberne Sichel des Mondes war hinter einem dichten Schleier aus Wolken verschwunden, und durch die Kronen der Bäume fuhr leise der Wind. »Sonderbar«, sagte sie nachdenklich. »Ist es nicht sonderbar, daß sich die bösesten Frauen immer die nettesten Männer angeln?«

Am Samstag mittag stopfte Tobias seine Badehose in eine Plastiktüte und sah alle fünf Minuten nach dem Wetter.
»Ich glaube, es gewittert heute nachmittag«, sagte Kathie.
Tobias lief zum Fenster. »Nie und nimmer. Die paar Wölkchen«, meinte er besorgt.
»Bist du verabredet?«
»Ich? Wie kommst du darauf?«
»Du benimmst dich so sonderbar. Wie ein zorniger Meteorologe, der Opfer seiner eigenen Voraussagen wird.«
»Ts.« Tobias packte für das Kind Murmel noch eine Tafel Schokolade ein. Und Jollidudel, seine morsche Gummiente aus Bubentagen, die im Bad auf dem Fensterbrett stand und traurig vor sich hinbröselte.
»Was soll Jollidudel im Schwimmbad?«
»Schwimmen.«
»Aha. Aber sonst geht es dir gut?«
Tobias schwieg. Er wollte keine Erklärungen abgeben. Über große Gefühle sprach man nicht. Man hatte sie und verschloß sie in seinem Inneren, wo man darüber verfügen konnte. »Kann ich noch ein frisches Badetuch haben?« fragte er.

Im Flur lief Kathie Hermine in die Arme. Sie taxierten sich wie zwei Preisboxer im Ring.
»Hast du einen Moment Zeit?« fragte Hermine mit dem üblichen verkniffenen Zug um den Mund.
»Wo ist Simon?«
»Noch unten im Laden.«
»Also?«
»Ich würde es sehr begrüßen, wenn du dich ein bißchen weniger in Simons und mein Leben einmischen würdest.«
»Wie bitte?«
»Du weißt schon, was ich meine. Laß uns zufrieden, verstanden?«
»Spinnst du? Du mischst dich unentwegt in mein Leben ein, wenn du mich fragst. Und erteilst andauernd unerbetene Ratschläge. Aber nicht jeder Mensch kann so unfehlbar sein wie du!«
»Simon und ich haben ständig nur Streit deinetwegen. Ich finde, das geht zu weit. Schließlich bist du nur Simons Zimmerwirtin.«
»Du blöde Gans«, sagte Kathie leise. »Simon und ich sind sehr, sehr gut befreundet. Wenn ich einen älteren Bruder hätte, er müßte so sein wie er. Ich bedaure nur, daß er eine so trübe Tasse wie dich heiraten will. Und jetzt laß mich gefälligst in Ruhe!« Sie war weiß vor Zorn.
Hermine auch. Sie warf Simons Tür ins Schloß und trat mit dem Fuß dagegen.

Eine halbe Stunde später begann es zu tröpfeln.
»Es regnet«, rief Kathie über den Flur.
»Na, und? Schließlich bin ich nicht aus Zucker.« Tobias nahm einen Schirm aus dem Ständer, schulterte seine prall gefüllte Plastiktüte und verließ die Wohnung.

Im Ungerer-Bad saßen lediglich ein paar kleine Kinder wie zerzauste Spatzen unter einer Hecke und blickten trübe ins Wasser.
»Bist du sicher, daß du rein willst?« fragte das Mädchen an der Kasse.
»Klar. Regen ist sehr gut für den Teint.«
Tobias stapfte auf die große Liegewiese und breitete seinen Regenmantel auf dem Rasen aus. Dann hockte er sich nieder, hängte sich Kathies großes Badetuch um die fröstelnden Schultern, spannte den Schirm auf und wartete. Wenn sie nicht kommt, leihe ich mir einen Lautsprecherwagen und fahre alle Straßen Münchens ab, dachte er eigensinnig. Oder ich bleibe tatsächlich hier sitzen und schlage Wurzeln. Und komme als Titelbild direkt auf ihren Frühstückstisch. Er wikkelte sich noch fester in das Badetuch und biß ein Stück von Murmels Schokolade ab. Feuchte Kälte kroch in seine alten Jeans, auf seinem Gummimantel bildete sich eine traurige Regenpfütze.
»Bei diesem Sauwetter kann ich nicht einmal behaupten, daß ich zufällig hier bin«, sagte da eine amüsierte Stimme hinter ihm, und ein heiß ersehntes dunkles Lachen erklang.
Tobias sprang auf. Er hatte Schokolade an den Fingern, und sein Hosenboden war klatschnaß. »Ich bin überwältigt«, stöhnte er.
»Es ist nur wegen des Buches. Ich lasse mir nicht gerne etwas schenken, ohne mich zu revanchieren.«
»Und wie wollen Sie sich revanchieren?«
Sie antwortete nicht. »Wie lange hätten Sie denn gewartet?« fragte sie statt dessen.
»Bis man geschlossen hätte.«
»Oh, Sie Spinner«, sagte sie schon wieder und half ihm, seine Sachen zusammenzupacken. »Und nun?«
»Wie wär's mit einem Café hier gleich um die Ecke?« Tobias schlotterte mit Zähnen, so lang wie ein alter Droschkengaul.

»In dem nassen Zeug? Sie holen sich ja den Tod.«
»Ich könnte meine Badehose anziehen. Sie ist trocken.«
»Meine Güte. Was hab' ich mir da bloß angetan! Also gut. Zuerst einmal: Ich heiße Gerda Ohlson. Ich wohne nur ein paar Schritte von hier, und ich schlage vor, Sie kommen mit zu mir und lesen Murmel ein bißchen aus der ›Unendlichen Geschichte‹ vor. Ich werde unterdessen Ihre Jeans trocknen und Kaffee kochen. Einverstanden?«
»Und Ihr Mann?«
Ihr Gesicht verschloß sich. »Meinen Mann lassen Sie getrost aus dem Spiel. Ich nehme Sie nicht mit, um Sie zu verführen. Ich sagte Ihnen schon einmal: Ich mache mir nichts aus kleinen Jungs.«
Tobias begann zu grinsen. »So klein bin ich gar nicht«, antwortete er und stopfte Jollidudel ganz tief in seine Plastiktüte. Sie quietschte empört.

Zweimal während des Samstagabend-Films im Fernsehen ertappte sich Kathie dabei, daß sie in Gedanken einen flammenden Brief an Eberhard Bleibtreu formulierte. Einen rückhaltlos offenen Brief. Einen, in dem sie weder kokettierte noch beschönigte. Sie schaltete den Fernseher aus, legte eine Platte auf und holte ihr Schreibzeug. »Mein lieber Eberhard Bleibtreu. Er wird Ihnen sonderbar vorkommen, der Brief, den ich heute schreibe. Und herzlichen Dank für das reizende Gedicht. Sie wissen schon, die Regenbogenseide und das Träumeseil.«
Sie stockte. Ein bißchen Mozart perlte durch die Nacht. Durch die geöffneten Fenster drang frische Luft, das Gewitter hatte sich verzogen, ein paar Sterne funkelten am Himmel. Kathie malte einen großen Löwenzahn quer übers Blatt. Dann erhob sie sich, ging leise auf den Flur und klopfte an Simons Tür.

Er öffnete sofort. Er hielt einen Korkenzieher in der Hand, sein braunes lockiges Haar fiel ihm in die Stirn. »Kathie!« rief er überrascht. »Wie nett. Ich habe gerade beschlossen, ein Glas Wein zu trinken. Hermine ist zu einem Klassentreffen. Was ist? Trinkst du ein Glas mit?«
Kathie trat ein. »Ich wollte einen Brief schreiben«, sagte sie verlegen. »Und hatte plötzlich irrsinnige Lust, mit jemandem zu reden. Mit jemandem, der mich kennt. Blöd, nicht?«
»Wieso blöd? Ich finde es ganz in Ordnung.« Simon lächelte sie an. »Na, dann Prost«, sagte er, nachdem er zwei Gläser gefüllt und vorsichtig zum Tisch getragen hatte.
Kathie blickte zu ihm auf. Sein Gesicht lag im Schatten, und die Stille im Zimmer war beängstigend. Auch ihre Gefühle waren beängstigend. Simon, dachte sie verwundert. Simon. Sie begann zu frösteln. Ihr Herz klopfte bis zum Hals. »Ist gut, der Wein«, murmelte sie.
»Ich habe noch zwei Kisten davon im Keller. Ich werde sie aufheben für die Hochzeit.«
»Für welche Hochzeit?«
»Für meine Hochzeit. Hermine will nämlich nicht mehr länger warten, und ich kann's verstehen. Schließlich kennen wir uns jetzt sieben Jahre.«
Holterdipolter, machte das Herz, holterdipolter. Kathie schickte ein freches Lächeln dorthin, wo sie ihre Lippen vermutete. »Ach, du armer, armer Simon. Ich kann mir dich gar nicht vorstellen als Ehemann. Wann soll sie denn sein, die Inhaftierung?«
»Na ja, so eilig ist es auch wieder nicht. Vielleicht Anfang nächsten Jahres.«
»Dann wirst du ja ausziehen?«
»Tja.« Er blickte sich bedauernd um.
»Ich glaube, ich mach mich wieder auf den Weg.«
»Jetzt schon?« Er schien enttäuscht.

»Ich werde meinen Brief zu Ende schreiben.« Sie sprang auf.
»Wann triffst du ihn endlich mal, deinen Briefeschreiber?« Auch er erhob sich.
»Bald.« Kathie blies ein paar Locken aus der Stirn. »Weißt du was, Simon Burger?« fragte sie so fröhlich, daß ihr ganz übel wurde dabei. »Ich fände es eigentlich köstlich, wenn wir Doppelhochzeit machten, mein Briefeschreiber und ich . . . und du und Hermine.«
Simon lachte. Ein bißchen böse und ein bißchen irre. Dann kaute er auf seiner Unterlippe und bewegte sich nicht von der Stelle. Wie ein Klotz stand er da und bewegte sich nicht.
»Gute Nacht«, sagte Kathie sanft. Auch sie stand ganz still.
Da trat er einen Schritt auf sie zu. Sie hob ihren Arm und löste ein blondes schnurgerades Hermine-Haar von seinem Hemdkragen.
»Kathie?«
»Ja?«
»Ich wünsche dir, daß du ihn einmal findest, deinen Traummann«, sagte er rauh. Dann drückte er sie kurz an sich. Seine Arme waren viel härter, als sie vermutet hatte, und sie rieb ihr Gesicht an dem seinen und hatte lauter kleine Schluchzer im Hals.
Nach einer langen Weile schob er sie von sich. »Und du versprichst mir«, sagte er mit ganz flacher Stimme, »daß du zu unserer Hochzeit kommst?« Seine Augen sahen nicht so aus, als wüßten sie, wovon er sprach. Sie sahen eher so aus, als blickten sie nach innen und hätten keine Freude an dem, was sie erkannten.
»Aber ja«, antwortete Kathie. »Ich werde sogar Blümchen streuen. Lauter kleine unschuldige Ringelblümchen. Zufrieden?«

Sie wartete seine Antwort nicht ab. Sie ging in ihr Zimmer zurück und legte die Zigeunerweisen von Sarasate auf. Sie legte immer die Zigeunerweisen von Sarasate auf, wenn sie weinte. Und jetzt weinte sie. O Mann, und wie sie weinte!

6. Kapitel

Nun war sie es, die auf einen Besuch beim Single-Club drängte und die es nicht erwarten konnte, das alte Haus in der Königstraße hinter sich zu lassen und einzutauchen in das, was Ulla das pralle Leben nannte. Denn irgend etwas hatte dieser verdammte Samstagabend ihr angetan, etwas, das ihr Inneres in ein Meer von Tränen verwandelte und ihr Herz in einen Stein, der schwerer wog als alles, was sie kannte. Wenn sie die Augen schloß, sah sie Simon. Wenn sie sie öffnete, sah sie ihn auch. Wenn sie arbeitete, sehnte sie sich nach seiner Stimme. Wenn sie nicht arbeitete, sehnte sie sich auch.

»Ich bin krank«, sagte sie am Montag zu Udo Marquart und verließ das Büro bereits am frühen Nachmittag. Sie spazierte ziellos durch die Straßen, kaufte sich eine Limonade, obwohl sie Limonade nicht mochte, begann im Sonnenschein zu frösteln, um im Schatten der Häuser Schweißperlen auf der Stirn zu fühlen, und suchte dann eine große Bücherei auf, in der sie begierig und doch voll böser Ahnungen in einem Buch schmökerte, das sich mit den verflixten Wechseljahren befaßte. Verfrühtes Klimakterium, las sie, verursachte Kribbeln in Armen und Beinen, Sehstörungen, Gedächtnisschwund und Hitzewallungen circa fünfzehnmal am Tag. Die Symptome stimmten. Auch bei ihr kribbelten Arme und Beine, und ihre Hitzewallungen, wann immer ihr Simon in den Sinn kam, waren besorgniserregend. Bleiben Sie ruhig und gelassen! riet die Verfasserin, und Kathie stieß ein verächtliches Lachen aus. Ruhig und gelassen! Wie konnte man ruhig und gelassen

bleiben, wenn man plötzlich bei Howard Carpendales Liedern in Tränen ausbrach, sich ununterbrochen wie wild auf die Lektüre der ›Love Story‹ stürzte und keinen Frühstücksbissen mehr hinunterbrachte, sobald Simons Gurgeln im Badezimmer ertönte und allein die Wahrnehmung dieses prosaischen Geräusches sündige Visionen wachrief. Wie er, unter der Dusche stehend, seinen nackten Körper einseifte, beispielsweise, und den behaarten Brustkasten dehnte. O Teufel! Es war ein entsetzliches Gefühl! Sie hatte nicht gewußt, wie entsetzlich es war, wenn einen die Biologie in den Klauen hatte und die vermeintlich starke Psyche zusammenschrumpfen ließ zu einem erbärmlich schlotternden Etwas.
Und was war mit Schiwago?
Wer war Schiwago?
Und mit Eberhard Bleibtreu?
Zum Kuckuck mit Eberhard Bleibtreu!

Am Dienstag abend kleidete sie sich in weißes Linnen, flocht ihr Haar zu einem Zopf und trug ihr Gesicht wie eine Heimsuchung vor sich her.
»Was ist los mit dir?« forschte Ulla und betrachtete sie kritisch von der Seite.
»Wieso?«
»Du siehst aus, als würdest du gleich in Tränen ausbrechen. So schlimm wird er nun auch wieder nicht sein, der Stammtisch des Single-Clubs.«
»Ich? Aber ich bitte dich! Ich fliege morgen mit Schiwago nach Madrid. Ich wandle auf dem Zenit meines Gefühlslebens. Hast du das nicht bemerkt?«
»Du wirkst so händeringend. Wie Desdemona, ehe sie gewürgt wird vom reizenden Othello.«
»Gute alte Ulla. Laß mich zufrieden, ja? Ich fühle mich prächtig.«

»Gute alte Ulla! Manchmal glaube ich wirklich, bei dir tickt's nicht mehr richtig!«

In den Weinstuben des gediegenen »Ratsherrn« herrschte bereits emsiges Treiben. Alles schien sich zu kennen. Man war zahlreich. Man lachte, man unterhielt sich, man winkte dem Ober und scherte sich um Kathie und Ulla so wenig wie um die Luft, die man atmete. Man hatte Filzpantoffeln an und war hier zu Hause. Und man war gar nicht erfreut, daß Fremde vor der Tür standen und klopften.
»Ach ja«, sagte ein junger Mann, der aussah wie der eifrige Substitut des ersten Kaufhauses am Platze. »Sehen Sie da drüben den runden Tisch? An dem bereits zwei Herren sitzen? Sind auch zwei Frischlinge.« Er verlor ein Lachen, das keiner haben wollte. »Frischlinge«, japste er, »Frischlinge sind unsere Neuen, wissen Sie. Wir setzen sie an einen eigenen Tisch. Damit sie sich ein bißchen umgucken können.« Er schob Kathie und Ulla in milchiggraue Rauchschwaden, und es fehlte eigentlich nur noch der aufmunternde Klaps auf den Po. Ich single, du singlest, wir singlen . . .
Die zwei männlichen Frischlinge – der eine trug eine brillantbesetzte Krawattennadel, der andere eine dunkle Hornbrille – nuckelten verlegen an ihren Weingläsern.
»Bitte nehmen Sie doch Platz«, sagte der Mann mit Hornbrille, der ungefähr in Kathies Alter war und sehr sympathisch wirkte. »Ich heiße Bernd Haider. Und ich fühle mich wahrscheinlich genauso sonderbar wie Sie.«
»Sie sind auch zum ersten Mal hier?«
»Ja. Zur Probe sozusagen.«
Der Mann mit der Krawattennadel beugte sich vor. »Ich finde es seltsam, daß man die Neuen an einen eigenen Tisch führt. Wäre doch viel besser, wenn man sie unter jene verteilt, die sich schon kennen.« Auf seinen Lippen sammelten sich ein

paar empörte Speichelbläschen. Er flüsterte so leise, als befürchte er eine kräftige Zurechtweisung des jungen Substituten, der geschäftig zwischen den einzelnen Tischen hin und her lief und ganz den Eindruck machte, als sei er wichtig.
»Überlebenstraining der einsamen Herzen wahrscheinlich«, sagte Ulla und sah sich um. »Scheint außerdem Männermangel zu herrschen.«
»Männer sind eben feige.« Bernd Haider lachte. »Was meinen Sie, wie lange ich gebraucht habe, um mich zu überwinden und anzurufen.«
»Warum eigentlich? Warum fällt es den Männern so schwer, zuzugeben, daß sie sich einsam fühlen?«
»Es hängt wahrscheinlich mit unserem Rollenverständnis zusammen. Ein richtiger Mann hat keine Schwierigkeiten, eine Frau kennenzulernen. Punktum!«
»Was sogar wahr ist. Männer haben's leichter«, bemerkte Ulla kriegerisch. »Keiner nimmt es Ihnen zum Beispiel übel, wenn Sie allein in eine Kneipe gehen oder eine Bar oder ein Nachtlokal. Ist das Natürlichste der Welt.«
»Nur gehe ich nicht gerne in Kneipen und reiße Frauen auf. Und Nachtlokale verabscheue ich.«
»Sind Sie nun hier, um Ihre Freizeit nett zu verbringen oder um jemanden kennenzulernen?«
»Das eine schließt das andere doch nicht aus«, sagte Bernd Haider und wurde ein wenig rot.
Kathie betrachtete ihn verstohlen. Er sah nett aus. Bieder. Mit einer Nase, wo sie hingehörte, mit Augen am richtigen Platz und einem Mund, der weder zu groß war noch zu klein. Es gab sie also, die männlichen Singles, die vielleicht auch ihrer harrten und ihrer bedurften. Sie schluckte. In ihren Armen und Beinen begann es wieder zu kribbeln. Was soll ich eigentlich hier? fragte sie sich voller Panik. Was, um Himmels willen, stellte das alles dar? Eine neue Art der Einsam-

keit? Eine, die sich nicht mehr verbarg? Die sich zeigte und protzte? Und so tat, als sei sie gewollt?

»Haben Sie gesehen? An den anderen Tischen liegen Listen auf für verschiedene Veranstaltungen. Sollten wir uns nicht auch irgendwo eintragen?«

»Wenn Sie meinen...«

»Na, kommen Sie.« Bernd Haider erhob sich. »Zu zweit fühlen wir uns bestimmt stärker.« Er lächelte sie an und schob seine Hand unter ihren Arm.

Als Kathie und Ulla zwei Stunden später nach Hause wanderten, benahmen sie sich wie die Kinder. Sie hopsten auf einem Bein über quadratische Pflastersteine, warfen drei Münzen in einen alten Brunnen und ahmten den jungen Substituten des Single-Clubs nach.

»Was hältst du von dem Ganzen, du Frischling?« fragte Ulla.

»Ich weiß nicht. Ich habe den Eindruck, es ist schwer, sich zu integrieren. Und manche tragen ihr Single-Dasein wie ein Banner vor sich her. Die anderen aber...« Kathie zögerte.

»Na ja. Ich nehme an, es ist ein Fehler, zu glauben, daß Einsamkeit plus Einsamkeit in fröhlicher Zweisamkeit endet. Und daß es gut ist, dazusitzen und auf die große Überraschung des Lebens zu warten. Auf den Augenblick, wo sich die Tür auftut und das Wunder eintritt. Denn es kommt nicht, das Wunder. Nur nette, brave Typen kommen wie dieser Bernd Haider, denen zu Hause die Decke ebenso auf den Kopf fällt wie dir und mir und die im Single-Club auch wieder nur das Zweitbeste kriegen. Wo sie doch so gerne einmal das Beste hätten.«

»Kathie! Nun mach kein philosophisches Problem daraus. Sag mir lieber, ob du dabei bleibst oder nicht.«

»Ich habe mich auf die Sportliste eingetragen. Für gemeinsames Jogging mit anschließendem Frühschoppen übernächsten Sonntag. Aber ich weiß nicht recht...«

»Na, wir werden ja sehen. Trinken wir noch ein Pils in der Kaiserstraße?«
»Ich fliege morgen vormittag nach Madrid.«
»Aber der Abend ist noch so jung.«
Kathie blieb stehen. »Ja. Du hast recht. Der Abend ist noch jung. Und zu Hause ist es entsetzlich.«
»Wieso ist es zu Hause entsetzlich?« Ullas Ohren kräuselten sich vor Wachsamkeit.
»Ulla? Glaubst du, daß es das gibt, daß man jemanden, den man täglich sieht, liebt und es nicht bemerkt?«
»Ich weiß, Schätzchen, daß du die Niete Schiwago anbetest. Aber deshalb gleich von Liebe zu sprechen ... Liebe ist ein so doofes Wort.«
»Du verstehst mich nicht.«
»Ich habe Durst, teure Lara. Und wenn ich Durst habe, pflegt mein Einfühlungsvermögen auf den Nullpunkt zu sinken. Also dann ... bereit?«
»Immer bereit«, sagte Kathie seufzend.

Madrid hatte ein frischgeputztes, sauberes Gesicht, als sie ankamen. Ein kalter Wind fuhr durch die Straßen, die Kioskhändler hielten ihre Zeitungen fest, und die blinden Losverkäufer traten in die Häusereinfahrten, zogen ihre alten Jacken am Kragen zusammen und warteten darauf, daß die Sonne wieder wärmte.
Kathie und Ralph Hartmann wohnten in einem kleinen luxuriösen Hotel in der Nähe der Plaza de España und stürzten sich gleich nach ihrer Ankunft in die Arbeit. Sie konnten das Büro von Miguel Modet zu Fuß erreichen, und Ralph Hartmann erzählte Kathie, wie wichtig ein guter Abschluß für die Firma Pelz & Söhne sei und wie bedeutend auch für ihn.
»Wenn wir das hier gut unter Dach und Fach bringen, wird meiner Beförderung wohl nichts mehr im Wege stehen«,

sagte er zufrieden. »Ich glaube, man hat große Pläne mit mir, und ich hatte noch nie etwas dagegen, neue Titel einzuheimsen.«

Kathie nickte pflichtschuldigst. Es kam ihr sonderbar vor, daß sie hier, in einem fremden Land, in einer fremden Stadt, dicht neben ihm ging und trotzdem nicht in Ohnmacht fiel vor grenzenloser Seligkeit. Ihre Psyche hatte einen Knacks, so viel stand fest, und sicherlich wäre sie besser beraten, eine Selbsterfahrungsgruppe im Gesundheitspark zu besuchen als die wöchentlichen Sitzungen des Single-Clubs. Vielleicht gelang es ja einem unerschütterlichen Psychotherapeuten, ihr nachzuweisen, daß sie nicht einfach ein wankelmütiges Weib, sondern eine mit frühkindlichen Belastungen lebende Heroin war?

Dann aber blieb ihr keine Zeit mehr, um zu grübeln. Sie übersetzte, tippte, telefonierte und sank abends nach einem kleinen Imbiß todmüde ins Bett.

Der nächste Tag wurde noch härter. Sie hatte sich nie sonderlich für das technische Innenleben der Produkte der Firma interessiert, hatte mit Wörtern wie Indikatormethode, Dioden und Chips jongliert wie mit kleinen weißen Gummibällen, ohne zu wissen, wovon sie eigentlich sprach. Nun büßte sie.

»Ich bin wirklich die typische Sekretärin«, sagte sie stöhnend zu Ralph Hartmann, als sie wieder nach einem Ausdruck suchte und verzweifelt in technischen Wörterbüchern blätterte. »Wir übertragen hemmungslos die schwierigsten Texte nach Diktat, wir tippen sie fehlerfrei, wir sind topfit. Aber kapieren tun wir nichts. Bei den Chips denken wir höchstens daran, daß wir am Abend noch schnell Knuspersachen fürs Fernsehen besorgen müssen, und die Indikatormethode halten wir zunächst für eine neue Art von Verhütungsmittel.«

Miguel Modet, ein schlanker, wendiger Mann mit dem stolzen Charme des echten Spaniers, lächelte, als Kathie ihn bat, Geduld zu haben. »Aber ich bitte Sie! Sie machen das wunderbar. Und Sie sind Labsal für jedes Auge. Eine schöne Frau und so gescheit!«

»Ich bin kein Labsal. Ich koste Herrn Hartmann Jahre seines Lebens.«

»Bei Gott, das tut sie«, antwortete er. Aber er schmunzelte. Er war stolz auf sie. Sie gereichte ihm zur Ehre. Kathie trank einen großen Schluck Wasser, dachte an Simon und hatte wieder ihre klimakterischen Beschwerden.

Auch in München pfiff ein frischer Ostwind um die Häuserecken. Simon schloß das große Fenster im Laden und zog seinen dicken Janker an. Er war denkbar schlechter Laune, und nicht einmal die Tatsache, daß sich seine Bücherei allmählich immer größerer Beliebtheit erfreute, konnte ihn aufheitern.

»Was ist los mit dir?« fragte Hermine, als sie in Kathies Küche beim Abendessen saßen und Milchreis löffelten. »Du hast in letzter Zeit Stimmungen wie eine Operndiva.«

Simon schwieg. Er vertiefte sich in eine alte Zeitung und verweilte mit düsterem Gesicht bei den Todesanzeigen.

»Ich rede zufälligerweise mit dir.«

»Aber ich nicht mit dir. Mein Gott, Hermine! Ich bin einfach ein bißchen muffig und möchte nichts anderes, als daß man mich in Ruhe läßt.«

»Wenn du dich vor unserer Hochzeit schon benimmst wie ein uralter Ehekrüppel, na danke!«

Das Telefon klingelte, und Simon seufzte erleichtert auf.

»Hallo, Simon? Hier ist Eberhard. Ich hab wieder einen Brief für dich, du Gauner.«

»Oh.« Simon wurde es heiß.

»Kommst du ihn abholen oder soll ich ihn schicken?«

»Ich hole ihn. Morgen. Einverstanden?«
»Okay. Also dann. Bis morgen.«
»Wer war's denn?« fragte Hermine.
»Ein Lieferant.«
»Aha.« Sie lächelte ihn an. »Trinken wir eine Flasche Wein und reden über die Hochzeit?«
»Über welche Hochzeit?«
»Über unsere Hochzeit. Wir haben die Papiere beisammen, also brauchen wir nur noch das Aufgebot zu bestellen und könnten schon im Sommer heiraten. Was denkst du?«
»Im Sommer?« Hätte sie den Äquator bei 50 Grad Celsius vorgeschlagen, es hätte nicht erstaunter klingen können.
»Ich habe mir sagen lassen, daß der Sommer höchst willkommen ist für Heiratswillige. Oder hättest du's lieber während eines Schneesturms in Alaska?«
»Warum willst du es plötzlich überstürzen? Ich dachte, wir heiraten nächstes Frühjahr.«
Hermine betrachtete ihn mit zusammengekniffenen Augen. »Wir können es auch ganz lassen. Ich weiß im übrigen schon, warum du so schlecht gelaunt bist. Du bist schlecht gelaunt, weil Kathie mit ihrem blöden Schiwago in Madrid ist.«
»Bist du verrückt?«
»Nein, ich nicht. Aber du vielleicht. Gut, Simon Burger. Ich werde von mir aus nicht mehr auf die Hochzeit zu sprechen kommen. Aber überleg es dir nicht zu lange. Du bist nämlich nicht der einzige Mann auf der Welt.« Sie ballte ihre Hände zu Fäusten.
»Ich habe Kopfschmerzen«, sagte Simon und schämte sich. »Und außerdem ...«
Wieder klingelte das Telefon. Dieses Mal war es Kathie, und Hermine klapperte erbost mit Töpfen und Geschirr, als sie Simons überraschten Ausruf vernahm.
»Ich wollte bloß hören, ob alles in Ordnung ist bei euch«,

sagte Kathie, und ihre Stimme klang forsch und frech wie immer.
Simon grinste den Hörer an. »Na ja. Dein dünner Kaffee zum Frühstück geht mir mächtig ab. Wie ist es in Madrid?«
»Gestern war's noch lausig kalt. Aber heute scheint die Sonne, und alle Leute sind fröhlich. Und morgen abend sind wir ganz groß eingeladen zum Essen und zum Bummeln, der olle Schiwago und ich...«
»Na, wie schön für dich«, antwortete Simon frostig. »Dann kannst du ihn ja endlich waidgerecht erlegen, ausstopfen und über dein Bett hängen.«
»Ein Schiwago überm Bett war nicht gerade das, was ich wollte.«
»Aha.«
»Außerdem habe ich inzwischen andere Ambitionen.«
»Vom Regen in die Traufe, nicht wahr? Zuerst der große, unerreichbare Boß und dann ein Postillon d'amour.«
»Tja. Vom Regen in die Traufe.« Kathie lachte böse. »Ist eigentlich ein Brief da für mich?«
»Hast du nicht erst selbst geschrieb...« Simon traf fast der Schlag, als er merkte, was er sagte. »Ich meine, hast du nicht gesagt, du wolltest ihm als nächstes schreiben?«
»Nein, Papa Simon, habe ich nicht. Also. Ich muß Schluß machen. Grüß alle schön von mir. Und gib Kater Moritz einen dicken Kuß.«
»Wann kommst du zurück?«
»Samstag abend. Also dann...« Sie schwiegen beide. Hörten sich atmen. Und legten behutsam auf.

Madrids temperamentvolle Lebensfreude übertrug sich und ging unter die Haut. »Ich werde Sie beide im Hotel abholen«, hatte Miguel Modet gemeint, als er sich am Freitag nachmittag von Kathie und Ralph Hartmann verabschiedete. Kathie begann sich auf den kommenden Abend zu freuen. Sie trank, bevor sie unter die Dusche ging, ein Glas Sekt, legte ihr weißes Sommerkostüm zurecht und faßte den Entschluß, weder an München noch an Simon noch an irgendwelche anderen Stolpersteine ihres Lebens zu denken. Die nächsten paar Stunden wollte sie genießen! Sie wollte in einem der vielen Straßencafés auf der Plaza Mayor einen Apéritif zu sich nehmen, wollte durch die engen Gäßchen der Altstadt schlendern, wollte sich verzaubern lassen vom Lichtermeer der Stadt, den hellerleuchteten Brunnen, den Prachtstraßen, den alten Gebäuden. Und wollte selber verzaubern. Schließlich – hatte sie nicht bereits vor vielen Wochen beschlossen, ein Vamp zu werden?

»Ich liebe Madrid«, sagte sie während des Abendessens zu Miguel Modet. »Ich liebe es mehr als Paris.«

»Waren Sie schon öfters hier?«

»Ja. Früher, mit meinem Vater.«

»Und warum lieben Sie es mehr als Paris?«

»Weil Madrid den Madrilenen gehört. Tausende von Besuchern können hier sein, es wird ihnen trotzdem nicht gelingen, die Stadt zu verändern. Sie ist fest in eigener Hand. Paris dagegen gehört der ganzen Welt, verstehen Sie?«

»Ich bin in meinem Urteil verständlicherweise etwas befangen. Aber ich finde auch München eine reizende Stadt. Leben Sie alleine dort? Oder sind Sie verheiratet?«

»Ich lebe alleine. Und ich schufte Tag für Tag für Herrn Hartmann und versuche, ihm das Leben zu erleichtern. Was mir nicht immer gelingt.« Sie lachte.

»Frau Fröhlich ist unersetzlich für mich«, sagte Ralph Hartmann und sah Kathie in die Augen.

Nach dem Essen besuchten sie eine Bar, die in der Nähe der Oper lag und vor Leben brodelte wie ein großer Topf Suppe auf einer allzu hohen Flamme. Man stand und redete und trank und redete und lachte und redete und flirtete und redete. Irgendwann floß Champagner. Irgendwann küßte Miguel Modet Kathies Hand und verabschiedete sich. Und irgendwann wurde Kathie bewußt, daß Schiwago Hartmann, der jahrelang ihr Herz mit Füßen getreten und ihr Innenleben in eindeutig sadistischer Absicht brachgelegt hatte, näher und näher rückte und sie offensichtlich zum erstenmal als Frau betrachtete und nicht als gut funktionierende Maschine der Firma Pelz & Söhne. Seine dunklen Piratenaugen blitzten, er legte einen Arm um Kathies Schultern und bestellte ein abenteuerliches grünes Getränk, das wie Feuer im Magen brannte und im Nu das ganze Leben wie ein Kinderspiel erscheinen ließ.

»Was macht eigentlich Ihr Herzeleid?« fragte er, und es schien ganz natürlich, daß er es fragte.

»Mein Herz ist total ruiniert. Kaputt. Entzweigebrochen.«

»Und mich lieben Sie kein bißchen mehr?« Er lächelte. Wissend und unverschämt.

»Na, so ein kleines bißchen vielleicht noch. So circa drei Zentimeter zwischen Gefühl und Vernunft.« Auch sie lächelte und hatte viel zuwenig Luft zum Atmen. Sie suchte nach einer Zigarette, obwohl sie nicht rauchte, und trank wie eine Erfrierende das grüne Feuerwasser, obwohl ihr heiß war wie im Backofen. Er aber nahm ihr die Zigarette wieder aus der Hand und stellte ihr Glas zurück auf den Tisch und verbreitete so viel Elektrizität um sich, daß Kathie Gänsehaut bekam am ganzen Körper. Seine frechen schwarzen Augen wanderten von ihrem Gesicht zum weißen Rüschendekolleté, ein unverschämter Blick war das, alles was recht war. Dann zog er sie an sich und küßte sie. Einfach so. Und er hatte eine Menge Erfahrung, das mußte der Neid ihm lassen. Er mußte ein Naturtalent sein, da er sonst doch lebte wie ein Mönch.

Seine Lippen waren plötzlich überall, auf ihrem Mund, auf ihren Augen, in ihrem Haar. Er sah entsetzlich leidenschaftlich aus und ernst, und Kathies Beine waren nur noch Gummi, Gelee, gallertähnliche Masse und zitterten mehr, als für einen zukünftigen Vamp gut war.
»Gehen wir?«
O heiliger Strohsack! O spanische Nacht! O Simon!
Sie nickte.

Seit Gerda Ohlson seine Jeans getrocknet und ihm einen Kaffee gekocht hatte, wartete Tobias auf ein Zeichen. Er wartete darauf mit der Inbrunst eines gerade gläubig Gewordenen, der in der Kirche saß und den Engel des Herrn herbeisehnte. Er hatte in Gerdas Wohnung seine Telefonnummer auf vielen winzigen Zettelchen vermerkt, hatte mit dem sonderbaren Kind Murmel, das so ernst war wie ein kleiner Bestattungsunternehmer, »Mensch ärgere dich nicht« gespielt und am nächsten Tag heimlich einen Bund Vergißmeinnicht an die Tür gehängt. Aber nichts.
Nun saß er da und dachte nach. Über Herrn Ohlson beispielsweise. Wohin legte der Gute sein müdes Haupt jede Nacht? Denn da waren nur zwei Betten in der bezaubernden Ohlson-Wohnung! Wenn also die schöne Gerda ihren Ehemann nicht jeden Abend zusammenfaltete wie ein altes Hemd und in einen Schrank stopfte, beanspruchte er ganz eindeutig keinen Platz. Wer aber keinen Platz beanspruchte, konnte so wichtig nicht sein. Oder doch?
In seiner Not besuchte er Ulla.
»Ich habe eine Frau kennengelernt«, begann er. »Keine Disco-Tussi und auch keine scharfe Kneipen-Mutter. Nein. Eine wirkliche Frau. So etwas Ernstes, Reifes, das offensichtlich alleine lebt, aber einen Ehering am Finger hat. Tochter ist auch da. Und, verdammt noch mal, ich habe alles getan, um

im Gedächtnis zu bleiben. Aber nichts. Keine Reaktion. Klappe zu, Affe tot.«

»Oh, oh, oh. Dich hat's ja arg erwischt.«

»So arg, daß mir schon ganz seltsam ist. Also, dein weiblicher Rat. Wie stell' ich's an?«

»Mit deinem üblichen Schmus kommst du nicht weiter. Der erschreckt sie nur. Wenn sie von ihrem Mann getrennt lebt, hat sie jede Menge Sorgen. Ein Kind hat sie auch noch. Also...« Ulla sah ihn nachdenklich an. »Schmink dir einfach den feurigen Romeo ab und sei nur du«, sagte sie dann.

»Das ist aber verdammt wenig. Ich bin im Normalfall ein ziemlicher Hornochse. Und furchtbar kindisch.«

»Richtig. Und genau das braucht sie.«

»Einen Hornochsen?«

»Einen Kindskopf. Ernst ist sie doch selber. Und ihr Leben auch. Also verstell dich nicht und sei einfach nur der alberne Tobias. Ist das beste, was du machen kannst. Willst du ein Bier?«

»Nein, danke. Und du glaubst wirklich, ich bring sie dazu, mich zu mögen?«

»Na klar. Frauen sind nämlich ziemlich blöd, wenn du mich fragst.«

»Danke«, sagte Tobias beleidigt und stopfte sein T-Shirt in die Jeans.

Simon stand, die Ärmel hochgekrempelt und mit schwerem Blick, in seiner Stammkneipe und zählte die Striche auf seinem Bierfilz. Er war aus der öden, leeren Wohnung geflüchtet, in der Kathie an allen Ecken und Enden fehlte und Tobias herumhing wie das Leiden Christi.

»Sind Sie verheiratet?« fragte er seinen Nebenmann und hatte Mühe mit den Zischlauten bei seiner unschuldigen Frage.

»Ja. Seit zwanzig Jahren. Nie mehr wieder.«
»Was ›nie mehr wieder‹?«
»Heiraten. Heiraten ist blöd. Heiraten ist totale Versklavung.«
»Warum?«
»Sehen Sie.« Auch sein Nachbar hatte einen kleinen Sprachfehler.
»Heute zum Beispiel. Ich will ganz normal, ganz einfältig, hier stehen und ein kleines Bier trinken. Oder zwei. Ja, Gottverdammich, dann halt zwei. Und schon muß ich Rechenschaft ablegen, wenn ich nach Hause komme. Wo warst du, was hast du getan, warum hast du es getan, du riechst nach Bier, du hast eine andere, du betrügst mich, ich gehe zurück zu meiner Mutter. Tut sie aber nicht.«
»Hat aber auch gute Seiten, das Verheiratetsein.«
»Ja? Ich weiß nicht. Wenn man die Richtige hat, vielleicht.«
»Aber wer ist die Richtige?« Simon runzelte die Stirn. »Das ist die Frage aller Fragen. Wer ist die Richtige?«
»Die Richtige? Die Richtige ist die, mit der du immer lachen kannst. Wenn ich wieder heirate ... weiß man ja nicht ... dann eine, die viel lacht. Sie braucht nicht kochen zu können oder nähen oder Kuchen backen, sie muß nur lachen.«
»Ist aber albern, so viel Gelache.«
»Ist nicht albern. Meine Frau lacht nie. Und geheiratet habe ich sie, weil sie so ein tiefer Mensch ist. Ts. Ein tiefer Mensch. Hab ich was davon.«
Simon zahlte. Es reichte ihm. Hermine war auch ein tiefer Mensch. Und zum Lachen ging sie in den Keller.
»Denken Sie dran«, rief ihm sein Nachbar nach. »Nur eine, die viel lacht. Und die kein tiefer Mensch ist.«

Am Samstag morgen stand Kathie im vornehm gekachelten Bad ihres Hotelzimmers und war so grün im Gesicht wie das

Feuerwasser, das sie am Abend zuvor getrunken hatte. Heiliger Strohsack, dachte sie ein ums andere Mal. Was habe ich bloß angestellt! Sie versuchte sich zu erinnern. An die kleine Bar, an den zauberhaften Park, an das leise Zirpen der Vögel im Geäst, an den Mondschein, der in seiner gelben Pracht ihr armes, champagnergebadetes Herz überfallen hatte, und an Schiwago Hartmann, der so romantisch geworden war wie ein Jüngling von zwanzig Jahren und genauso enthemmt. Und je mehr sie sich erinnerte, um so verzweifelter wurde sie. Sie studierte ihr grünes Gesicht wie ein total unverständliches Formular der örtlichen Steuerbehörde und wünschte sich ein Bermuda-Dreieck direkt vor ihrem Hotel. Katharina Fröhlich, verschwunden am Tage X. Denn wie, um Himmels willen, sollte sie Ralph Hartmann jemals wieder unter die Augen treten? Und auch ihr Fünfundachtzigknöpfchenkleid hatte sie nicht dabei, um damit zu signalisieren, daß sie ihren und seinen moralischen Verfall auf das tiefste bedauerte. Keiner Frau der Welt sollte es erlaubt sein, ohne ein moralisches Kleid nach Spanien zu fahren! Soviel war ihr jetzt klar. Sie lief auf und ab, blickte zur Uhr, bestellte sich einen Orangensaft aufs Zimmer und wurde immer hysterischer. Ulla, dachte sie plötzlich. Ich rufe Ulla an. Während sie auf die Verbindung wartete, betete sie, die Freundin möge zu Hause sein.
Sie war zu Hause.
»Hallo, Ulla. Hier ist Katharina, die Bleiche.«
»Kathie? Bist du schon zurück?«
»Nein. Ich bin noch in Madrid. Ich brauche deinen Rat.«
Ulla lachte. »Gestern abend war Tobias da. Ich muß schon sagen, allmählich fühle ich mich wic cine Briefkastentante. Also, schieß los.«
»Ich habe Blödsinn gemacht. Mit Schiwago.«
»Na, das wolltest du doch immer.«
»Darauf kommt's jetzt nicht an. Aber es ist mir so entsetzlich

peinlich. Ich trau mich einfach nicht runter in die Halle. Wir müssen noch zu einem Abschlußprotokoll ins Modet-Büro fahren. Und ich trau mich dem Schiwago nicht unter die Augen.«

»Wieso? Hast du ihn vergewaltigt?«

»Blöde Gans. Wir waren total beschwipst. Und dann ...« Sie schwieg. In der Leitung summte es.

»Und du hast vergessen, dich vorzusehen?« Ullas Stimme klang sehr nüchtern.

»Was meinst du damit?«

»Hast du die Pille geschluckt? Oder sonst irgend etwas unternommen?«

»Aber Ulla! Ich meine doch nicht solche Dummheiten.«

»Welche dann? Seid ihr nackt durch Madrid gelaufen? Mensch, Kathie, nun spuck's schon aus.«

»Wir haben uns geküßt.«

»Sie haben sich geküßt«, sagte Ulla erschüttert.

»Ja. Geküßt. Oft. In der Bar. Und im Park. Stundenlang. Und dann sind wir zum Hotel marschiert und haben unterwegs einen Pasodoble getanzt. Oder das, was wir dafür hielten. Und dann ...«

»Ich höre, mein Schatz, ich höre.«

»Reicht das nicht? Ich weiß nicht mal mehr, wie ich auf mein Zimmer gekommen bin. Ich weiß nur, daß er den Lift nahm und ich nicht.«

»Und das ist alles? Dafür zahlst du ein kleines Vermögen an Telefongebühren? Um mir zu sagen, daß ihr euch geküßt habt wie zwei Teenager? Händchenhaltend im Park?«

»Die Küsserei geht auf Firmenkosten. Ich meine ... das Telefon geht ... Ach, Ulla, was tu ich jetzt bloß?«

»Ich verstehe das Problem nicht, entschuldige. Es soll schon viele Leute gegeben haben, die sich geküßt haben, ohne deshalb gleich zu denken, sie seien ein leibhaftiges Sündenbabel.«

»Es ist mir peinlich, verstehst du das nicht? Und ihm erst! O Gott, wie peinlich muß es ihm sein. Ich war ja immer schon eine alberne Gans. Aber er! Er ist so nüchtern wie ein Staatsanwalt, und einen Flirt mit einer Untergebenen verzeiht er sich nie und nimmer.«
»Jetzt bleib mal auf dem Boden. Du ziehst dich jetzt an, denn wie ich dich kenne, stehst du nackig wie ein Frischgeborenes im Zimmer herum und glotzt recht dumm. Und dann gehst du in diese blöde Hotelhalle, lächelst ihn an, begrüßt ihn und sagst ihm, es sei ein ganz reizender Abend gewesen, gestern abend, und vielen Dank, nur leider sei bei dir aufgrund des ungewohnten Alkoholgenusses der Faden gerissen. Dir fehlten zwei Stündchen. DIE zwei Stündchen, verstehst du?«
»Das glaubt er mir nie.«
»Es kommt doch gar nicht darauf an, ob er's glaubt. Es kommt nur darauf an, euere beiden grünen Gesichter zu wahren. Denn grün ist es doch, dein Gesicht?«
»Du sagst es.«
»Siehst du, und seines bestimmt auch. Alles klar?«
»Ach, Ulla, ich liebe dich. Wahre Liebe gibt es sowieso nur unter Frauen«, sagte Kathie und warf hastig den Hörer auf die Gabel.

Er stand in der Halle, sein Gesicht war tatsächlich grün. Er trug einen dunklen Anzug und ein weißes Hemd und hatte zehn Gartenzäune um sich errichtet.
»Hallo.« Kathie ging, als hätte sie einen Stock verschluckt.
»Oh. Guten Morgen. Wie geht's?«
»Danke, gut. Und Ihnen?«
»Tja, eigentlich auch gut. Und es war ein ganz und gar reizender Abend. Nur... Nun, es ist sonderbar.« Er räusperte sich. »Ich bin spanischen Sekt und grüne Cocktails nicht gewohnt. Mir fehlen ein paar Stunden. Ist es sehr

schlimm?« Seine dunklen Augen hatten die gleichen Rühr-mich-nicht-an-Zäune wie er selbst. Und seine Hände umklammerten eine total zerknautsche Akte mit der Aufschrift »Persönlich«.

»Aber nein, es ist nicht schlimm.« Kathies Zorn kannte keine Grenzen.

»Wie sind wir denn nach Hause gekommen?« fragte er.

»Mit dem Taxi.«

»Und dann?«

»Dann habe ich Sie auf Ihr Zimmer gebracht.«

»Ach.« Ein kleines Lächeln zuckte um seinen Mund.

»Tja. Und ins Bett gelegt.«

»Sie haben mich...« Nun war er doch verblüfft.

»War nicht weiter schlimm. Nur Ihren Pyjama konnte ich nicht finden. Alles klar, Herr Hartmann?«

»Einiges«, sagte er gedehnt.

Und dann lachte er so laut, daß sich ein paar Leute nach ihnen umdrehten und den Kopf schüttelten.

7. Kapitel

Die Luft war seidenweich und der Himmel ein einziges Versprechen. Kathie stellte Geranientöpfe und Margeritenkübel auf den Balkon, pflanzte Thymian und Basilikum und begann, mit Strömen von Wasser und riesigen Wolken weißen Seifenschaums die Wohnung zu säubern.

»Mein Gott, was soll diese Putzorgie?« stöhnte Tobias. »Seit du aus Madrid zurück bist, wienerst du hier herum wie der geborene Hausdrache.«

Es entsprach der Wahrheit. Je mehr Kathies Leben in Unordnung geriet, desto größer wurde ihr Bedürfnis nach blitzenden Fensterscheiben, spiegelnden Fliesen und frisch geklopften Teppichen. Innerer Unfrieden, so konstatierte sie, schrie nach äußerer Ordnung. Und ihr innerer Unfrieden kannte momentan keine Grenzen. Sicher. Sie wußte jetzt, wie es war, von einem herzlosen Individuum, das sie jahrelang heimlich angebetet und mit den atemberaubendsten Attributen glorreicher Männlichkeit ausgestattet hatte, leidenschaftlich und champagnerumnebelt geküßt zu werden. Sie wußte, daß überraschend viele Männer, die auf Heiratsannoncen antworteten, durchaus zielbewußte Absichten in die eine oder andere Richtung hegten, daß aber die andere Richtung bei weitem überwog. Und sie wußte, daß Single-Clubs, so sie sich seriös gaben, tatsächlich Unterhaltung, Zeitvertreib und Vergnügungen aller Art boten. Aber Männer waren auch dort rar.

»Ist doch klar«, sagte Ulla. »Wenn ich ein Mann wäre, würde ich nie und nimmer in einen Single-Club hatschen. Als Mann hängst du dir einen weißen Tennispullover um die Schultern, zeigst ein bißchen behaarte Brust, stellst dich in eine Kneipe und redest von den Malediven. Oder du machst auf Schimanski, rauh, aber herrlich. Und schon fangen die Puppen zu tanzen an.« Sie schnippte Zigarettenasche in Kathies Knödelteig. »Wenn du dich aber als Frau in eine Kneipe stellst«, fuhr sie erbittert fort, »und noch dazu ganz eindeutig mit den Augen klimperst, wirst du zum kleinen Betthäschen oder zur zwielichtigen Aufreißerin. Oder zur komischen Alten. Es kommt ganz auf deine Lebensjahre an.«

»Aber meinst du nicht, daß männliche Singles im Grunde genauso arme Schweine sind wie wir?«

»Das mag schon sein. Aber die armen weiblichen Schweine werden immer noch im Pferch der unausgesprochenen und scheinheiligen Moral gehalten. Oder kannst du einem Typen unverblümt auf die Schulter klopfen und sagen: ›Kumpel, wie wär's mit uns beiden? Deine Figur macht mich unheimlich an, und deine Bizeps haben mich in ein erotisches Koma geworfen?‹ Nein! Das kannst du nicht, wenn du nicht für ein Flittchen gehalten werden willst. Die fröhlichen armen Schweine der Spezies Mann dagegen dürfen frei herumlaufen und sich ungeniert in jedem Pfuhl wälzen, der sich am Wegrand bietet. Nach gängiger Meinung verhalten sie sich dann lediglich artgemäß.« Ullas Augen blitzten. Sie wußte, wovon sie sprach. O ja, und wie sie es wußte!

»Nun, für Schiwago scheine ich die zwielichtige Aufreißerin zu sein. Er behandelt mich seit dem Sündenfall im spanischen Paradies wie die Schlange, die sich um den Apfelbaum ringelt. Aber es ist mir egal inzwischen. Ich glaube, ich mag sowieso einen anderen viel lieber.«

»Du spinnst wohl. Du kannst dich unmöglich in einen Mann verliebt haben, den du nur von Briefen kennst. Mein Gott, Kathie! Dieser Eberhard Bleibtreu ... blöder Name übrigens ... er kann sogar einen Riesenbauch haben! Schließlich hat er dir nur seinen Kopf per Foto gesandt. Seine Stimme kann zwei Oktaven zu hoch sein. Seine Hände entsetzlich unsympathisch. Er kann ein Grapscher sein mit so vielen Armen wie ein hungriger Tintenfisch. Ein elender Macho. Pervers ist er auf jeden Fall. Wenn einer ausschließlich Briefe schreibt und nur auf Sparflamme kocht...«

»Ist ja schon gut«, sagte Kathie hastig. »Reden wir lieber von dir. Was ist mit dir zur Zeit?«

Ulla seufzte. »Ich habe wieder mal einem auf die Schulter geklopft. Du weißt schon: die komische Alte. Er ist Fußballspieler der zweiten Liga. Stürmer, wie sich das gehört.«

»Aber dann...« Kathie war entsetzt. »Dann ist er doch blutjung.«

»Er ist zweiundzwanzig.«

»Und du bist achtunddreißig! Willst du die Sitte auf den Hals bekommen?«

»Katharina Fröhlich. Du bist die größte Spießerin, die mir je untergekommen ist. Wunderst du dich etwa, wenn ein achtunddreißigjähriger Mann eine Zweiundzwanzigjährige begehrt?«

»Bei Männern wundert mich grundsätzlich gar nichts mehr.«

»Wozu dann dein blödes Gequatsche?«

»Aber irgendwann einmal läßt er dich sitzen. Einer sehr viel Jüngeren wegen.«

»Nicht irgendwann. Bald. Wahrscheinlich schon in der nächsten Saison. Fußballspieler denken nämlich immer saisonbedingt. Aber bis dahin habe ich ein paar schöne Monate gehabt. Das ist mehr, als manche Ehefrau von sich behaupten kann.«

Sie schüttelte ihre braune Mähne und lachte. Aber sie lachte nicht so selbstsicher wie sonst. Und ihre Finger zitterten ein wenig, als sie sich eine neue Zigarette anzündete.

Am nächsten Morgen, es war ein Dienstag, stand Tobias zu einer ihm gänzlich ungewohnt frühen Stunde auf dem Balkon und betrachtete trübsinnig ein Taubenpärchen, das sich gegenseitig fütterte und dabei zärtlich gurrte. Eine dicke Hummel torkelte über Kathies Margeritensträucher, Kater Moritz sprang in einen alten Korbstuhl und starrte mit zuckenden Pfoten auf ein Spinnennetz.

»Willst du nun nächsten Samstag eine Geburtstagsfete haben oder nicht?« fragte Kathie.

»Ich will keine Fete.«

»Was? Du willst nicht deine ganzen Verehrerinnen antanzen lassen, so wie immer? Schade, schade. Es war so amüsant, wie die Gänschen um dich herumflatterten und sich gegenseitig zwickten.«

»Heuer wird nicht gezwickt. Ich will alleine sein.«

»Warum?«

»Weil die Frau, die für mich zählt, sowieso nicht kommt.«

»Und wer ist die gescheite Person, die nicht auf dich hereinfällt?«

»Sie heißt Gerda Ohlson. Und mach keine Witze, bitte. Es ist mir bitterernst.«

Kathie ließ ihr Staubtuch sinken. »Dir ist etwas bitterernst? Bist du krank?«

»Ja, ich bin krank. Das Herz.«

»Kaputte Herzen scheinen allmählich eine Familientradition zu werden.«

»Wieso? Bist du auch unglücklich verliebt?« Tobias war mehr als erstaunt. Das alte Mädchen! Und Liebeskummer!

»Du meinst, in meinem greisen Zustand sei es besser, schon ans Jenseits zu denken? Wieso hast du mir dann eine Heiratsannonce verehrt?«

»Damit du schnell noch unter die Haube kommst. Aber doch nicht, damit du dich verliebst.« Er grinste.

»Ach ja, entschuldige. Ich hatte ganz vergessen, daß nur den Männern das Recht zusteht, sich bis ins hohe Alter hinein zu verlieben, zu heiraten und kreuzfidel zu leben. Ich werde mich auf der Stelle bessern und meine seelischen und fleischlichen Gelüste unterdrücken. Und nur nach einem Ernährer suchen. Ist's recht so?«
»Wir haben wohl gar keinen Humor heute!«
»Humor? Kennst du eine Frau, die noch Humor hat, wenn sie mit ihrem verrückten Bruder zusammenlebt und jeden Tag einen brummigen Untermieter herumschlurfen sieht? Ich nicht.« Sie wedelte ihr Staubtuch aus dem Küchenfenster und haßte den seidenweichen Himmel, der immer noch ein einziges Versprechen war und in ihrem Falle so gar nichts hielt.

Die Firma Pelz & Söhne, trotz einiger ausländischer Filialen eigentlich nur ein mittelständisches Unternehmen, erteilte Ralph Hartmann Prokura und ernannte ihn zum Geschäftsführer. Er strahlte vor Freude. Er hatte wieder einen Schritt in jene Richtung getan, die ihm als die erstrebenswerteste erschien, und er gedachte, auch weiterhin seinen Weg unbeirrbar fortzusetzen.
»Wie konnten Sie mir das antun«, stöhnte Kathie. »Dann steige ich jetzt also auf in den Olymp und werde so eine Art luftgetrocknete Vorstandssekretärin. Ich trage Faltenröckchen und Seidenblüschen, ich bin mit der Firma verheiratet, und meine Kritikfähigkeit gebe ich gehorsam an der Pforte ab. O heiliger Strohsack!«
Ralph Hartmann lachte. »So schlimm wird's nun auch wieder nicht werden.«
»Doch. Genauso schlimm. Denn auch Sie werden andere Ansprüche stellen in all der Höhenluft, die Sie dann atmen. Sie werden die typische Untertanin in mir erhoffen. Und die typische Untertanin fährt in Urlaub, wenn der Chef es tut, sie

hält Diät, wenn er Diät hält, und gibt sogar das Rauchen auf, sollte auch er sich zu diesem einsamen Entschluß durchgerungen haben. Sie liebt die Firma bis in den Tod, und jeder, der es wagt, zu kritisieren, ist ein Nestbeschmutzer.«

»Nun. Ich kann auf diese Art von Hörigkeit getrost verzichten. Sie können gerne so bleiben, wie Sie sind. Vielleicht, wenn Sie Ihre lose Zunge etwas im Zaum halten. Aber ansonsten hoffe ich, unsere Zusammenarbeit bleibt so . . .« Er räusperte sich.

»Aufregend?«

»So ersprießlich . . . wie bisher. Madrid hat mir wirklich viel gebracht«, sagte er dann unvermittelt. Als er Kathies allzu glattes Gesicht bemerkte, wurde er rot. »Ich meine, die Verhandlungen mit Modet liefen gut und . . .« Er schwieg verlegen. Kathie ärgerte sich. Dieser verdammte Feigling! Wieso benahm er sich eigentlich nicht wie ein Mensch? Wieso sagte er nicht, ein bißchen nett, ein bißchen ernst, daß der Abend in Madrid zumindest eine kleine, kostbare Erinnerung wert sei? War es Verlegenheit? Berechnung? Arroganz? Oder hatte er Angst, sie würde aus der Rolle fallen? Diktate nur mehr auf seinem Schoß sitzend erwarten? Ihn in aller Öffentlichkeit duzen oder mit begehrlichen Blicken verfolgen?

»Tja. Und für Sie, Kathie, habe ich auch eine gute Nachricht. Meine neue Position bedingt auch ein besseres Gehalt für meine Assistentin. Sie können sich also auf eine kräftige Aufbesserung freuen. Außerdem bekommen Sie eine Zweitsekretärin, die Ihnen direkt unterstellt ist.« Er drückte ihr ein paar Akten in die Hand und lächelte sie an. Reizend und nett und mit all seinem gelbbraunen Kirgisencharme.

»Besseres Gehalt ist gut«, sagte Kathie. »Zweitsekretärin schlecht.«

»Wieso?«

»Zweitsekretärinnen freuen sich nur die ersten vier Wochen

über den neuen Job. Dann werden sie renitent. Weil sie nämlich ständig Kaffee kochen und fotokopieren müssen. Und all jene Arbeiten tun, die die Chefsekretärin, auch alter Besen genannt, nicht tun will.«

»Es wird auf Ihr Geschick ankommen, wie glücklich diese neue Zweierbeziehung wird.«

»Ich will aber kein alter Besen sein.«

»Sind Sie auch nicht«, antwortete er und hatte wieder so ein feuriges Funkeln in den Augen.

Kathie krauste verlegen die Nase. Verdammter, berechnender Egoist, der er war! Konnte er es nicht unterlassen, sie so schmelzend und erinnerungsträchtig anzusehen? Er wollte doch gar nicht, daß man sich angenehmer Dinge entsann. In eine entsetzte Ohnmacht würde er fallen, sollte sie sich je erdreisten, eine schelmische Bemerkung zu machen über spanischen Mondschein und Parks, in denen Nachtigallen sangen. Aber dies schien wohl Männerart zu sein: einen Sturm zu entfachen und dennoch auf spiegelglattes Wasser zu hoffen! Auch Simon hatte sie für einen kurzen wahnsinnigen Augenblick an sich gedrückt und mit rauher Stimme Weiches gesagt, um sie dann stehenzulassen wie eine nackte Schaufensterpuppe.

Als sie wieder an ihrem Schreibtisch saß, beschloß sie, ein nüchterner, sachlicher Mensch zu werden. Sie kam zu der Erkenntnis, daß es endgültig an der Zeit war, Realität und Traum auseinanderzuhalten. Realität war ein junger Graf, der sie verehrte, ein bärtiger Buchhändler, der sie nicht verehrte, und ein romantischer Briefeschreiber, der Ullas Meinung nach pervers war. Und Traum war etwas, das man hatte, wenn man die Augen schloß. Ein kleines Haus im Nirgendwo. Birken im Garten Nirgendwo. Simon nirgendwo. Amen.

Hermine saß beim Frühstück und befaßte sich ebenfalls mit Realitäten. Sie lebte noch bei ihren Eltern, und sie freute sich auf den Augenblick, da Simon und sie heiraten und sich selbständig machen würden. Noch vor kurzem schien dieser Tag in greifbarer Nähe zu liegen. Doch nun war sie sich nicht mehr so sicher.

»Es kann sein, daß ich vorübergehend zu Simon ziehe«, sagte sie zu ihrer Mutter.

»Zu Simon? Er wohnt doch zur Untermiete bei dieser... Wie heißt sie gleich?«

»Kathie.« Hermine lächelte ein sehr kompliziertes Lächeln. »Simons Gefühle befinden sich auf Abwegen, Mutter. Die Männer sind dumm, wie du weißt.«

»Auf welchen Abwegen?«

»Auf romantischen Abwegen. Ich bin eine nüchterne und ziemlich tüchtige Person. Und jahrelang hat er sich wahrscheinlich beglückwünscht zu seiner guten Wahl. Aber wenn du immer gesunde gelbe Butter kriegst, hast du plötzlich Sehnsucht nach Honig. Und diese Kathie ist für ihn Honig. Obwohl er es sich selbst noch nicht eingesteht.«

»Und was wirst du tun?«

»Ich werde mich in Bälde mit dir und Vater krachen. Furchtbar. Und werde Hals über Kopf das elterliche Haus verlassen und an meines Verlobten breite Brust flüchten. Tränenüberströmt und sehr, sehr hilflos.«

»Und wenn er sich trotzdem für diese Kathie entscheidet?«

»Hast du schon einmal einen Mann erlebt, der in Herzensdingen zu schnellen Entschlüssen fähig war?«

»Nun ja. Es kommt ganz auf die andere Frau an. Wenn sie genauso zielbewußt ist wie man selbst...«

»Das ist sie nicht. Sie ist eine Traumtänzerin. Und eine kleine Irre. Ich werde Simon vor Augen führen, wieviel angenehmer es ist, mit einem vernunftbegabten Wesen zusammenzuleben.«

Hermines Mutter nickte. Sie fand ihre Tochter erfreulich klug. »Gut, meine Liebe. Aber sag mir rechtzeitig Bescheid, wenn wir uns krachen. Damit ich es Vater beibringen kann. Er ist immer so begriffsstutzig, wenn es um Kabale und Liebe geht.«

Nicht nur Hermines Vater schien schwer von Begriff. Auch Simon zweifelte in letzter Zeit immer öfter an seinen geistigen Fähigkeiten. Wie kam er beispielsweise dazu, in scheinheilig missionarischer Absicht sonderbare Briefe zu schreiben? Und wenn er sie schon schrieb, diese sonderbaren Briefe, warum hatte er nicht an seinem ursprünglichen Konzept festgehalten? Warum hatte er die Sache eskalieren lassen? Sich in die falsche Richtung entwickeln lassen? Denn der Briefverkehr, ehemals gedacht als spät zu offenbarende Abschreckung, war ausgeartet in einen echten Gedankenaustausch! Keine Rede mehr davon, daß er nur Süßholz raspeln wollte, um so irgendwann, tätärätä, Kathie vor Augen zu führen, was für ein albernes Weibsstück sie war! O nein! Ein fast zärtlicher Unterton hatte sich eingeschlichen. Bekenntnisse waren abgelegt worden. Er hatte ein Gedicht gesandt. Er hatte sie dazu gebracht, ihr Innerstes nach außen zu kehren. Ihm zu vertrauen. Sich in ein Phantom, das seine Sprache sprach und seine Gedanken dachte, zu verlieben. Simon stöhnte auf. Er packte Kathies zartblaue Briefe zwischen seine Wintersocken, schlug die Schranktür so blitzschnell zu, als lauere das Böse hinter all seinen Hemden, Krawatten und Anzügen, und traf sich mit Eberhard Bleibtreu im »Dämmerschoppen«.
»Meine Mission wird abgebrochen«, begann er ohne jede Einleitung. »Ich habe einen Brief von ihr gekriegt, den ich nicht mehr beantworten werde.«
»Und warum? Hast du sie schon vorher satt?«
Simon bewegte seine Schultern. Er fühlte sich miserabel. »Sie

ist sehr nett. Wenn ich also jetzt irgendwann daherkomme und ihr sage, daß alles nur ein aufgelegter Schwindel war...«
Er schüttelte sich. »Nein, das kann ich ihr nicht antun.«
»Du bist vernarrt in dieses Frauenzimmer, gib's doch zu!«
»Quatsch. Ich schrecke einfach davor zurück, jemanden zu hintergehen.«
»Jetzt plötzlich? Und was wird, wenn sie sich wundert? Sie hat ja schließlich meine Adresse. Sie wird mich bombardieren mit Briefen und Anrufen.«
»Das wird sie nicht«, antwortete Simon knapp. »Sie ist sehr stolz. Wenn sie keine Antwort mehr kriegt, wird sie's bleiben lassen.«
»Okay. Du mußt wissen, was du tust.« Eberhard winkte einer Bedienung. Sie war rothaarig und sommersprossig wie Kathie. Aber sie hatte nicht Kathies frechen Charme. Und auch nicht ihre tintenblauen Augen. Und nicht die aufgeworfenen Lippen, bei denen man sich immer fragte, wie es wohl war, sie zu küssen. Simon kroch in sich zusammen.
»Du siehst ziemlich käsig aus, wenn du mich fragst.«
Er sah nicht nur käsig aus, er fühlte sich auch käsig. Wahrscheinlich war er krank, todkrank vielleicht. »Ich muß heim«, ächzte er. »Ich habe Fieber.«

Am nächsten Abend packte Kathie einen Gymnastikanzug und Turnschuhe in einen Sportbeutel, schwang sich auf ihr himmelblaues Fahrrad und fuhr zum nahegelegenen Olympiapark. »Gymnastikstunde bei gutem Wetter im Freien«, stand vor der Sporthalle zu lesen, und sie fand, daß dies genau das sei, was sie brauchte. Frische Luft, Bewegung, Lungen, die durchblutet wurden, Gelenke, die knackten, Muskeln, die sich strafften, und Poren, die sich öffneten und schwitzten. Alles herausschwitzten. Ihren Frust, ihre Spinnereien, ihre Unruhe, ihr zitterndes Warten. Ein Warten auf was? Ein Warten auf nichts.

Als sie auf dem Rasen stand und mit einem Grüppchen anderer Unentwegter der sportlichen Führung harrte, fühlte sie sich sehr melancholisch und abgeklärt. Die Amseln sangen so lieblich, als gelte es zu beweisen, daß die Welt schön und voll süßer Geheimnisse sei, es duftete nach frischgemähtem Gras, und die Sonne hing feuerrot über ein paar Hochhäusern und tauchte sie in rosenfarbenes Licht. Lieber Simon, dachte sie. Sie dachte es oft in letzter Zeit. Einfach so. Lieber Simon.

»Mein Mann drückt sich immer vor der Gymnastik«, meinte eine rundliche kleine Blondine und lächelte Kathie zu. Kathie lächelte zurück. Und, in den feuerroten Ball starrend, der sich Sonne nannte, wußte sie plötzlich, daß sie ihr Leben von Grund auf würde ändern müssen. Sofort. Jetzt. Sie war eine Frau in den besten Jahren. Aber hatte es eine solche Frau nötig, zu heiraten, nur um einen Mann zu haben, der nicht mit ihr zur Gymnastikstunde ging? O nein und nochmals nein! Sie verfügte über einen netten Bekanntenkreis, sie konnte Theater und Konzerte besuchen, sie konnte lesen, fernsehen, sich ebenfalls einen knackigen Fußballhelden an Land ziehen oder einen Jiu-Jitsu-Kämpfer, sie konnte sich ihre Haare grün färben, in der Badewanne Schiffchen versenken, sie konnte Löcher in die Luft starren und war doch niemandem Rechenschaft schuldig. Und das alles sollte sie eintauschen gegen eheliche Knechtschaft und harte Fron? Igitt!

Der Sportlehrer war ein Athlet mit blondem Kringelhaar und einer so knappen Turnhose, daß auch die rundliche kleine Dame Stielaugen kriegte und ihren Ehemann nicht mehr vermißte. Er trabte auf das Sportfeld, im Rücken die glutrote Sonne, er klatschte in die Hände, nannte sie ein elendes Häufchen morscher Knochen, feuerte an zu schnellerem Tempo, zu Rumpfbeugen und Bauchrollen und schüttelte den Kopf, als Kathie sich einfach ins Gras legte und in den hohen

Abendhimmel träumte. »Meine Verehrteste, ausruhen können Sie auch zu Hause«, meinte er streng.

In der Cafeteria kam er mit einem vollen Tablett an ihrem Tisch vorbei, seine Augen suchten einen freien Platz. Kathie dachte an ihr zukünftiges freies Leben und den eventuellen Jiu-Jitsu-Kämpfer und richtete sich auf. Sie deutete auf einen Stuhl. »Hallo. Sie können sich gerne hier niederlassen. Ich bin gleich fertig. Dann haben Sie den Tisch für sich ganz alleine.«
Er biß sofort an. Er stellte sein Tablett ab und setzte sich. Seine Haut schimmerte in einem sanften Braun, er trug ein Goldamulett um den Hals und einen kleinen Ring im Ohr. Er war so makellos, daß Kathie sich vorkam wie ein Wrack.
»Ich war in Ihrer Stunde«, sagte sie.
»Aber das weiß ich. Sie lagen wie eine reizende Flunder im Gras und zählten die Wolken.«
»Ich bin so viel Himmel und Luft am Abend gar nicht mehr gewöhnt.«
»Und die Bauchrollen auch nicht«, meinte er grinsend.
»Sie haben mich ertappt. Sind Sie hier hauptberuflich tätig?«
»Nein.« Er lachte. Auch seine Zähne waren makellos. »Ich bin arbeitsloser Sportlehrer und jobbe bei den verschiedensten Fitneß-Zentren. Ich gebe auch Squash-Stunden. Und mache ein wenig Bodybuilding.« Er ließ seine wunderbaren Muskeln spielen. »Kurzum – ich lebe für den Sport wie ein Trappistenmönch für seinen Glauben. Und Sie? Was machen Sie?«
»Ich bin eine sogenannte rechte Hand.«
»Sind Sie verheiratet?«
»Nein. Ich bin ein Single.«
»Ich würde auch niemals heiraten. Heiraten ist etwas für Schwachköpfe, wenn Sie mich fragen.«
»Also auch single?«

»Nun. Ich könnte mir schon vorstellen, mit einem Weib zusammenzuleben. Getrennte Kasse, getrennte Bankkonten, Freiheit in jeder Beziehung.«

»Wenn alles getrennt ist, warum dann überhaupt zusammenleben?«

»Weil es so schön ist, miteinander aufzuwachen«, sagte er und hatte urplötzlich eine samtweiche Stimme. Und ein sehr persönliches Lächeln.

»Tja. Ich muß nach Hause. Viel Spaß noch bei Ihrem frugalen Mahl.«

»Sieht man sich wieder?«

»Wenn ich den Muskelkater, der so sicher kommt wie das Amen in der Kirche, einigermaßen verkraftet habe...«

»Sie haben eine gute Figur. Sie sollten etwas dafür tun.« Er räkelte sich. Unter seiner braun schimmernden Haut arbeiteten ein paar Sehnen, seine Augen blitzten. Er war ganz schön gerissen.

Da Tobias sich nicht mehr zu seinem Geburtstag äußerte, beschloß Kathie, ihm eine Überraschungsparty zu geben. Sie gestand sich unumwunden ein, daß eigentlich sie es war, die dieses Fest wünschte. Sie bedurfte einer Ausrede. Denn sie wollte sich ein traumhaftes Kleid kaufen, wollte all ihre Freunde und Bekannten einladen, wollte tanzen und flirten und Simon beweisen, daß es auch noch andere gab, mit denen es sich gut leben und lieben ließ. Natürlich, sie hatte geplant, eine Frau mit einem klaren und ehrlichen Leben zu werden. Aber so direkt unter der Woche war es sicherlich albern, ein neues Leben zu beginnen. Neue Leben begann man besser montags. Montags war man sowieso am Boden zerstört.

Sie erstellte eine lange Einkaufsliste, schleppte Getränke nach Hause, sprach Einladungen aus und ging dann, am Donnerstag abend, in Tobias Zimmer und suchte nach einer Adresse. Sie brauchte nicht lange zu suchen. »Gerda Ohlson« stand auf einem mit Herzchen verzierten Zettel. Die Telefonnummer war rot eingerahmt.

Am nächsten Morgen rief sie an. Die dunkle, kultivierte Stimme gefiel ihr auf Anhieb.
»Bitte entschuldigen Sie, wenn ich Sie einfach so überfalle. Ich heiße Katharina Fröhlich und bin die Schwester von Tobias. Sie kennen meinen Bruder doch?«
Gerda Ohlson schien zu zögern. »Ja«, sagte sie dann. »Ich kenne ihn.«
»Wissen Sie, er hat Geburtstag am Samstag. Und ich gebe ein kleines Fest für ihn. Eine Überraschungsparty. Ich würde mich sehr freuen, wenn Sie kämen. Ich habe so eine Ahnung, als wäre dies das einzige Geschenk, das ihn momentan interessiert.«
»Tut mir leid.« Gerda Ohlsons Stimme klang sehr kühl. »Ich habe eine kleine Tochter. Ich möchte sie nicht gern alleine lassen.«
»Aber ich bitte Sie! Bringen Sie sie doch mit. Sie kann sich später in einem der Schlafzimmer hinlegen.«
»Frau Fröhlich. Es ist ganz reizend, daß Sie Ihrem Bruder eine Freude machen wollen. Aber sehen Sie... Nun, ich finde Tobias nett. Aber irrsinnig jung im Gemüt. Außerdem bin ich momentan nicht in der Verfassung, einen Mann besonders nett zu finden. Und ich bin verheiratet. Hat er Ihnen das nicht gesagt?«
»Ich habe es gehört. Überlegen Sie es sich trotzdem. Es wird ein großes Fest. Ich nehme an, daß zwanzig oder dreißig Leute kommen werden. Es wäre also völlig unverfänglich. Vielleicht tut es Ihnen gut, ein bißchen zu feiern.«
»Ich werde darüber nachdenken«, sagte Gerda Ohlson, eine Spur freundlicher. Dann legte sie auf.

Kathies neues Kleid war kein Kleid im eigentlichen Sinne. Es waren feuerrote Spinnweben, durchwirkt mit orangefarbenen Goldfäden und zarten Spitzen. Und die Schuhe ein paar lächerliche Riemchen mit Pailletten. Und ihr Make-up ein silbrig schimmernder Traum.

»Mensch, Kathie«, sagte Ulla bewundernd. »Du siehst bombig aus. Und du hast tatsächlich den netten Grafen eingeladen? Und Bernd Haider vom Single-Club?«

»Ja. Und ein paar Junggesellen aus dem Haus. Und Udo Marquart. Und einen Sportlehrer, der seine Muskeln pflegt wie andere ihre Teakholzmöbel. Ach ja, fast hätte ich auch noch Eberhard Bleibtreu gebeten, zu kommen. Aber da er mir auf meinen letzten Brief nicht mehr geantwortet hat...«

Kathie steckte Puppe Melusine zur Feier des Tages eine Papierblume in den Kragen und suchte nach einem Sektkübel.

»Was macht übrigens dein Fußballheld?« fragte sie. »Schade, daß er nicht mitgekommen ist.«

»Wenn du glaubst, Fußballhelden seien Gesellschaftslöwen, hast du dich getäuscht. Entweder haben sie ein verknackstes Bein oder einen trauernden Meniskus, oder sie müssen sich schonen für das Spiel am Sonntag. Und morgen ist Sonntag.«

»Ulla? Ist er nur eine Bettgeschichte? Oder ist er mehr?«

Ulla sah zur Seite. »Er ist mehr. Und deshalb schmeiße ich ihn morgen raus.«

Ein paar Stunden später, das Fest war auf seinem Höhepunkt, stand Simon mit verbissenem Gesicht im Flur und blickte auf Kathie, die mit all ihren verrückten roten Spinnweben und ihrem verwuschelten Karottenhaar bezaubernd aussah und unumstrittener Mittelpunkt war.

»Ich glaube, sie ist total übergeschnappt«, sagte Hermine, die nicht von Simons Seite wich. »Wann sonst will sie diesen roten Fummel denn je anziehen? Er ist so durchsichtig, daß sie verhaftet wird, wenn sie sich mit ihm im Freien zeigt.«

Simon schwieg, und Hermine ärgerte sich. Auch sie hatte sich ein neues Kleid geleistet. Eines, das man auch zu Verwandtenbesuchen tragen konnte.
»Tanzen wir?« fragte sie.
»Später vielleicht.«
»Diese ernste Bubikopffrau mit Brille scheint mir im übrigen viel zu alt für Tobias. Und obendrein hat sie ein Kind und ist verheiratet. Also wirklich! Wenn Kathie nicht selbst so ein lockerer Vogel wäre, würde sie vielleicht ein besseres Vorbild abgeben. Und könnte aus ihrem Bruder einen brauchbaren, vernünftigen Menschen machen.«
»Mein Gott! Muß alle Welt so furchtbar vernünftig sein? Diese Bubikopffrau hat Niveau und Charme, und daß sie verheiratet ist, geht uns nicht das geringste an.« Simon ließ seine Verlobte stehen und steuerte auf Kathie zu. »Komm, wir tanzen«, sagte er fast grob.
»Dreams are my reality...« Kathie lächelte. »Paßt zu mir, das Lied. Warum schaust du eigentlich so bitterböse? Gefällt es dir nicht, mein Fest?«
Er schwieg. Er tanzte gut. Er zog sie fester und fester an sich, er war sehr zornig. Er tanzte mit seinen zornigen kleinen Schritten in sein Zimmer, das ruhig war und kühl und leer. Kathies Herz schlug rasch und dann wieder langsam. Er ist eifersüchtig, dachte sie voll heißer Freude, er ist so eifersüchtig, daß er am liebsten platzen würde. Ihre Phantasie trug sie sehr weit, fast bis zum Garten Nirgendwo, und sie schloß die Augen und wandte ihm ihre Lippen zu. Und er, er schien auch in ihrem Garten zu sein. Denn er küßte sie mit einer Glut, die sie ihm nie und nimmer zugetraut hätte, und er hörte auch nicht auf, sie zu küssen. Einen verschwommenen Augenblick lang fragte sie sich, was wohl geschähe, wenn jetzt Hermine ins Zimmer träte. Ob sie mit einem Schrei auf sie losginge? Egal. Sie wollte mehr und mehr von diesem wunderbaren

Gefühl, das sich in ihr ausbreitete. Diesem schwindelerregenden Wahnsinn. Dieser Tollheit. Dieser Zärtlichkeit.
Da schob er sie, wie schon einmal, von sich. So heftig, daß sie fast stolperte. »Es tut mir leid«, sagte er und atmete schwer.
»Es tut dir leid?«
Er kaute auf seiner Unterlippe. Dann straffte er sich. »Hermine und ich heiraten schon im Sommer. Wußtest du das?«
Dreams are my reality... »Was für eine reizende Idee, es mir just in diesem Moment mitzuteilen. Ich habe immer schon gewußt, daß Buchhändler ein besonders zartes Gespür für Situationen haben.«
»Kathie...«
»Nein, laß nur...« sagte sie mit erstickter Stimme. »Du mußt dir im übrigen nichts aus diesem lächerlichen Kuß machen. Ich küsse oft in letzter Zeit. Sogar Schiwago habe ich geküßt. Wir hatten eine herrliche Nacht in Madrid. Unvergeßlich. Also mach dir keine Gedanken mehr.«
»Ich mache mir keine Gedanken.«
»Du weißt ja: Dreams are my reality...« Es fiel ihr sehr schwer, zu lachen. Aber sie schaffte es. Sie ließ ihn stehen und ging aus dem kühlen leeren Zimmer, und sie wußte nicht, welches Gefühl überwog. Das des Zorns oder des Schmerzes.

»Was ist los mit dir?« Ulla drückte ihr ein Glas Sekt in die Hand. »Du bist weiß wie die Wand und siehst aus wie ein Blutdruck unter dreißig.«
»Simon und Hermine heiraten diesen Sommer.«
»Und diese jahrelange Tatsache verursacht dir einen Kollaps?«
»Ich bin so zornig wie noch nie in meinem Leben.«
»Du bist in Simon verliebt, nicht wahr? Ich habe den Verdacht schon lange.«
»Ich hasse ihn. Hörst du das Halali?«
»Welches Halali?«

»Die Jagdsaison... Sie ist eröffnet. Und es ist ganz nebensächlich, ob es noch eine andere Jägerin gibt, die schon länger auf der Pirsch ist. Ich werde Simon die Hölle heiß machen. Er wird noch bereuen, daß er...« Sie schwieg. »Nächste Woche suche ich diesen Eberhard Bleibtreu auf«, sagte sie dann. »Und egal, ob er Bauch hat oder nicht, ob er ein elendes Chauvi ist oder nicht... Ich werde ihn mir kapern. Und Bernd Haider auch. Und den Grafen. Und den blonden Sportfanatiker. Alle werde ich kapern. Und alle werde ich hier wie die Tanzbären in die Wohnung führen und in seidenen Pyjamas herumturnen lassen. Und wenn ich ihn dann habe, den kapitalen Hirschen, weißt du, was ich dann tue?«

»Wart's nur ab, Henry Higgins, wart's nur ab... Was wirst du tun, Schätzchen?«

»Peng, peng, peng. Einen Gnadenschuß werde ich ihm setzen. Ich werde mich mit einem anderen liieren. Oder ihn sogar heiraten, diesen anderen. Und das eine schwöre ich dir, Ulla: Da wird ein anderer sein, den ich heiraten kann!«

8. Kapitel

Kathie war bereits wach, als Tobias am nächsten Tag, Kater Moritz auf dem Arm, in ihr Zimmer trat und ungeduldig die Vorhänge zurückschob. Seine rotblonden Haare fielen in kleinen Wirbeln in die Stirn, und seine Augen hatten den unerträglich blauäugigen Ausdruck eines Mannes, der beschlossen hatte, die Welt aus den Angeln zu heben.

»Schläfst du immer noch?« fragte er.

»Siehst du doch.«

»Ich muß mit dir sprechen. Sofort.« Seine Worte überstürzten sich. »Was würdest du sagen, wenn ich so schnell wie möglich mein Studium beende und heirate?«

»Halleluja, halleluja.« Kathie gähnte.

»Willst du gar nicht wissen, wen ich heiraten will?«

»Bo Derek?«

»Nun, sei nicht so albern. Ich will Gerda Ohlson heiraten. Sie ist genau die Frau, die ich brauche.«

»Typisch Mann. Die du brauchst! Aber – braucht sie dich denn?«

»Ja, das tut sie. Auch wenn sie es noch nicht weiß. Keiner wird sie je wieder so vergöttern wie ich und keiner so gut verstehen. Sie hat Schlimmes durchgemacht, aber ich werde ihr helfen, diese schlimmen Zeiten zu vergessen.«

»Du klingst wie ein Freitagabend-Rührstück«, sagte Kathie ärgerlich, »und das leidenschaftliche Timbre in deiner heldischen Stimme läßt mich Böses ahnen.« Sie seufzte. Ihr Blick fiel auf die feuerroten Spinnweben und die Paillettenriemchen, die sie noch gestern so voller Stolz getragen hatte, und Erinnerung fiel sie an wie ein Schwarm ausgehungerter

Piranhas. »Außerdem ... ist sie nicht bereits verheiratet? Und auch einige Jahre älter als du?«
»Sie ist dreißig. Ihr Mann ist ein großes Tier in einer Konservenfabrik. Sie hat ihn bereits vor einem Jahr verlassen und die Scheidung eingereicht.«
»Warum läßt sie sich denn scheiden? Hatte er andere Frauen?«
»Nein. Er ist untadelig. Untadelig und korrekt und so windschnittig angepaßt, daß es einem grausen möchte. Sie hat's mir erzählt. Er hat sie geheiratet, als sie gerade neunzehn war und Abitur machte. Er war damals schon über dreißig. Und als sie nach einigen Jahren begann, eigene Wege zu gehen und eigene Meinungen zu entwickeln, setzte er die Daumenschrauben an. Er verbot ihr, halbtags zu arbeiten, er verbot ihr, alleine auszugehen, er verbot ihr den Umgang mit emanzipierten Freundinnen, er verbot ihr alles. Und jetzt, nachdem sie ihn verlassen hat, versucht er zu beweisen, daß sie ihr Kind verkommen läßt und lockeren Umgang pflegt.«
»Okay«, sagte Kathie müde. »Und wieso hat sie dir plötzlich alles erzählt? Sie schien mir vorher so verschlossen wie eine Auster.«
Tobias grinste. »Mein Charme«, sagte er. »Mein unbezwingbarer Charme.« Dann wurde er wieder ernst. »Ich werde dir übrigens nie vergessen, daß du sie überredet hast zu kommen. Nie.«
»Vielleicht war die Idee doch nicht so gut«, murmelte Kathie und streckte vorsichtig einen blassen Zeh ins Freie.

Eine Stunde später drapierte sie die roten Spinnweben um den runden Kleiderständer im Flur. Etwas, das man täglich sah, konnte wie ein Stein im Magen liegen. Und sie wünschte nichts sehnlicher, als daß es in Simons Magen drückte und rumorte und daß das Bewußtsein um all seine Herzlosigkeiten und nicht genutzten Chancen sich zusammenballte zu einem bleischweren Klumpen, bestehend aus Reue und Schmerz. Kathie begann boshaft zu lächeln. Sie sah ihn förmlich vor sich: wie er in der Kirche stand, neben sich die tüllverzierte Hermine, wie er einen verzweifelten Blick zurückwarf und plötzlich, bevor Pfarrer und Hochzeitsgäste sich's recht versahen, auf die blasse wunderschöne Kathie zustürzte und sie in seine Arme riß. Die oder keine, hörte sie ihn rufen und erschauderte wohlig bei diesem köstlichen Gedanken. Dann aber erschrak sie. Sie war verrückt! Nur Verrückte hatten derart kitschige Halluzinationen. Und da sie nicht wußte, wie weit ihr trauriger Geisteszustand schon fortgeschritten war, stellte sie sich in die Badewanne und nahm eine eiskalte Dusche. Sie verbannte ihre süßlichen Träume in die hintersten Winkel ihrer Seele und sagte sich, daß sie eigentlich nur ein Ziel kannte: Rache. Rache war etwas Konkretes. Rache hatte etwas zu tun mit Angriff, mit Initiative, mit Schlauheit. Und sie war so angriffslustig wie ein Rudel Paviane, und handlungsbereit und schlau war sie auch. Ja, schlau war sie vor allen Dingen.

Denn sie zog nicht, wie sonst, ihren alten Trainingsanzug an und drehte ihr Haar achtlos zu einem Dutt, der auch Kohlhiesels häßlicherer Tochter zur Ehre gereicht hätte. O nein! Sie schlüpfte in einen verführerischen Hausanzug, den die raffinierte Elsa, Vaters zweite Frau, in einem Anfall von Großmütigkeit aus Kanada geschickt und den Kathie bisher nie getragen hatte. Sie bürstete ihr Haar, steckte es auf, zog kleine Löckchen in den Nacken und schminkte sich. Dann kramte sie ihr Parfum mit dem bezeichnenden Namen »Wild Love« hervor und besprühte sich so ausgiebig, daß Kater Moritz beleidigt das Zimmer verließ und sich auf den Balkon begab.

Am frühen Nachmittag erschien Hermine. Sie gähnte sich aus Simons Zimmer und räkelte sich, als sie Kathie sah, so genüßlich, als hätte sie die Nacht der Nächte erlebt. »Hallo. War ein tolles Fest«, sagte sie. »Und ich habe himmlisch geschlafen.« Das Wort ›himmlisch‹ blies sie auf wie Bubblegum. Sie brachte ein reizend verwirrtes Lächeln zustande und senkte den Blick. Sie war bühnenreif.
Kathie lächelte ebenso reizend zurück. »Ja, war eine schöne Fete.« Sie bemerkte aus den Augenwinkeln, daß Simon mit finsterer Miene dem Bad zustrebte. »Ich hoffe, wir haben euch hinterher nicht allzu sehr gestört?« fragte sie mit zukkersüßer Stimme.
»Wer sollte uns gestört haben?«
»Nun.« Auch Kathie war fähig, reizende Verwirrungen zustande zu bringen. »Marius und ich. Du weißt schon, der gutaussehende Graf. Wir haben uns noch so lange unterhalten und waren so albern und ...« Sie lachte. Silberhell und vielsagend.
»Der Graf? Ging er nicht mit den anderen?«
»Nur pro forma. Schließlich wollte ich nicht all meine Verehrer vor den Kopf stoßen, nicht wahr?«
Ein Wasserhahn wurde aufgedreht.
Kathie sagte: »Ich mache Kaffee. Und Rührei mit Schinken. Was hältst du davon?«
»Du bist ja heute so fürsorglich.«
»Oh, in mir schlummert manches, das keiner vermutet. Nicht wahr?« Sie wandte sich blitzschnell um.
Simon stand, eine Zahnbürste in der Hand, in der Badezimmertür und sah sie an. Durchdringend und ernst, und Kathie bekam auf der Stelle wieder ihre klimakterischen Beschwerden. »Willst du auch Kaffee?« fragte sie.
»Danke, mach dir keine Mühe. Ich komme schon zurecht.«
Sie verzog spöttisch den Mund. »Aber das weiß ich doch. Ich

kenne keinen Mann, der in allen Lebenslagen so zurechtkommt wie du.« Sie zupfte vielsagend an den roten Spinnweben herum und blies kleine Glitzersternchen vom Kragen.

Am Montag morgen herrschte geschäftiges Chaos in Kathies Büro. Zwei gemütlich aussehende Riesen in blauen Arbeitsanzügen erschienen und packten Ordner, Terminals und Schreibmaschinen in große Kartons und verfrachteten sie vom fünften in den achten Stock. Sie halfen Kathie, Ordner, Terminals und Schreibmaschinen wieder auszupacken, tranken ein paar Flaschen Bier und waren sichtlich beeindruckt von der Größe der Räume und der vornehmen Ausstattung. Auch Ralph Hartmann war beeindruckt. Für ihn schien der achte Stock ähnlich belebend zu sein wie das Matterhorn für Luis Trenker. Er zeigte ein rosig überhauchtes Gesicht, seine Augen strahlten wie nicht einmal während der denkwürdigen Mondnacht in Madrid, und sein Gang war elastisch und federnd. Als die Möbelpacker verschwanden, zauberte er eine Flasche Sekt und zwei Gläser aus der Hausbar seines neuen Büros und schenkte ein.

»Wissen Sie was, Kathie?«

»Lieber nicht.«

»Dies ist noch nicht das Ende. Dies ist ein neuer Beginn. Begin the begin.« Er machte ein bedeutendes Gesicht. Er knisterte vor Sex-Appeal, Ulla hatte recht. Für Männer wie Schiwago war eine Beförderung anregender als ein Tête-à-tête mit Sophia Loren.

»Als Geschäftsführer stehen Sie doch schon an der Decke. Was bleibt denn noch?«

»Das Dach. Ich will aufs Dach. Es gibt noch den Vorsitz in der Geschäftsführung. Primus inter pares. Der Erste unter Gleichen.«

»Und der jetzige Primus?«

»Er geht in den Aufsichtsrat.«
»Und wer ist Ihr schärfster Konkurrent?«
»Dr. Sauer. Es wird schwer sein, ihn auszubooten. Aber es gibt stets Mittel und Wege.«
Kathie verstand ihn immer weniger. Sie verstand nicht, wie er tickte. »Aber in der Geschäftsführung zu sein ist doch sowieso mehr, als man sich normalerweise erträumt.«
»Ich bin nicht ›normalerweise‹. Das sollten Sie doch wissen.« Er sah sich zufrieden um. »Und wie gefällt es Ihnen hier?«
Kathie runzelte die Stirn. »Ich weiß nicht recht. Jetzt bin ich richtiges Vorzimmer. Vorher war ich noch so ein bißchen autark. Ohne Verbindungstür und Sprechanlage. Doch jetzt...« Sie zuckte die Achseln. Ihr Blick fiel auf eine riesige Blattpflanze, die in der einen Ecke prangte, und auf einen kleinen Besuchertisch in der anderen. Das moderne Büro, Katalog Seite sechs, dachte sie und hatte kindische Lust, ihr Unbehagen wegzulachen.
Ralph Hartmann trat an eines der großen Fenster. Es war ein Tag zum Malen, mit weißen Föhnschleiern am Himmel und einem Alpenpanorama, das so kitschig war wie eine Ansichtskarte vom Tegernsee. »Es ist sonderbar«, sagte er mit einer Mischung aus Ergriffenheit und Arroganz. »Ich wußte schon als Student, daß ich eines Tages Mercedes fahren und ganz oben stehen würde.«
Kathie räusperte sich verlegen. O Gott, wenn er nun in Tränen ausbrach? Und sie hatte nicht einmal ein Taschentuch zur Hand. Da wandte er sich jäh um. »Machen wir uns an die Arbeit?« fragte er und straffte sich, wie Napoleon sich wohl gestrafft hatte, als er beschloß, sich selbst zu krönen.
»Okay, Boß. Machen wir uns an die Arbeit«, antwortete Kathie gewollt burschikos. Ihr Unbehagen verstärkte sich.

Hermines Plan hieß nicht Rache, Hermines Plan hieß Heirat. Aber da, wie bei vielen Männern, auch bei ihrem Verlobten Heirat anscheinend erst ins Auge gefaßt wurde, wenn das Wasser bis zum Hals reichte, traf sie in aller Ruhe ihre zielbewußten Vorbereitungen.

Als erstes begann sie zu schweigen. Die Macht des Schweigens war ihr kürzlich in einem Führungsseminar dringend ans Herz gelegt worden, und es war eigentlich nicht einzusehen, warum sie diese Taktik nicht auch auf ihren privaten Bereich ausdehnen sollte.

»Du bist so ernst und ruhig die letzte Zeit«, meinte Simon, als sie in einer kleinen Pizzeria beim Essen saßen. »Ist was?«

»Ach nein. Nur...« Hermine stocherte lustlos in ihrem Essen. »Ich habe ständig Streit mit Vater«, sagte sie dann.

»Mit deinem Vater?« Simon wunderte sich. Er kannte Hermines Vater als friedfertigen, gutmütigen Menschen, der Morgen für Morgen in sein Büro in der Innenstadt fuhr, dicke Zigarren rauchte und ansonsten den Ablauf seiner Tage in die Hände seiner energischen Frau legte. »Warum denn das?«

»Ach, bitte, reden wir von etwas anderem. Schmeckt gut, das Raguttati, findest du nicht?«

»Nun sag schon. Du willst es doch loswerden.«

»Nein.« Hermine sah verlegen zur Seite. »In diesem Fall wäre es mir eigentlich lieber, wenn wir nicht darüber sprechen würden.«

»Na?« Er lächelte ihr zu.

»Vater meint, es sei endlich an der Zeit zu heiraten... Siehst du, nun kriegst du wieder deine Falten auf der Stirn. Ich sagte ja, ich will nicht darüber sprechen.«

»Und deshalb hast du mit ihm Streit? Ich könnte mir eher vorstellen, daß selige Einträchtigkeit zwischen ihm und dir herrscht in dieser Frage.«

»Nein, das tut es nicht. Ich bin der Meinung, daß ich es nicht

nötig habe, irgend jemanden zu drängen. Ich habe dir schon einmal gesagt, daß ich meinerseits nicht mehr auf dieses Thema zurückkommen werde. Aber Vater sagt, sieben Jahre der Bekanntschaft seien genug. Wenn du dann immer noch nicht wüßtest, ob... Na ja. Dann solltest du es halt bleiben lassen.«
Simon schwieg. Auch er schien über die Macht des Schweigens informiert.
Hermine betupfte ihren Mund sorgfältig mit einer Serviette und zwang sich zu einem Lächeln. »Kümmere dich nicht um Vater«, sagte sie, obwohl es ihr schwerfiel, dies zu sagen. Aber sie hatte die Saat gelegt, und es war sicherlich klüger, geduldig auf das Keimen zu warten, anstatt unentwegt zu düngen.

Ein paar Tage später wurde Kathie ein schlankes, zierliches Mädchen mit blondem Haar und dunklen Rehaugen vorgestellt.
»Ich heiße Karin Kröger.« Das Mädchen musterte Kathie mit einem Blick, der besagte, daß ihr wohl bewußt sei, daß fünfzehn Jahre zwischen ihnen lagen und daß eine Frau mit fünfunddreißig fast ihre Mutter sein könnte.
»Fräulein Kröger war vorher im Schreibsaal beschäftigt«, erläuterte Ralph Hartmann. »Sie beherrscht Stenografie und Schreibmaschine und hat auch schon auf einem Textautomaten gearbeitet. Sie wird Ihnen also eine große Hilfe sein.« Er nickte Kathie zu und ging zurück in sein Zimmer, wohl, um wieder an der Decke zu stehen und zu sehen, wie er am schnellsten aufs Dach kam.
»Tolles Büro.« Karin Kröger sah sich anerkennend um. »Ist der Boß nett? Aussehen tut er riesig.«
»Da machen Sie sich man keine Hoffnungen. Er ist verheiratet und betrachtet seine weiblichen Angestellten nur durch die Sklavenhalterbrille.«

»Ich hab schon Pferde kotzen sehen.«
»Ja? Ich nicht. Ihr Schreibtisch steht dort drüben. Ich habe ein paar Akten mit Tonbändern hingelegt. Sie wären als erstes zu erledigen.«
»Wann ist eigentlich am Abend immer Schluß? Ich werde meistens mit dem Motorrad abgeholt. Und ich habe grundsätzlich keine Lust, Überstunden zu schieben.«
»Nun. Ihre Schreibsaal-Mentalität werden Sie ein wenig ablegen müssen. Ich sitze oft bis acht oder neun Uhr hier.«
»Kann schon sein. Sie bekommen auch ein anderes Gehalt. Und sind wahrscheinlich ehrgeizig. Das bin ich nicht. Mein Gehalt entspricht genau einer Arbeitszeit von acht Uhr dreißig bis 17.00 Uhr. Und meine Ambitionen pflege ich in der Freizeit.« Sie zog einen Apfel aus ihrer Umhängetasche und fing an, ihn liebevoll zu polieren.

Am Abend traf Kathie sich mit dem Grafen. Sie bummelten durch die Leopoldstraße, und Kathie schenkte ihm ein kitschiges Poster, das eine rassige Blondine in schwarzem Lackledermantel, sitzend auf der Kühlerhaube eines glänzenden Cadillacs, zeigte.
»Damit du nie dein Ziel aus den Augen verlierst«, sagte sie. »Eine Frau, so gutaussehend wie ein Pin-up-Girl und so reich wie Jackie Onassis. Und jetzt lade ich dich noch zu einer Pizza ein. Was sagst du dazu?«
»Was hast du mit mir vor? Unanständiges?«
»O nein. Ich bin zur Zeit so anständig wie die Präsidentin eines amerikanischen Frauenvereins. Ich bin nicht auf dem Pfad der Sünde, ich bin auf dem Pfad der Rache. Und deshalb besteche ich dich mit einer Pizza alla Napoli. Denn ich brauche deine Hilfe. Dringend.«
Beim Salat erzählte sie ihm von Schiwago. Bei der Pizza von Simon. Und beim Nachtisch definierte sie ihre Pläne. »Ich

habe zwei Ziele, verstehst du? Erstens will ich wissen, ob er sich tatsächlich etwas aus mir macht oder ob ihn bloß alkoholisierte Leidenschaft hinriß. Und als zweites will ich Rache üben. Denn wenn er sich wirklich etwas aus mir macht, wird er es nicht gerne haben, wenn du im Seidenpyjama in der Wohnung herumhüpfst und mit mir turtelst.«

»Ich habe keinen Seidenpyjama.«

»Aber ich. Restbestände meines flüchtenden Vaters.«

»Und ich schlafe in deinem Zimmer auf der Couch? Wie in diesen alten Spielfilmen, wo sie ihm zehnmal in der Nacht auf die Finger klopft und er sich diverse Körperteile einklemmt auf dem alten Klappbett?«

»Genau so. Aber Fingerklopfen können wir bleiben lassen. Denn du wirst dich hochanständig benehmen.«

»Wer sagt das?«

»Ich sage das. Rachegöttinnen lieben nicht. Rachegöttinnen hassen.«

»Und was wird aus mir? Ich bin ein stinknormales Mannsbild. Man kann großen psychischen und physischen Schaden davontragen in solch einer Situation.«

»Wir haben keine Situation.«

»Gar keine?«

»Gar keine. Kommst du dann?«

»Was, heute schon?«

»Ja. Heute schon. Dann brauchst du nicht mit dem alten VW deines Bruders mitten in der Nacht zurückzudüsen an den Chiemsee. Und ich kann meine Pläne vorwärtstreiben.«

»Kathie Ringelblümchen, du wirst mir unheimlich.«

»Ich bin kein Ringelblümchen mehr. Ich habe mich verwandelt in eine fleischfressende Pflanze, du wirst schon sehen!«

Marius schüttelte den Kopf. »Schade«, sagte er. »Schade, daß ich eine reiche Frau brauche. Ich würde mich nämlich von Herzen gerne mit Haut und Haar von dir verspeisen lassen. Weißt du was? Dein Simon ist ein Trottel!«

»Sag ich doch«, schimpfte Kathie und winkte dem Ober.

Simon hätte ihr recht gegeben. Er saß mit einem Schoppen Rotwein auf dem Balkon, schnupperte an den kleinen Thymianpflänzchen und scheuchte seine Erinnerungen wie eine Schar aufgeplusterter Hühner hin und her. In der Ferne gedämpfte Nachtgeräusche. Ein umnebelter Mond. Ein paar Motten, die um die Hoflaterne tanzten. Er griff nach der Zeitung und versuchte zu lesen. Aber die Buchstaben waren leer und tot und ergaben keine Worte. Und die Minuten verrannen nicht, sondern hingen im alten Kastanienbaum und warteten. Nun gut, dachte er grimmig. Dann denke ich ihn zu Ende, den Gedanken, der gedacht werden muß. ICH HEIRATE HERMINE. Er dachte vorsichtshalber gleich alles in Großbuchstaben. Wieso gab es eigentlich irgendwelche Zweifel in dieser Frage? Wegen Kathie? Weil sie ihm in ihren verführerischen roten Spitzen, die immer noch wie kichernde Schadenfreude im Flur hingen, vorübergehend den Verstand geraubt hatte? Unsinn. Er hatte zuviel Sekt getrunken an jenem Abend. Meine Güte. Ein Mann konnte doch einmal auch eine andere küssen als die, die er sich auserkoren hatte. ICH HEIRATE HERMINE, dachte er abermals. Und er heiratete sie nicht, weil er es ihr schließlich schuldig war nach sieben langen Jahren. Nein. Er heiratete sie, weil sie ein Pfundskerl war. Treu wie Gold. Vernünftig. Mit Gedanken, die keine Bocksprünge machten und mit einer Menge handfester Logik. Ein Glücksfall, seine Hermine!
Die Eingangstür klappte zu. Ein freches Lachen. Eine männliche Stimme. Stille. »Nicht hier, Marius«, hörte er Kathie sagen. Und dann: »Willst du noch ein Glas Wein trinken? Wir könnten uns auf den Balkon setzen.«
Simon raffte seine Zeitung zusammen.
»Hallo, Simon.« Kathie lächelte ihm zu, so unschuldig und

frisch wie ein neugeborenes Baby. »Marius und ich wollen noch ein Glas Wein trinken. Hast du auch Lust?«
»Nein, danke. Es ist schon spät.« Er bemerkte, daß Kathie ein enges T-Shirt trug und einen superkurzen Jeansrock. War ganz schön gewagt, mit so nackten Beinen herumzulaufen. In ihrem Alter! Und BH trug sie auch keinen. Schamlos!

Als er am nächsten Morgen die Tür zum Badezimmer öffnete, stand der Graf in einem ekelerregend gelben Seidenpyjama vor dem Spiegel und seifte sich ein mit seiner Seife und benützte seinen Kamm.
»Hallo, mein lieber Freund. Ich hoffe, Sie haben nichts dagegen. Ich wollte eigentlich noch heimfahren in der Nacht, aber...« Er grinste.
Simon wandte sich wortlos ab und stapfte in die Küche.
Ein einziger Affront. Mit seiner Seife. Und seinem Kamm. In seinem Bad.
»Muß das sein?« fragte er.
Kathie stand am Herd und rührte Haferflocken an. »Der Graf liebt englisches Frühstück«, sagte sie und wirkte äußerst ausgeruht und zufrieden. »Ist ja auch sehr kräftigend.«
»Du meinst, er hat es nötig?«
»Was für eine indiskrete Bemerkung aus deinem sonst so verschlossenen Mund.«
»Sag bitte deinen Galanen, daß sie ihr eigenes Waschzeug mitzubringen haben.«
»Eine Übernachtung war nicht vorgesehen, weißt du. Aber manchmal hat man so seine Momente.« Sie überlegte. »Ich werde einfach ganz pauschal etwas ins Bad stellen. Dann kann sich jeder bedienen.«
»Jeder?«
»Jeder, der mir gefällt. Hast du etwas dagegen?«
»Gott bewahre.« Er krächzte ein bißchen. Er stand dicht

neben ihr, und sie starrten sich für einen kurzen Augenblick an. Dann bückte er sich und holte eine Tasse aus dem Schrank.

Eine Woche lang geschah nichts. Dann erhielt Kathie einen verzweifelten Hilferuf von Ulla. »Die Erde ist ein Jammertal. Kannst du kommen?«

»Was ist denn los?«

»Mein Stürmer... Ich habe ihn vor die Tür gesetzt.« Ulla klang so tränenfeucht, als hätte sie zehn Pfund Zwiebeln geschnitten für ein Rindsgulasch à la Stroganoff.

Kathie packte eine Flasche Cognac ein, setzte sich auf ihr Fahrrad und radelte zu Ullas kleinem Appartement, das nur ein paar Straßen entfernt lag. Sie bereitete ihrer Freundin, die trotz der sommerlichen Witterung fror, eine Wärmflasche, wickelte sie in eine Decke und goß ein Wasserglas voll Cognac ein.

»Sieh mal«, begann sie vorsichtig. »Du hast doch selbst gesagt, dein Fußballer sei saisonbedingt. Ich finde es wahnsinnig vernünftig von dir, daß du ihn zum Teufel gejagt hast, bevor er dir weh tun konnte.«

»Es ist das erste Mal in meinem Leben, daß ich vernünftig bin«, schluchzte Ulla. »Und ich habe so eine Ahnung, als ob das vollkommen schwachsinnig war. Vernunft ist nichts für mich.«

»Aber er ist sechzehn Jahre jünger. Das hat doch keine Zukunft!«

»Ach, Kathie, was im Leben hat schon Zukunft.« Ulla richtete sich auf. In ihrer Stimme war eine Bitterkeit, die neu war.

»Na ja, vielleicht findest du mal einen, der ledig ist und in deinem Alter und ganz passabel. Könnte doch sein.«

»Ich will keinen, der ganz passabel ist. Ich will einen, der mich vom Hocker reißt.«

»Märchenprinzen sind sehr rar. Könntest du es vielleicht ein bißchen darunter tun?«
»Wer im Glashaus sitzt, sollte nicht mit Steinen ... und so weiter.« Ulla schwieg. Dann sagte sie: »Erzähl mal. Wie geht's dir denn? Ist dein Zorn wieder verraucht?«
Kathie trank aus Ullas Glas und schüttelte langsam den Kopf. »Nein, eigentlich nicht. Ich bin noch mitten drin in meiner Revanche...«
»Simon und du, ihr würdet gut zueinanderpassen. Ist es eigentlich nötig, dieses ganze Theater?«
»Simon ist für mich gestorben. Er ist ein Feigling.«
»Wieso ist er ein Feigling?«
»Er sitzt in seinem spießigen kleinen Gefängnis und traut sich nicht heraus, obwohl die Tür offensteht.«
»Dann zeig sie ihm halt, die offene Tür.«
»Das nützt nichts, leider. Er hat eine Handvoll älterer Schwestern. Die haben ihn das Fürchten gelehrt. Und ihn zu einem Weiberfeind gemacht.«
»Und Hermine?«
Kathie kicherte. »Hermine ist eine Männerfeindin. Deshalb passen sie ja so gut zusammen, die beiden.«
»Ein bißchen kompliziert, deine Gedankengänge. Und was ist mit Eberhard Bleibtreu?«
»Nun, der ist ja pervers, hast du gesagt. Weil er nur Briefe schreibt. Aber er schreibt keine mehr. Vielleicht hat er sich jetzt auf schmutzige Telefonanrufe verlegt. Wer weiß?«
»Warum gehst du nicht einfach hin und besuchst ihn?«
»Wie bitte?«
Ulla beobachtete sie, in ihren Augen funkelte smaragdgrüne Belustigung. »Ihr seid doch beide keine Backfische mehr. Außerdem, hast du nicht selbst gesagt, du wolltest ihn dir kapern?«
»In meinem Zorn, ja. Aber ...«

»Du hast seine Adresse. Ruf ihn an. Oder geh hin.«
»Aber was wird er von mir denken?«
»Kathie! In welchem Jahrhundert lebst du eigentlich? Schließlich quatschst du ihn nicht auf der Straße an. Du machst lediglich einen kleinen Besuch.«
Kathie trank auch noch den letzten Rest Cognac. Dann drehte sie das Glas um und stellte es auf den Tisch. »Du hast recht«, sagte sie. »Wo steht eigentlich geschrieben, daß die Initiative immer vom Mann auszugehen hat?«
»Bravo.« Ulla grinste Kathie zu. Ein bißchen schief und ein bißchen verschwiemelt. Sie sah immer noch sehr mitgenommen aus, und um ihre Augen lag ein Netz kleiner Fältchen, das Kathie zum erstenmal bemerkte.

Tobias und Gerda schwänzten einen Tag. Sie schwänzten voll überschäumender Freude und so verliebt, daß die Straßen ihnen menschenleer und die Parks wie verwunschene Paradiese vorkamen.
»Wenn ich mit dem Studium fertig bin, heiraten wir«, sagte Tobias und küßte Gerdas Fingerkuppen.
»Du mußt aber erst um meine Hand anhalten. Bei Harald Ohlson.«
»Wird er sie mir geben, deine entzückende Hand?«
»Ich bezweifle es. Ich war eine Kapitalanlage. Er hat viel Geld in mich investiert. Und ich, ich habe mich noch nicht amortisiert.«
»Wie ungezogen von dir. Nun, ich werde mein Sparschwein zerdeppern und dich auslösen. Und dann fahren wir nach Griechenland. Wir leben am Strand, ich gehe fischen . . .«
»Ich mag keinen Fisch.«
»Dann halten wir uns Ziegen.«
»Ich mag auch keinen Käse.«
»Was willst du dann?«

»Dich.« Gerda stellte sich auf die Zehenspitzen und küßte ihn auf die Nase. »Und Himbeereis aus der Tüte mag ich. Und in den Isarauen auf der Wiese liegen und Wölkchen zählen.«
»Heiratest du mich?«
»Ich sitze gerade auf einem Regenbogen. Mußt du mich unbedingt runterschubsen?«
»Ich schubse nicht. Ich frage nur.«
»Heiraten ist Fron. Ist Barfußlaufen auf einem Stoppelfeld. Kaufst du mir jetzt ein Himbeereis?«
»Du kriegst dein Eis. Mit sehr viel Sahne und Streuseln drauf.«
Tobias hob Gerda in die Luft und setzte sie auf einen Mauersims. Eine Taube flatterte auf. Der Tag hatte nicht Anfang und Ende und war zärtlich wie eine kleine Melodie.

Am Freitag abend faßte Kathie sich ein Herz und suchte auf dem Stadtplan nach Eberhard Bleibtreus Adresse. Simon wollte am nächsten Morgen mit Hermine nach Wien fahren, Tobias war immer noch bei Gerda Ohlson, Wochenendstimmung breitete sich allenthalben aus, und die Luft war sommerschwer.

Kathie schminkte sich sorgfältig und kleidete sich wieder in jenes weiße Kostüm, dessen Dekolleté Schiwago Hartmanns Adrenalinspiegel zumindest einmal in diesen sechseinhalb Jahren der Bekanntschaft in Bewegung gebracht hatte. Damals zur Stunde X. In einem Park in Madrid, in dem die Nachtigall sang und der Mond die Rosen küßte.
Dann klopfte sie an Simons Tür. Er saß in einem gemütlichen Stuhl am Fenster und las in einem Buch. Natürlich. Was anders sollte ein Buchhändler an einem wunderschönen Sommerabend auch machen, als ein Buch zu lesen und fern dieser Welt zu sein?

»Hallo. Entschuldige, daß ich störe. Kannst du mir einen Gefallen tun?«
Sie wußte, daß sie gut aussah. Sie lächelte. Strahlend und siegesgewiß. Sieh mal, sagten ihre Augen. Und bitte, sieh genau hin. Denn vor dir steht eine bildhübsche, rassige Frau, tolerant, modern, zu allerlei netten Dingen aufgelegt. Und da hockst du! Ein elender Langweiler mit einem chauvinistischen Hemingway in der Hand. Dem die Stunde schlägt.
»Welchen Gefallen?« Auch seine Augen sprachen. Laß mich zufrieden, sagten sie. ICH HEIRATE HERMINE.
»Ich bin eigentlich so halb und halb mit dem Grafen verabredet. Kannst du ihm, falls er anrufen sollte, sagen, daß ich umdisponiert habe und mit einem Geschäftsbesuch ausgehe?«
»Aha. Die perfekte Sekretärin. Opfert sogar ihre Freizeit der werten Firma.«
»So ist es.« Kathie überlegte krampfhaft. »Es ist dieser Miguel Modet«, sagte sie dann. »Du weißt schon, der Spanier. Er ist gerade in München. Er hat mich eingeladen zum Essen.« Sie stieß einen lieblichen Seufzer aus. »Diese Spanier«, sagte sie. »Sie sind ganz wild auf rotes Haar. Man möchte es kaum glauben...«
»Ich werde es ausrichten«, brummte Simon und tat so, als vertiefe er sich wieder in sein Buch. Aber er kochte vor Zorn.

Kathie fand das Haus, in dem Eberhard Bleibtreu wohnte und das in der Nähe des Englischen Gartens lag, sofort. Es war gediegene Jahrhundertwende mit roten Sisalläufern, Messinggeländern, Butzenscheiben, Bohnerwachs und pingeliger Sauberkeit. Kathie atmete tief durch. Die Leute mochten sagen und schreiben, was sie wollten. Es war, verdammt noch mal, sehr schwer, keinen Stolz mehr zu haben und eine emanzipierte Frau zu sein. Sie quälte ein leicht ironisches Hier-bin-ich-Lächeln auf ihre Lippen, klingelte und fühlte sich wie eine Anzeige unter ›Vermischtes‹. Modell für ausgefallene Wünsche. Stets präsent. Kommt auch ins Haus ...

Die Tür wurde aufgerissen. Ein braungelocktes Mädchen starrte sie herausfordernd an. Es trug nur pfirsichfarbene Jugend und ein Nichts an Seidenhemdchen. »Hallo.«

»Ich wollte zu Herrn Bleibtreu«, sagte Kathie steif.

Ein schlanker Mann in weißem Bademantel kam um die Ecke und sah aus wie auf Kathies Foto. Ein wenig charmant, ein wenig müde, ein wenig verlebt. »Pardon?« fragte er.

»Es tut mir entsetzlich leid, wenn ich störe. Mein Name ist Katharina Fröhlich.«

Er blickte sie entgeistert an. »Ich kenne keine Katharina Fröhlich.«

»Aber Sie heißen doch Bleibtreu? Eberhard Bleibtreu?« Kathies Knie begannen zu zittern.

»Ja, so heiße ich.«

»Wir waren in brieflichem Kontakt.«

»In brieflichem ... Ach ja.« Es schien zu dämmern. Er sah ziemlich albern aus in seiner Erleuchtung.

»Regenbogenseide für mein Träumeseil«, sagte sie zornig.

»Wie bitte?«

»Meine Freundin Ulla hatte recht. Sie sind pervers.«

Das braune Lockenköpfchen kicherte. »Bist du pervers, Honey?«

»Klar ist er pervers. Schreibt komische Briefe an wildfremde Frauen.«

»Mit Sauereien?«

»Mit so viel Sauereien, daß es ein Graus ist.«

»Oh.« Wieder ein Kichern. Kathie drückte ihre Fingernägel tief in ihre Handballen. Dann warf sie den eisigsten all ihrer Blicke auf diesen verlebten Wüstling, dessen Gesichtszüge vor Verlegenheit schier zerflossen, und wandte sich ab. Ein Stökkel verfing sich in dem roten Teppich.

»Schreibst du an mich auch einmal einen perversen Brief?« hörte sie das Lockenköpfchen fragen.

»Komm rein«, antwortete dieser verlebte, müde, gräßliche Wüstling. Dann schloß er die Tür.

9. Kapitel

Eberhard Bleibtreu war nach Kathies Besuch mehr als verstimmt. Nie im Leben hätte er sich selbst in eine so peinliche, ja, fast lächerliche Situation gebracht. Er pflegte seine amourösen Abenteuer fast generalstabsmäßig zu planen, er war ein charmanter und großzügiger Liebhaber, ausgeglichen, freundlich, ehrlich. Ja, ehrlich war er vor allen Dingen. Denn er gestand bereits zu Beginn einer Beziehung, daß seine Affären leidenschaftlich, aber vergänglich waren und daß er keinerlei Zukunftspläne hege, weder in Richtung einer dauerhaften Partnerschaft, noch, der Himmel möge ihn verschonen, plane er jemals, vor den Traualtar zu treten. Eine Panne wie jene, die ihm Simon beschert hatte, beleidigte seinen Drang nach Diskretion und Verschwiegenheit. Also legte er sich eine geharnischte Rede zurecht und wartete auf den Montagmorgen.

Es regnete. In Simons Laden brannte Licht. Simon saß mit düsterem Gesicht an seinem Schreibtisch, blätterte in Journalen, übertrug Zahlen in eine Kladde und stempelte Rechnungen ab.

»Guten Morgen, du Riesenrindvieh!« sagte Eberhard.

Simon blickte erstaunt auf. »Was ist los?«

»Ich hatte Besuch am Wochenende.«

»Wie schön für dich.«

»Eine Dame namens Katharina Fröhlich.«

Simon wurde blaß. Er erhob sich. Das Stempelkissen fiel scheppernd zu Boden. »Du meinst ... Kathie?« stammelte er.

»Ich weiß nicht, wie du sie in deinen zärtlichen Stunden

nennst. Mir sagte sie auf jeden Fall mit dem vernichtendsten Blick der Welt, sie hieße Katharina Fröhlich. Und daß ich ihr perverse Briefe geschrieben hätte. Ich! Also wirklich, Simon. Ich hätte nie und nimmer gedacht, daß du es nötig hast, solche Briefe ... Ich meine, daß dich die eiserne Hermine etwas kurzhält, gut und schön. Aber schmutzige Briefe zu schreiben unter meinem Namen, mit meiner Adresse und meinem Bild!« Er stampfte mit seinem Schirm auf, so erbost war er.

»Aber ich habe keine perversen Briefe geschrieben. Es waren ganz normale ...«

»Komm, das gibt's doch gar nicht. Diese Kathie war so zornig wie ein Wanderprediger. Sie kam an, platzte in eine ... Unterhaltung, die ich gerade mit Gigi hatte, und sagte: ›Sie sind pervers, Herr Bleibtreu!‹ So etwas sagt man nicht ohne Grund.«

»Aber ich schwöre dir ...« Simon war ratlos.

»Behalte deine Schwüre für dich. Ich werde die Dame heute abend anrufen und sie aufklären.«

»Das wirst du nicht.« Simon trat hastig auf Eberhard zu. »Bitte«, sagte er. »Tu mir das nicht an. Es wäre entsetzlich, wenn sie erführe, daß ich an sie geschrieben habe.«

»Ja, glaubst du wirklich, ich lasse das auf mir sitzen?«

»Ich sage dir doch: Ich habe ganz normale Briefe geschrieben. Wahrscheinlich wollte Kathie dich nur endlich kennenlernen ... In welche Unterhaltung ist sie denn geplatzt?«

»In eine leichtbekleidete.«

»Na, siehst du. Dann bist du doch selber schuld. Du mit deinen ewigen Weibergeschichten!«

»Ich glaube, du bist total übergeschnappt. Ich kann doch tun und lassen, was ich will. Ich bin Junggeselle, ich bin nicht verlobt, und ich treibe auch kein Doppelspiel wie gewisse andere Herren!«

»Sie hat dich pervers genannt, weil sie aufgrund meiner Briefe dachte, du seist ein einsamer Mann, der auf die große Liebe seines Lebens wartet. Ein fast unberührter...«
»Das hast du geschrieben?«
»Na ja, ich wollte ihr doch beweisen, daß Leute, die auf Heiratsannoncen antworten, alle irgendwie verkorkst sind.«
»Du Lügner. Du hast ihr geschrieben, um ihr die Tour zu vermasseln. Weil du Angst hattest, sie könnte sich tatsächlich einen auftun auf diese Art und Weise. Und ich gebe dir sogar recht: Sie ist eine reizende Person.«
»Ich bin nicht an ihr interessiert. Wie oft soll ich es noch sagen.«
»Gut.« Eberhard grinste. »In diesem Fall wirst du ja nichts dagegen haben, wenn ich mich selbst für sie interessiere. Nein, nein...« Er winkte ab. »Du brauchst keine Angst zu haben. Ich verrate dein süßes Geheimnis nicht. Ich werde mich lediglich für Gigi entschuldigen. Und dann eine Einladung aussprechen. Ganz offiziell.« Er knöpfte seinen Trenchcoat zu und hob das Stempelkissen auf. »Du bist wirklich ein Rindvieh«, sagte er. »Hast so ein Weib in deiner Wohnung und begnügst dich mit einer Ritterrüstung.«
»Laß Hermine zufrieden. Sie ist die reine Erholung gegen Kathie.«
»Wovon willst du dich denn erholen? Du hast doch noch gar nichts erlebt!« Eberhard lachte verächtlich. Dann nickte er Simon kurz zu und verließ den Laden.

Auch in Ralph Hartmanns Büro fand trister Montagmorgen statt. Kathie saß an einem der Besprechungstische und starrte aus dem Fenster. Der Himmel war grau verhangen, lilafarbene Wolken ballten sich zusammen, der Regen fiel in zornigen Schauern zur Erde, und der Wind heulte wie leibhaftige Walpurgisnacht. Kathies Gedanken glichen den zornigen Regenschauern vor den Fenstern. Sie hatte das Wochenende in tiefster Niedergeschlagenheit verbracht, hatte eine Verabredung mit Bernd Haider vom Single-Club abgesagt, sich ausschließlich von Joghurt und Bananen ernährt und im Fernsehen nur Filme betrachtet, die traurigen Inhalts waren. Immer wieder sah sie sich vor Eberhard Bleibtreus Tür stehen wie unerwünschter Verwandtenbesuch, sah schwellende Jugend in einem durchsichtigen Seidenhemdchen, rief sich das verlegene Grinsen dieses leicht ergrauten, um die Ecke schlurfenden Casanovas ins Gedächtnis zurück und auch seine braungebrannten nackten Beine und den weißen Bademantel, der, penetrant und frivol, eine ganz und gar eindeutige Situation signalisierte.

»Kathie?«

Sie schrak auf.

»Wie ist das mit der Besprechung heute nachmittag? Haben Sie alles erledigt?«

»Ja. Habe ich. Die Einladungen liegen schon seit Freitag in den Sekretariaten, der Projektor ist bestellt, der Kaffee auch, und der Imbiß wird gegen 17.00 Uhr geliefert werden.«

»Denken Sie bitte auch an Zigarren für Dr. Sauer.« Ralph Hartmann lächelte. »Ich hoffe, sie werden ihm bald nicht mehr munden, seine rassigen Zigarren.«

»Wieso? Was hat er Ihnen getan?«

Er lachte. »Er mir? Nichts. Aber ich werde ihm etwas tun. Derjenige, der im Herbst nach Amerika geht, um die Lizenzverhandlungen mit der Rutherford Company aufzunehmen, der hat bei erfolgreichem Abschluß auch die größten Aussichten auf den Vorsitz in der Geschäftsführung. Und die Chancen bei Rutherford sind hervorragend. Wir liegen mit unseren Preisen gut im Rennen, wir haben einen seriösen Namen und verfügen über die entsprechenden Schutzrechte. Also. Wer diesen Auftrag an Land zieht, wird König im neuen Königreich.«

»Aber die Rutherford-Verhandlungen fallen doch in Dr. Sauers Ressort. Er ist ein brillanter Techniker, und es geht um Technisches. Alles andere ist dann doch Sache der Vertragsabteilung.«
»Wer sagt, daß er brillant ist?«
»Alle sagen es.«
»Dann werde ich dafür sorgen, daß in Zukunft alle etwas anderes sagen.«
»Halten Sie ihn denn nicht für einen brillanten Mann?«
Ralph Hartmanns Gesicht wurde ärgerlich, um seinen Mund lag ein kaltes Lächeln. Kathie wußte, was er dachte. DU SOLLST KEINE FREMDEN GÖTTER HABEN NEBEN MIR.
»Ich meine...« Sie sah ihn nachdenklich an. »Wenn er brillant ist, hat es mit Ihnen ja gar nichts zu tun. Ihre Bereiche sind total getrennt. Er ist Techniker, Sie sind Kaufmann.«
»Hier im Hause ist nur einer brillant, und das bin ich«, erwiderte er mit einer Stimme, die so kalt war wie sein Lächeln, und es war seine fast täglich wachsende Arroganz, die Kathie mehr und mehr erzürnte. Arroganz und Dummheit lagen so verteufelt nah beieinander. Aber war er denn dumm? Und wenn er es war, warum hatte sie es all die Jahre nicht bemerkt?

Als sie in ihr steriles Vorzimmer zurückkehrte, stand Karin Kröger am Spiegel und tuschte sich die Wimpern. Sie trug ein nilgrünes Top und einen am Bund gerafften Minirock, ihre blonden Haare, die in weichen Locken das Gesicht umrahmten, fielen auf die nackten Schultern, ihre Füße steckten in so hochhackigen Sandaletten, daß Kathie fast schwindlig wurde bei ihrem Anblick.
»Ist Ihnen nicht kühl?« fragte sie böse.
»Aber nein. Ihnen?«
»Haben Sie die Bänder fertig getippt?«

»Habe ich. Und jetzt werde ich Fotokopien machen.« Sie stöckelte zur Tür. Sie sah aus wie das angehende Verhältnis des Chefs. Bloß wußte sie nicht, daß der Chef eine taube Nuß war und obendrein größenwahnsinnig. Kathie starrte wieder aus dem Fenster. Die Mondnacht in Madrid mit jenem zauberhaften Spaziergang durch den Park lag so fern wie das verliebte Treffen zweier Dinosaurier. Hatte sie Ralph Hartmann wirklich geküßt? Sie konnte es sich nicht mehr vorstellen.

Am Abend bereitete sie eine Paella, öffnete eine Flasche Rotwein und stellte eine Kerze auf den Tisch.
»O du Land, wo die Zitronen blühen«, sagte Tobias und zwinkerte Simon zu.
Kathie kräuselte die Lippen. »Mathematik scheint nicht dein einziger schulischer Schwachpunkt gewesen zu sein.«
»Wie kommen wir zu der Ehre dieses lukullischen Mahles?«
»Ein ... romantischer Anfall. Ich hatte ein sehr erbauliches Wochenende mit Miguel Modet. Du weißt schon, dieser spanische Geschäftsfreund der Firma.« Sie warf Simon einen vorsichtigen Blick zu und schob eine Gabel Reis in den Mund.
Simon schwieg.
»War's schön in Wien?«
»Herrlich.«
»Das Wetter auch?«
»Herrlich.«
»Aha.« Das Gespräch, sofern es eines gewesen war, versikkerte. Als das Telefon klingelte, sprang Kathie erleichtert auf.
»Ich weiß, daß Sie mich für einen perversen Wüstling halten und für einen Lügner und Betrüger«, sagte eine leicht nasale Stimme. »Und daß sie den Namen ›Bleibtreu‹ sicherlich nicht mehr hören können. Aber ich möchte doch nicht versäumen, etwas klarzustellen.«

Dieser Kerl! Wagte es, hier anzurufen. Kathie verspürte große Lust, den Hörer einfach auf die Gabel zu werfen. Aber dann sah sie durch die geöffnete Küchentür Simons angespannte Haltung und überlegte sich, daß dieser Anruf eine weitere Gelegenheit bot, ihn zu ärgern.

»Wie nett, daß Sie etwas von sich hören lassen«, flötete sie. »Es tut mir aufrichtig leid, daß ich Sie letzte Woche nicht alleine antraf. Hoffentlich habe ich nicht allzu sehr gestört?«

Eberhard Bleibtreu lachte. Unbeschwert und heiter.

»Natürlich haben Sie gestört. Aber ich danke Gott im Himmel, daß Sie es taten. Sehen Sie...« Seine Stimme wurde ernst. »Ich hatte plötzlich irrsinnige Angst, unsere briefliche Freundschaft fortzusetzen. Ich hatte Angst, Ihren Ansprüchen nicht zu genügen und... Ach, ich weiß auch nicht. Und dann kam diese Gigi. Männer sind schwache Geschöpfe, wie Sie wissen.«

Ja, dachte Kathie bitter. Schwach und herzlos und vollkommen amoralisch.

»Geben Sie mir noch eine Chance? Morgen abend beim Essen? Ich kenne ein nettes chinesisches Lokal hier ganz in der Nähe.«

»Aber natürlich gebe ich Ihnen eine Chance. Und morgen abend paßt mir ausgezeichnet.«

Als sie auflegte, trällerte sie fröhlich vor sich hin. Sie kehrte zum Tisch zurück und sagte, geziert wie ein Collegegirl: »Ein Date für morgen abend.« Dabei fühlte sie sich so leer wie ein umgekippter Mülleimer, genaugenommen fühlte sie sich wie zweiundneunzig. Sie stopfte sich spanisches Huhn in den Mund und schluckte, ohne zu kauen.

Am nächsten Tag regnete es immer noch. Tobias saß in Gerda Ohlsons Wohnzimmer auf dem Teppich und reparierte einen verbeulten gelben Hahn aus Blech, dessen Aufziehfeder kaputt und dessen Schraubeneingeweide operationsbedürftig waren. Murmel kniete neben ihm. Ihre kleine Zunge fuhr von einem Mundwinkel zum anderen, ihr Gesicht war sorgenvoll und konzentriert.

»Ist wie richtiges Familienleben«, meinte Tobias zufrieden.

»Weil du Murmels Leopold reparierst?« Gerda lächelte.

»Nein. Weil ich so seßhaft bin. Früher habe ich immer Gänsehaut gekriegt bei Familienidyllen. Aber ich habe gleich gewußt, daß es so kommt.«

»Was hast du gleich gewußt?«

»Daß mein Leben sich ändern wird.«

»Spinner.«

»Ich bin kein Spinner. Ich bin ein sechsundzwanzigjähriger Mann, der genau weiß, was er will.«

»Ach nein, bitte nicht. Ich habe die Nase voll von Männern, die genau wissen, was sie wollen.«

»Wann heiraten wir?«

»Wir heiraten gar nicht.«

»Ich wette mit dir zwanzig Flaschen Sekt, daß wir...«

Es klingelte.

»Kriegst du Besuch?«

Gerda schüttelte den Kopf. »Nicht, daß ich wüßte«, antwortete sie und stieg über Bauklötzchen und Teddybären und einen Haufen Bücher.

Stimmengemurmel. Ein Kleiderhaken fiel zu Boden. Dann betrat ein massiger Mann das Zimmer, und Tobias ahnte, daß es sich um Harald Ohlson handelte. Er trug einen dunklen Anzug und eine grauseidene Krawatte. Sein Kopf war wuchtig. Er hatte ein markantes Gesicht, das Kinn war energisch, die Stirn ausladend. Er sah imposant aus auf seine Art. Nur seine Augen waren zu hell. Sie waren wie Glas.

»Guten Abend«, sagte er und warf Tobias einen scharfen Blick zu. Dann wandte er sich an Gerda. »Ich möchte mit dir alleine sprechen.«

»Es ist alles besprochen.«
»Findest du?«
Bedrohliches Schweigen breitete sich aus. Murmel senkte den Kopf und drehte verlegen ein paar Bauklötzchen in den Händen.
»Wie geht es euch?«
»Danke, gut.«
»Und wer ist dieser sonderbare Jüngling?«
Gerdas Gesicht wurde starr. »Tobias Fröhlich. Wir sind befreundet.«
»Ich bin auch mit ihm befreundet«, sagte Murmel und schob ihre Hand in Tobias Faust. »Er hat Leopold repariert und spielt tolle Spiele. Er kann krähen und gackern. Und schreien wie ein kleiner Esel.«
Harald Ohlsons Augen füllten sich mit boshafter Freude.
»Tja. So sieht er auch aus. Seit wann pflegen hier eigentlich Gymnasiasten ein und aus zu gehen?«
Tobias spürte, wie alle Luft seinen Lungen entwich. »Sie kommen sich wohl besonders witzig vor. Aber das hilft Ihnen auch nicht weiter. Ihre Frau läßt sich scheiden. Und ich finde, das ist das beste, was sie tun kann.« Er hielt seinen Kopf kampfeslustig vorgestreckt. Er hatte, bis zu seinem ersten Knockout, ein paar Boxstunden genossen. Er nahm es auch mit einem Konservenmanager auf.
»Sieh an, sieh an. Da schreit er ja schon wieder, der kleine Esel.« Harald Ohlson drückte Murmel ein Päckchen in die Hand. »Wenn ich wiederkomme, wünsche ich, mit euch allein zu sein.«
»Wenn Sie wiederkommen, werde ich immer noch dasein.«
Harald Ohlson drehte sich um. »Meinen Sie?« Er befeuchtete seine Lippen. Dann lachte er. »Und wenn schon. Sie zählen nicht, mein Junge. Sie sind ja noch nicht einmal trocken hinter den Ohren.« Er ging mit schweren Schritten aus dem

Zimmer, und Tobias sah ihm beklommen nach. Er hatte das untrügliche Gefühl, daß dieser sonderbare Konservenheini noch lange nicht fertig war mit ihm.

Als Kathie sich auf den Weg machte, um Eberhard Bleibtreu zu treffen, begegnete ihr Simon auf der Treppe. Er schleppte wieder eine riesige Büchertasche und sah so nett und vertraut aus, daß sie am liebsten die Hand ausgestreckt und ihn berührt hätte.

»Ich habe ein Rendezvous. Mit Eberhard Bleibtreu«, rief sie mit fröhlicher Piepsstimme.

»Dann viel Spaß.«

»Danke, den werde ich haben.« Sie wartete.

»Sonst noch was?«

»Nein. Eigentlich nicht.« Sie wurde rot, und er trat zur Seite und ließ sie vorbei.

Fünf Minuten später wählte er Eberhards Nummer. »Sie ist auf dem Weg zu dir«, fauchte er. »Und eines sage ich dir. Wenn du deine übliche Schau abziehst, dann bringe ich dich um. Sie ist keines deiner Betthäschen, verstanden?«

»Ich nehme an, ich spreche mit jenem sonderbaren Zeitgenossen, der sich aus Katharina Fröhlich nicht das Allermindeste macht. Im übrigen: Wenn sie kein Betthäschen ist, wird sie sich auch nicht wie ein solches benehmen.«

»Du hast gehört, was ich gesagt habe: Wenn du mit ihr die übliche Schau abziehst und sie dann sitzenläßt, dann gnade dir Gott!«

»Wenn man bedenkt, daß du auf Gedeih und Verderb von meiner Verschwiegenheit abhängst, nimmst du den Mund ziemlich voll. Also. Ich muß jetzt gehen. Wir treffen uns nämlich beim Chinesen. Und hinterher gibt's einen Schlummertrunk bei mir.« Er lachte leise. Dann legte er auf.

Es war wirklich die tollste Wohnung, die Kathie je gesehen hatte. Heiliger Strohsack, dachte sie. Die reinste Mädchenfalle. Es gab eigentlich nur einen Raum, er mußte mindestens fünfzig Quadratmeter groß sein, er hatte verschiedene Ebenen und war mit dicken Teppichen belegt. Alle Farbnuancen von Rot über Rosa bis Orange waren in Stoffen und Polstern enthalten. Die Couch war niedrig und rund und kissenübersät, der Fernsehapparat in einer Wandnische versteckt, der Flügel stand vor einem breiten Fenster, das bis zum Boden reichte und durch das man auf Dächer und Türme und auf glitzernde Lichter in der samtweichen Dunkelheit sah.
Eberhard Bleibtreu trug einen korrekten Anzug und eine Krawatte, er duftete dezent nach einem teuren Eau de Cologne und hielt zwei große Cognacschwenker in der Hand. Sie hatten während des Abendessens über Spanien gesprochen und über seine Reisen nach Südamerika, sie hatten viel gelacht, und Kathie hatte es ganz natürlich gefunden, noch ein Glas bei ihm zu trinken, um den Abend würdig zu beschließen.
»Ihre Wohnung ist herrlich«, sagte sie. Sie nahm ihm ein Glas aus der Hand und versank in einem Stuhl, der die Form einer riesigen Muschel hatte. Sie schob züchtig Knie an Knie und kam sich so pastellfarben brav vor wie Doris Day.
Sie kicherte. »Kennen Sie diese Filme? Frau ist furchtbar hübsch und furchtbar naiv und furchtbar solide. Und landet unweigerlich auf einer weichen Couch bei einem reichen Windbeutel von Mann, der ihr Lichtjahre an Erfahrung voraus hat.«
»Ich kenne diese Filme. Warum fragen Sie?«
»So komme ich mir gerade vor.«
Er lächelte. »Soll ich ganz ehrlich sein?«
»Ach, du liebe Güte. Ich habe schon einen Untermieter, der es immer so schrecklich ehrlich mit mir meint.«

Sie wußte nicht, warum er sich schier ausschütten wollte vor Lachen. »Nun, Kathie«, sagte er, als er sich einigermaßen erholt hatte. »Ich hoffe doch, Sie denken nicht, ich sei ein Windbeutel.« Er setzte sich neben sie in diesen wahnsinnig weichen Muschelstuhl, der gut und gerne auch eine ganze Fußballmannschaft hätte beherbergen können, und sie befürchtete doch, daß er vielleicht ein Windbeutel war. Er sah viel zu gut aus, um anständig zu sein. Er hatte blondes feines Haar und interessante Schatten um die aufregend grünen Augen, und seine Hände waren sensibel, fast zart. Sie hätten einem Chirurgen gehören können oder einem Pianisten. Kathie machte einen schwachen Versuch, von ihm abzurücken. Sie wußte nicht, wie sie reagieren würde, sollte er irgend etwas anfangen mit diesen sensiblen Händen. Sie wußte überhaupt nicht sehr viel über sich in der letzten Zeit. Manchmal war ihr, als hätte sie den Boden unter den Füßen verloren oder als stürze sie kopfüber in dunkles Gewässer. War das wirklich sie, die hier auf dieser lila Spielwiese saß, ein Cognacglas in der Hand? Nein, sie war es nicht. Sie war Kathie Ringelblümchen und liebte Simon. Aber Simon zu lieben war ähnlich hoffnungslos wie eine Wette abzugeben auf den ältesten Gaul in Daglfing.
»Woran denken Sie?«
»An ein zerrupftes Huhn, den Fuchs im Nacken.« Sie lächelte mühsam. »Was ist hinter all der Seidengaze an der Tür?«
»Das Badezimmer. Und eine kleine Ankleidekammer.«
»Sie sind Innenarchitekt?«
»Nein. Architekt. Ich gestalte Häuser. Öffentliche Bauten. Momentan gestalte ich ein Gefängnis.«
»Ein Gefängnis?« Kathie war starr vor Staunen. Aber schließlich war es wieder einmal ganz typisch für sie. Wenn sie schon einmal das Glück hatte, einen Architekten kennenzulernen, dann baute er nicht eine Plastikpyramide für die Schickeria

oder einen Wolkenkratzer auf dem Marienplatz. Nein, er baute ein Gefängnis.

»Und Sie spielen Klavier?«

Er nickte.

»Spielen Sie auch für mich?«

»Gerne.« Er stellte sein Glas auf den Tisch.

Er spielte gut. Kathie lehnte sich zurück und schloß die Augen. Sie wußte, was jetzt kommen würde. Ein bißchen Mozart, ein bißchen Chopin, ein bißchen Neugierde, ein bißchen Lust. Lust auf was? Sie trank ihren Cognac aus und erhob sich.

Er war so schnell bei ihr. Als er sie zu sich heranzog, spürte sie seine Hände fast nicht, so sacht ging er mit ihr um. Vielleicht war er doch Chirurg. Nur Chirurgen wußten, wo all die verborgenen Nerven lagen, die ganz anders reagierten, als der Verstand es gebot. Kathie wünschte einen irrwitzig kleinen Moment, sich fallenzulassen und Prinzipien zu vergessen, die angeblich sowieso nur mühsam anerzogen waren. Aber der Moment verging. »Ich muß gehen«, sagte sie. »Ich habe morgen einen harten Tag vor mir.«

Er lächelte. Er liebte das Spiel. Er kannte und beherrschte es.

»Nächstes Wochenende?« fragte er.

»Vielleicht. Rufen Sie mich an.«

Er holte ihre Jacke und brachte sie zur Tür.

Das erste, was sie sah, als sie nach Hause kam, waren zwei große braune Lederkoffer. Das zweite war Hermine.

»Je später der Abend, desto schrecklicher die Gäste. Was ist los? Fahrt ihr schon wieder nach Wien?«

Hermine biß sich auf die Lippen. »Können wir dich einen Moment sprechen? Wir haben extra auf dich gewartet.«

»Ach? Der große Sittenrichter Simon auch? Geht es wieder einmal um meine Moral?«

»Simon sitzt in der Küche. Kommst du?« Hermine ging vor Kathie her.

»Was ist denn los? Du klingst so feierlich wie ein Jubiläumsgedicht. Habt ihr den Hausmeister gekillt? Nur zu. Ich kann ihn sowieso nicht leiden. Er scheucht Moritz immer vom Hof.«

»Nun sei doch einmal in deinem Leben ernst.«

»Ich bin so ernst wie der Henker von London. Also?«

Hermine lächelte gequält. »Ich habe mich mit meinen Eltern gekracht. Wegen ... wegen der Hochzeit. Und hier bin ich nun.«

»Und hier bist du nun. Bleich und händeringend an Simons breiter Brust. Aber was hat das mit mir zu tun?«

»Es hat mit deiner Wohnung zu tun. Ich würde gerne ein paar Wochen hier bleiben, wenn du nichts dagegen hast. Simons Zimmer ist groß. Sein Bett auch ... Es rentiert sich einfach nicht, für mich noch ein Appartement zu suchen. Wo wir doch im Herbst schon heiraten wollen und dann sowieso eine größere Wohnung brauchen.«

Daß das Bett breit genug war, war nicht das Schlimmste. Das Schlimmste war, daß Simon dasaß wie ein schuldbewußtes bärtiges Kind, das Verbotenes vorhat in diesem Bett. Kathie erhob sich und ging zum Kühlschrank. Sie holte die Grappaflasche und goß ein paar Gläser ein. »Wenn Simon damit einverstanden ist, daß du hier wohnst«, sagte sie und blickte ihm zum erstenmal seit langem wieder in die Augen, »dann soll es mir recht sein.«

»Du kannst aber gerne sagen, wenn es dich stört«, meinte er hoffnungsvoll.

»Es stört mich nicht.«

»Ich werde natürlich bezahlen fürs Wohnen.«

»Mein Gott, Hermine. Du bist Simons Verlobte ...« Wieder betrachtete sie ihn aufmerksam. »Ich stelle es mir übrigens sehr lustig vor, mit zwei jungen Brautleuten unter einem Dach zu leben. Ich habe so gerne glückliche Menschen um mich.« Sie stellte die Schnapsflasche zurück in den Kühlschrank. Ihre Hände zitterten. Sie fühlte sich schon wieder wie zweiundneunzig. Wenn das so weiterging, brauchte sie keinen Mann mehr. Nur noch ein Schälchen Grießbrei am Tag und eingetunktes Brot und ein ruhiges Plätzchen im Altersheim.

Am nächsten Morgen schien die Sonne. Hermine tänzelte in der Küche herum, sie trug ein blauweiß gestreiftes Leinenkleid, hatte ihre blonden Haare ordentlich gescheitelt und war dabei, Orangensaft auszupressen.
»Guten Morgen, guten Morgen«, sagte sie strahlend.
Kathie setzte sich in ihrem ältesten Bademantel an den Tisch und gähnte. Ihre roten Haare waren ein einziges Krähennest, und ihre Sommersprossen dösten rotblaß vor sich hin. »Mein Gott, sei doch nicht so entsetzlich hektisch«, stöhnte sie.
Hermine sah sie von der Seite an. »Ich bin nicht hektisch. Ich mache nur, was stinknormal ist.«
»Ich habe eine große Scheu vor allem, was stinknormal ist.«
»Ja, das habe ich bemerkt.«
»Also, dann spuck's schon aus: Was ist denn stinknormal?«
»Geborgenheit zu geben.«
»Hab ich mir's doch gedacht. Schick ein Weib mit all seiner Habe zu einem Mann, schon bricht der mütterliche Urtrieb hervor.«
Hermine ließ sich nicht beirren. »Na und? Die Männer wollen im Grunde doch tatsächlich immer noch alles so haben wie bei Mutter zu Hause. Eine gute Tasse Kaffee, knusprige Semmeln, frische Unterwäsche, Behaglichkeit...«
»Ich werde auf der Stelle Feministin.«
»Ach. Was sollte deiner Meinung nach denn das Wichtigste sein?«

»Wie wär's zum Beispiel mit Zärtlichkeit, Toleranz, Freundschaft ...«
»Modegequatsche«, meinte Hermine verächtlich. »Ich bin tolerant, wenn ich vor ihm aufstehe und Kaffee koche.«
»Nein. Da bist du höchstens blöd. Wo es doch bei ihm im Bett viel schöner wäre.«
Hermine verzog den Mund. »Ich möchte bloß wissen, was dich so stört an meinen Ansichten. Meine Eltern führen auf genau diese Weise eine wirklich gute Ehe. Glaube mir. Meine Mutter hat mir vorgelebt, wie man einen Mann glücklich macht.«
»Ach. Tatsächlich? Wie hat sie denn das angestellt?«
Hermine wurde rot. Sie legte Servietten auf den Tisch und strich langsam mit der Hand darüber. »Meine Mutter ist eine patente Frau. Und Töchter werden meist wie ihre Mütter ...«

Als Kathie zum Badezimmer ging, traf sie auf Simon. Auch er trug einen uralten Morgenmantel, und sein Gesicht bestand nur aus Bart und müden Augen.
»Du siehst aber nicht so adrett aus, wie du solltest«, sagte Kathie grinsend.
»Was meinst du?«
»Deine Herzallerliebste ist so frisch gestärkt wie zehn weiße Unterröcke. Und deine Kaffeetasse hat ein Schleifchen.«
Er schüttelte den Kopf. »Was soll der Unsinn?«
»Ist kein Unsinn. Ist nackte Realität.« Sie kaute auf ihrem Daumennagel. »Magst du Hermines Mutter?« fragte sie plötzlich.
»Wieso? Wie kommst du auf Hermines Mutter?«
»Sag schon. Magst du sie?«
Er warf einen vorsichtigen Blick zur Küchentür. Sie war geschlossen. Auch er grinste jetzt. »Ganz ehrlich. Ich kann sie nicht ausstehen. Sie ist so entsetzlich tüchtig. Und sie schubst ihren Mann herum wie einen Schulbuben.«

Kathie nahm den Daumennagel aus dem Mund. »Hermine meint, Töchter würden alle werden wie ihre Mütter«, sagte sie sanft.
Er konterte: »Das kann nicht sein. Denn deine Mutter war eine ganz reizende Frau, habe ich mir erzählen lassen.«
»Und du meinst, ich sei nicht reizend?«
»Du? Du bist ein gräßlicher Besen.« Er fuhr ihr durchs Haar. Zärtlich und nett.
»Ihr heiratet wirklich schon im Herbst?« Ihre Stimme schien von sehr weit her zu kommen.
Er antwortete nicht. Er hatte, so schien es, ein Problem.
Als er auch weiterhin schwieg, wandte Kathie sich befriedigt ab. Schließlich hatte jeder Mensch Probleme. Und jeder schmorte in seiner eigenen kleinen Hölle. Warum also nicht auch er?

10. Kapitel

Kathies Fitneß-Lehrer, der sie jeden Mittwochabend mit abgefeimtem Lächeln über die grünen Wiesen des Olympiaparks trieb und der seit Tobias' Geburtstagsfete sichtlich Feuer gefangen hatte, ging über zum forschen Single-Angriff.

»Ich mache nächstes Wochenende eine Bergtour im Wilden Kaiser. Hast du Lust, mitzukommen?«

»So richtig mit Seil und Haken, das Schicksal im Nacken?« fragte sie zurück.

»Nein. Ohne Seil. Nur mit Wanderschuhen und Rucksack und einem Regenmantel für alle Fälle.«

Kathie zog verlegen den Ausschnitt ihres Gymnastikanzuges höher.

»Und man packt immer noch harte Eier ein und Wurstbrote mit zermatschter Gurke drauf?«

»Man packt nicht. Man ist luxuriöser. Die Berghütte ist ein Gasthof. Er hat sogar ein paar Duschen, und du kriegst ein eigenes Kämmerchen, damit du nicht um deine Moral fürchten mußt.«

»Oh. Meine Moral beunruhigt mich weniger«, erwiderte sie hastig. »Eher meine Füße. Ich kriege so leicht Blasen.«

Doch sie willigte ein. Nur zu, Kathie Ringelblümchen, sagte sie sich. Genieße dein Dasein! Gib dich locker und unkompliziert, aber sei, bei aller Lust auf des Lebens Abenteuer, auch vorsichtig und klug. Denn noch ein anderer Löwenzahn, einer, der weit gefährlicher werden konnte, stand an ihrem Wegrand und wartete. Er rief fast täglich an und bat um ein Treffen, und sie hatte das unbestimmte Gefühl, daß es besser war, im Gebirge herumzukraxeln und vor ein paar großäugigen Kühen Angst zu haben, als in Eberhard Bleibtreus erfahrene Hände zu geraten und für nichts mehr garantieren zu können. Obwohl sie nicht in ihn verliebt war und eigenartigerweise so gar keinen Bezug herstellen konnte zwischen ihm und den bezaubernden Briefen, die er ihr geschrieben hatte. Trotzdem. Er hatte etwas an sich, das zur Vorsicht gemahnte und ihr recht deutlich vor Augen führte, was ihr persönliches Dilemma war: eine gewisse Schwäche in gewissen Situationen, die sie schier zur Verzweiflung und obendrein natürlich in den totalen Ruin trieb. Denn immer hatte sie nach ihren kleinen Sündenfällen etwas verloren. Ihre Illusionen oder ihr Herz oder ein paar Haarklammern und letzthin, in Simons Zimmer, Schande über sie, sogar den Kopf.

Am nächsten Tag besuchte sie Ulla. »Wie bitte?« fragte diese entsetzt. »Am Samstag früh um sechs? Und ich soll mit? Als Anstandswauwau oder was?«

»Nein. Einfach so. Es könnte dir wirklich nicht schaden, mal ein bißchen zu pusten und zu klettern.«

»Aber am Samstag abend wird ein kleines Lokal eröffnet, in dem eine neue brasilianische Band gastiert. Und Brasilianer habe ich für mein Leben gern.«

»Meine liebe Ulla. Nicht nur brasilianische Musiker törnen an. Auch frische Luft und Alpenpanorama.«

Ulla seufzte. »Okay, okay. Und was gibt's sonst noch Neues? Was macht Simon?«

»Simon? Was soll Simon schon machen?« fauchte Kathie. »Er ist das blödeste Mannsbild unter Gottes Sonne. Und das Weib Hermine eine wahre Plage.« Sie lachte auf. »Sie füttert ihn zu Tode, weißt du. Sie stopft Rahmstrudel und Sauerbraten und handgemachte Sülze in ihn hinein und wackelt mit dem Po und trägt neckische Rüschenschürzen. Und ab und zu holt sie ihm Natron von der Apotheke, setzt sich zu seinen Füßen und redet über Kant. Als hätte irgendeine Frau zu irgendeinem Zeitpunkt jemals Theorien über Vernunft und Wahrheit kapiert. Und Simon ...« Sie fuchtelte empört mit den Armen. »Er hat den hündischen Blick, zum Schreien ist das, und sein Gesicht ist schon ganz grün. Ich weiß nicht, ob von ihren Rahmstrudeln oder von Kant. Oder von ihrem blöden Hinterteil.«

Ulla zuckte nicht mit einer Wimper.

»Weißt du, Ulla, es ist schier unheimlich. Schick bloß ein Weib mit seinen Urinstinkten zu einem Mann. Schon fängt das dumme Luder an zu glucken, und er, der elende Macker, fällt zurück in sein Steinzeitdasein, als er sich noch ein Fell umknüpfte und von seinen Muskeln lebte. Simon schleppt neuerdings die Limokästen vom Keller hoch, wo er doch früher nicht mal wußte, wo unser Keller ist. Und er repariert kaputte Wasserhähne noch kaputter und guckt im Fernsehen Lindenstraße. Der große Schriftgelehrte!«

Nun begann Ulla loszuprusten. Sie hielt sich das Gesicht, zusammen mit beiden Händen, so lachte sie. »Eifersüchtig wie eine stinkende Affenmutter«, japste sie, »das bist du.«

»Natürlich bin ich eifersüchtig. Also. Abgemacht? Alpenblick und Enzian?«

Ulla nickte ergeben.

Am Freitag rief Ralph Hartmann Kathie zu sich und teilte ihr mit, daß in der kommenden Woche ein Treffen zwischen ihm und einigen Aufsichtsratsmitgliedern stattfinde.

»Wir werden Sie sicher brauchen, um hinterher ein Protokoll zu fertigen. Und wenn Sie auch für unser leibliches Wohl ...« Er lächelte sie an. Er kannte ihre wachsende Animosität, wenn es darum ging, Serviermädchen zu spielen.

Kathie tat, als nehme sie einen Fussel von ihrer Bluse. »Ja,

natürlich«, murmelte sie. Sie wußte nicht, warum, aber sie konnte ihn nicht mehr leiden. Sie kam noch nicht zurecht mit diesem neuen Gefühl, da sie ihn doch jahrelang bewundert und begehrt und all seine schlechten Eigenschaften, seinen absoluten Drang nach oben, seine Ellbogenmentalität, akzeptiert hatte. Und nun ertrug sie nicht einmal mehr sein Lächeln. Und jede Handlung, die er beging, forderte ihren Widerspruch heraus.
»Ich bin übrigens meinem Ziel, den Vorsitz in der Geschäftsführung zu erlangen, schon wieder etwas näher gerückt«, meinte er mit schlauem Augenausdruck. Er deutete auf einen der Besucherstühle. »Nehmen Sie doch Platz. Wir hatten schon länger keine Zeit mehr, einen kleinen Plausch zu halten.«
Kathie unterdrückte eine spöttische Antwort. Was er unter einem kleinen Plausch verstand, kannte sie zur Genüge. Ein Monolog würde folgen, der ausartete in dumme Selbstbeweihräucherung und den man in seiner Peinlichkeit hinnehmen mußte wie eine schwachsinnige Wahlrede im Fernsehen.
»Kennen Sie die Geschichte vom ›Tapferen Schneiderlein‹, das auf zwei schlafende Riesen Steinchen wirft und sie so gegeneinander aufbringt?«
Kathie sah ihm geradewegs in die Augen. »Ich kenne die Geschichte. Und ich habe vor kurzem über die Theorie gelesen, die man daraus herleitet. Die wunderschöne Theorie des Intrigierens.«
Wenn sie geglaubt hatte, er fühle sich beleidigt, irrte sie. »Richtig. Ich finde diese Theorie hervorragend. Ich bin zwar kein Intrigant...« Sein Gesicht wurde ganz breit vor Biederkeit. »Aber ich habe meinen Spaß daran, zwei Riesen aufeinanderzuhetzen und dann der lachende Dritte zu sein.«
»Sie meinen, Sie hetzen Dr. Sauer auf den Dritten im Bunde der Geschäftsführung? Auf diesen etwas ängstlichen Herrn

Faulhaber? Ja, natürlich. Und beide streiten sich, und Sie halten sich im Hintergrund, spielen den dezent Sachlichen und schinden Eindruck.«

»Kluges Kind.«

»Und wie soll es weitergehen?«

»Die restliche Geschäftsführung ist sich bereits jetzt schon spinnefeind. Ich aber hofiere gerade den Aufsichtsrat. Und weil zwei Streitende sich nicht befriedigend den Belangen der Firma widmen können, werde sicherlich ich nach Amerika geschickt werden zu den Rutherford-Verhandlungen. Und werde glorreich zurückkehren! Na, was sagen Sie?«

»Und was war Ihr Steinchen, das Sie in die unschuldigen Riesengesichter warfen?«

»Dr. Sauer hält Herrn Faulhaber für inkompetent und unfähig. Und Herr Faulhaber hält den lieben Doktor für einen angeberischen Protz. Wirklich, wirklich. Die Gerüchteküche brodelt und zischt. Wer hier wohl so böse war, solche Dinge in Umlauf zu bringen?« Er grinste.

»Der große Hexenmeister... Und Sie befürchten nicht, daß am Ende der Besen mit Ihnen tanzt?«

Er verzog seine Mundwinkel geringschätzig nach unten und schwieg. Kathie erhob sich. Nein, sie konnte ihn wirklich nicht mehr ertragen. Außerdem – er mochte clever sein, aber er war nicht klug. Sonst hätte er gewußt, daß sie nicht die richtige Adresse war für seine sonderbaren Geständnisse.

Am Abend packte Tobias, der ständig zwischen seiner und Gerdas Wohnung hin und her pendelte, Murmels kleinen Koffer und steckte einen flauschigen Teddybären in eine der Seitentaschen.

»Ich möchte viel lieber bei euch bleiben«, maulte Murmel. »Muß ich denn zu diesem blöden Besuchswochenende gehen?«

»Ja, du mußt. Außerdem freut sich dein Vater, wenn du kommst.«

»Aber er erzählt mir immer, daß Mami schuld ist, daß wir nicht mehr beisammen sind, und daß ich es in seinem großen Haus viel besser hätte. Und er versucht, mich auszuhorchen.«
Tobias sah sie etwas hilflos an. Er hatte so gar keine Ahnung von zerrütteter Familie. »Mach dir nichts draus«, meinte er. »Das legt sich schon wieder. Wenn dein Vater mal eine neue Tussi kennenlernt...«
»Was ist eine neue Tussi?«
»Eine neue Frau.«
Murmels Interesse erlosch. »Der lernt keine kennen. Er ist viel zu beschäftigt.« Sie stopfte sich eine Packung Kaugummi in ihre Hosentasche und seufzte. »Aber ihr versprecht mir, daß ihr nächstes Wochenende mit mir zum Baden fahrt. Mit dem Fahrrad.«
»Ja. Wir versprechen es. Und wenn schlechtes Wetter ist, gehen wir ins Kino. Einverstanden?«
»Einverstanden.« Murmel strahlte Tobias an. Sie liebte ihn. Er war viel mehr Kind als sie. Und er schätzte auch Pommes frites und Hamburger über alles und ging nicht gern zur Schule.

Ein bißchen hatte Kathie gehofft, daß es regnen würde am Samstag. Denn Stefan, der Sportler, war ihr im Grunde piepegal. Alles war ihr piepegal. Hätte sie auch nur im geringsten Sinn für Dramatik besessen, hätte sie gesagt, sie befände sich an einem Wendepunkt. So aber hielt sie sich lediglich für ein zickiges Frauenzimmer und versuchte, sich selbst auf die Schliche zu kommen. Sie mußte umdenken, das war's. Umdenken und anders denken und nachdenken. Sie war fünfunddreißig Jahre alt, unverheiratet, Chefsekretärin. All jene, die Ralph Hartmann hofierten, hofierten neuerdings auch sie. Es gab Kolleginnen, denen dieser Zustand einzige Seligkeit bedeutete. Aber ihr war es zu wenig. Oder zu viel. Und wenn sie

daran dachte, daß sie auch in zehn Jahren noch an ihrer Schreibmaschine sitzen, Terminpläne überwachen, Reisekosten abrechnen und ein Auge darauf haben würde, ob die Kaffeebestände ausreichten und Ralph Hartmann es an nichts mangelte auf seinem Weg nach oben, dann überkam sie, gelinde gesagt, das kalte Grausen. Und privat?
Privat überkam sie mehr als kaltes Grausen. Privat war öde Wüste. Denn egal, ob nun Eberhard Bleibtreu Tag für Tag anrief oder Bernd Haider rote Rosen schickte oder ob sie auf einen Berg keuchte mit einem muskelbepackten Fitneß-Freak: Da war nichts, was ihr Herz höher schlagen ließ, und da würde auch weiterhin nichts sein.
»Am besten, ich weihe mein Leben sozialen Aufgaben«, sagte sie seufzend zu Ulla am Telefon.
»Ach. Und was wirst du? Entwicklungshelferin im Bayerischen Wald? Oder Trommlerin bei der Heilsarmee?«
Schrecklich, daß keiner sie ernstnahm!

So stand sie also am Samstag morgen gegen fünf Uhr fröstelnd unter der Dusche und sehnte ein Gewitter herbei. Aber der Himmel hatte ein blankgeputztes Sommergesicht und zeigte nur im Süden, dort, wo das Gebirge lag, kleine verschlafene Schäfchenwolken. Sie stieg seufzend aus der Badewanne und rubbelte sich ab, bis ihre Haut zu glühen begann. Dann schlüpfte sie in ihren Bademantel und ging auf den Balkon. Die Amseln begannen ihr Lied, Finken, Drosseln und Stare zwitscherten fröhlich wie am Schöpfungstage, und die Bäume atmeten so frisch, als hätten sie Zahnpasta verschluckt.
»Was machst du denn schon in aller Herrgottsfrühe mit soviel frischer Luft?«
Kathie schrak zusammen. »Mein Gott, Simon!« Er kam aus der dämmerigen Küche auf sie zu, lehnte sich neben sie ans Geländer und stopfte sich eine Pfeife.

»Du sollst nicht rauchen auf nüchternen Magen.«
»Ich soll vieles nicht.« Er sah hinüber zu den Kastanien, und Kathies Herz zog sich zusammen. Wenn ich ihn nur nicht so verdammt gern hätte, dachte sie. So verdammt und zugenäht und blödsinnig gern.
»Also. Was tust du schon so früh auf?«
»Ich mache eine Bergtour. Im Wilden Kaiser.«
»Mit wem?«
»Wie bitte?«
Seine Augen wandten sich ihr zu. »Entschuldige. Ich habe wohl nicht das Recht zu fragen.«
»Nein. Eigentlich nicht. Aber ich sag's dir trotzdem. Ich bin verabredet mit Stefan, der Sportskanone. Und mit Ulla. Wir wandern von Grat zu Grat und jodeln die Gemsen in die Flucht. Und kommen erst morgen abend wieder zurück.«
»Aha.« Dann sagte er: »Hermine hat mich gebeten, dir unseren Hochzeitstermin mitzuteilen.« Er sah wieder hinüber zu den Kastanien, sein Gesicht war undurchdringlich.
»Und deshalb bist du so früh aufgestanden? Wär aber nicht nötig gewesen.«
»Wir heiraten am 20. September. Der 20. September ist Hermines Geburtstag.«
Klar, daß die Finken und Stare plötzlich schwiegen und die Amseln ihr Lied verloren. »Wie schön für euch.«
»Du kommst doch zur Hochzeitsfeier? Hermine möchte dich als Trauzeugin.«
Hermine wühlte immer gerne mit Messern in blutenden Wunden. »Warum beeilt ihr euch eigentlich so? Sag bloß nicht, ihr müßt heiraten.« Kathie drohte neckisch mit dem Finger. Ihr Magen stülpte sich fast um, und ihr Herz schlug schneller und schneller.
Er klopfte vorsichtig seine Pfeife aus. »Es ist wegen Hermines Eltern. Weil ich immer wieder den Termin verschoben habe,

hatte sie wohl Streit mit ihnen. Und deshalb ...« Er fühlte sich nicht wohl in seiner Haut, das sah man, und Kathie nickte ihm mitleidig zu. Er würde schon sehen, was er davon hatte. Eines Morgens würde er erwachen und wissen, daß er neben der Falschen lag. Er würde sich Asche ins Haar streuen und seine Kleider zerreißen und aufheulen vor Schmerz und Trauer. Sie aber wollte am 20. September zehn Beruhigungstabletten schlucken und sich ein so zartes Lächeln ins Gesicht malen, wie Puppe Melusine eines trug. Ja, das wollte sie. Geheimnisvoll lächelnd den Eindruck erwecken, sie drehe dem Leben eine Nase. Auch wenn es eher umgekehrt war.
Es klingelte. »Der Berg ruft«, sagte sie und sah unglücklich auf die abgeschabten Ärmel ihres Bademantels. Dann ging sie. Was sollte sie auch anderes tun? Da keiner sie zurückhielt?

Um zehn Uhr standen sie am Rande eines Gehölzes, hörten einen Kuckuck rufen und wischten sich den Schweiß von der Stirn. »Ich werde mal ein bißchen vorspurten und oben auf euch warten«, meinte Stefan reserviert. Seine kostbaren Muskeln glänzten mattbraun in der Sonne, er trug ein ärmelloses Trikot und knappe Bundhosen und warf sehnsüchtige Blicke nach ein paar karstigen Gipfeln.
»Wir sind dir wohl zu langsam?« Ulla lächelte böse.
»Ihr seid nicht langsam, ihr kriecht wie die Schnecken. Und jedes Gänseblümchen wird persönlich begrüßt.«
»Und du rast wie ein wildgewordener Eber den Berg hinauf, ohne nach rechts oder links zu gucken. Das Panorama ist schon richtig sauer wegen all deiner Ignoranz.«
»Ich brauche das Gefühl, mich auszupowern. Ich kann nicht hatschen wie ein Opa.«
»Na, dann rase weiter. Paß aber auf, daß du dir nicht das Hirn einrennst am Gipfelkreuz.« Ulla musterte ihn verächtlich und

machte kein Hehl daraus, daß sie ihn nicht leiden konnte. Er verschwand mit eisiger Miene, und Kathie unterdrückte ein Kichern. »Wieso gehst du bloß so sorglos mit meinen eventuellen Liebhabern um? So viele habe ich gar nicht.«
»Der? Der wäre kein geeigneter Liebhaber«, spottete Ulla. »Der hat so Angst um seine kostbaren Muskeln, daß er jedes Gramm Phosphor einzeln zählt, ehe er's verschwendet.« Sie dehnte und streckte sich. »Machen wir ein Picknick?«
Sie hatten die Baumgrenze erreicht, vor ihnen lag eine weiche Mulde, in der es zirpte und grillte und weiß, blau und gelb leuchtete. Kathie breitete ihren Regenmantel aus, legte Brot und Käse darauf und ein Fläschchen mit Zwetschgenwasser. »Schön hier«, sagte sie. »So friedlich. So weit weg von der Welt.«
»Und so viel Aussicht und Bäumerauschen. Wie in einem alten Heimatfilm.«
»Wenn jetzt ein schneidiger Jäger des Weges käme...«
»Mit einem Dackel an der Leine...«
»Und so einem naturgeschützten Lächeln auf den Lippen...«
Kathies Blick verlor sich in ein paar zerzausten Tannen. »Simon heiratet am 20. September.« Ganz plötzlich schlüpfte es heraus.
»Und was hast du vor?«
»Ich weiß nicht.« Sie legte sich zurück und schloß die Augen. »Ich habe letzte Woche zufällig mit Miguel Modet telefoniert. Er hat mir ein Angebot gemacht. Ich könnte für ein paar Jahre nach Madrid gehen und in seinem Büro arbeiten.«
»Aber deinen guten Job aufgeben? Du hast doch eine Bombenstellung bei Schiwago.«
»Ich kann ihn nicht mehr leiden.«
»Wer kann seinen Boß schon leiden? Verlangt doch keiner von dir.«
»Man kann nicht ständig mit jemandem zusammenarbeiten, von dessen Charakter einem übel wird.«

»Hat er seinen Charakter denn geändert?«
»Nein.« Kathie drehte sich um und stützte ihren Kopf in beide Hände. »Nein. Er hat ihn nicht geändert. Und ich kann nicht einmal sagen, daß ich ihn früher nicht bemerkt hätte, seinen elenden Charakter. Aber da war ich noch ein Stückchen jünger und fand sie toll, diese Männer, die auf dem Karrieretrip sind. Heute widern sie mich bloß noch an.«
»Aber Madrid ...«, sagte Ulla. »Madrid ist viel zu weit weg.«
Kathie zupfte ein paar Grashalme aus. »Je weiter, desto besser.«
Sie schwiegen. Dann sprang Kathie auf. Sie lachte. Es war soviel blauer Himmel um sie und so viel heitere Landschaft. »Ich weiß es«, sagte sie. »Ich gehe nach Madrid und lerne einen spanischen Großgrundbesitzer kennen. Und sitze dann in meinem eigenen Olivenhain, spucke Kerne in die Luft und denke gar nicht mehr an München.«

Hermine hatte sich auf dieses Wochenende gefreut wie ein kleines Kind. Tobias war bei Gerda, Kathie im Gebirge, die Wohnung war wie ausgestorben. Sie hatte alles haarklein geplant. Ein gemütliches Frühstück auf dem efeubewachsenen Balkon, Simon im Laden, sie in der Küche, ein kleines Mittagessen, eine Radtour durch die Isarauen, eine Brotzeitpause im Englischen Garten. Und abends dann Gespräche über die Hochzeit, ein Glas Wein, ein Film im Fernsehen und eine noch immer sonnenwarme Hermine in einem frisch überzogenen Bett. Wie schön. Alle Türen offen, und keiner da!
Aber Simon wollte kein Frühstück auf dem Balkon. Und im Biergarten war's überfüllt. Und Gespräche über die Hochzeit ...
»Entschuldige, Hermine, nicht heute. Schließlich haben wir wohlverdientes Wochenende.« Das Abendessen fiel frostig aus, und der Film im Fernsehen war miserabel. Und im frisch

überzogenen Bett lag sie alleine. Denn Simon hatte eine alte Ausgabe von Zolas »Der Bauch von Paris« entdeckt und verglich sie mit einem neuen Bauch. Das heißt, mit einer neueren Übersetzung. Und es half gar nichts, daß Hermine einen Träger ihres Nachthemdchens über die runde Schulter gleiten ließ und später sogar das ganze Hemd auszog. Simons dunkler Kopf war und blieb vergraben im Bauch von Paris, durch die geöffneten Fenster drang ein bißchen Verkehrslärm, auf den Balkonen lachte und sprach es, und alles war geheimnisvolle Sommernacht und Liebe und Verständnis, und kein bißchen davon war für sie. Sie verschluckte ein paar Tränen und hatte zum erstenmal die grausame Ahnung, daß das Leben weit mehr war als ein Rechenexempel.

»Kommst du dann ins Bett?«

»Gleich, mein Schatz. Ich muß nur noch ...« Simon sah nicht einmal auf von seinem dummen Buch.

Am kommenden Montag stellte Kathie ein voll beladenes Tablett auf ihren Schreibtisch und schenkte sich Kaffee ein. Sie kam geradewegs aus der Besprechung des Aufsichtsrates, der mit Ralph Hartmann konferiert hatte, und war gereizt wie ein Stier in der Arena. O ja! Er hatte tatsächlich seine Steinchen geworfen, der große Hexenmeister. Er hatte seiner Sorge um die Firma Ausdruck verliehen, er hatte keine Namen genannt und doch alles gesagt, was er zu sagen beabsichtigte. Auch ein Konzept für die Rutherford-Verhandlungen hatte er vorgelegt. Wenn man aber der Meinung sei, daß Herr Dr. Sauer... Dann würde er dem Kollegen Sauer seine Unterlagen natürlich gerne zur Verfügung stellen. Wie selbstlos, wie selbstlos.

Sie überlegte. Sie konnte wenig tun. Sekretärinnen pflegten nicht in den Führungsetagen herumzugeistern und eigene Meinungen zu vertreten. Sekretärinnen hatten immer nur

einen Weg, Dinge, die ihnen am Herzen lagen, in Umlauf zu bringen: den Klatsch. Und obwohl Kathie Klatsch in jeglicher Form verabscheute, gedachte sie, sich ausnahmsweise dieses billigen Mittels zu bedienen. Es war das erste Mal seit nahezu sieben Jahren, daß sie nicht loyal hinter Ralph Hartmann stand, und sie war sich bewußt, daß es eine Zäsur bedeutete: eine gute Assistentin war immer loyal, und wenn sie Gürtelrose bekam vor lauter Selbstverleugnung.
Sie entschied sich, mit Dr. Sauers Sekretärin zu Mittag zu essen.
»Ich habe gehört, Dr. Sauer und Herr Faulhaber hatten Meinungsverschiedenheiten?« fragte sie ganz nebenbei und stocherte in ihren Schinkennudeln.
»Ja? Dann wissen Sie mehr als ich«, antwortete Fräulein Fichte zugeknöpft.
»Ich begreife es nicht ganz. Herr Dr. Sauer ist ein sehr integrer Mann und genießt hohes Ansehen in der Firma.«
Fräulein Fichte taute auf. »Ja, das tut er. Ich finde ...« Ihr Gesicht rötete sich, wurde eifrig. »Ich finde, er ist der beste Mann hier. Wenn er nicht wäre ...«
»Wenn er nicht wäre, würden sich die Praktiken im Hause schnell ändern, ich weiß. Der bedächtige Führungsstil, das faire Verhalten dem Kunden gegenüber, Produkte, die ausgereift und sorgfältig getestet das Haus verlassen.« Kathie machte eine kleine Pause. »Es wäre sehr wichtig, daß Dr. Sauer die Verhandlungen mit der Rutherford Company führt«, wagte sie sich vor. »Er ist der kompetente Mann. Und es betrifft sein Ressort.«
»Das sagen Sie? Ist es nicht Ihr Boß, der so scharf darauf ist, nach Amerika zu gehen?«
»Auch wenn ich Herrn Hartmanns Sekretärin bin, muß das nicht heißen, daß ich immer seine Meinung teile.«
Dies war ein neuer Aspekt. Fräulein Fichte staunte Kathie an

wie eine Katze mit drei Köpfen. »Man kann wenig tun, wenn Herr Faulhaber sich plötzlich nicht mehr versteht mit Herrn Dr. Sauer«, sagte sie vorsichtig.

Kathie sah auf ihren Teller. »Könnte es nicht sein, daß beide nichts gegeneinander haben? Daß vielmehr ein Dritter Böses ausstreut?«

Es blieb fassungslos ruhig. Dann sagte Fräulein Fichte: »Trinken wir noch einen Kaffee zusammen? Ich lade Sie ein.«

Als Kathie am Abend nach Hause kam, saß Tobias völlig entnervt in der Küche, fuchtelte mit den Händen und redete auf Hermine ein.

»Was ist denn los?« fragte Kathie und stellte ein paar Tragetaschen auf den Tisch. »Du siehst aus wie ein Dompteur, dem die Löwin davon ist.«

»Seine Freundin mußte in die Schweiz reisen. Weil ihr Ehemann das Kind nach Zürich verschleppt hat und nun nicht mehr rausrückt«, erzählte Hermine schadenfroh.

»Murmel? Er hat Murmel mitgenommen?«

»Ja.« Tobias fuhr sich durch seine blonden Strähnen. »Der scheinheilige Hund. Er hat sie am Freitag abend zu einem Besuchswochenende abgeholt. Und am Sonntag abend ein Telegramm geschickt. ›Komm zu mir zurück! Oder ich bleibe mit Petra in der Schweiz!‹«

»Das wird ihm aber doch nichts nützen. Schließlich gibt es Vormundschaftsbeschlüsse und internationale Abkommen. Die Schweiz ist schließlich nicht aus der Welt.«

»Wer sagt denn, daß er in der Schweiz bleibt? Vielleicht macht er eine Weltreise mit Murmel oder geht nach Australien?«

»Niemals. Er ist der gleiche Managertyp wie mein Schiwago. Die können nicht leben ohne ihre Firma.«

»Wetten, daß diese Gerda zu ihrem reichen Ehemann zurückkehrt?« sagte Hermine.

»Warum sollte sie?« Tobias wurde ganz blaß. Hermine sprach nur aus, was er selber dachte.
»Mensch! Der Kerl hat Zaster. Und zwei Villen. Gerda wäre schön blöd, das alles sausenzulassen für einen verlotterten Studenten.«
»Tobias ist kein verlotterter Student«, mischte Kathie sich ein. »Und wenn er's wäre, ginge es dich auch nichts an.«
»Ich habe nur meine Meinung gesagt.«
»Deine Meinung interessiert keinen Menschen. Geh wieder an den Herd und koche etwas Schönes für deinen Pantoffelhelden.«
»Wer ist hier ein Pantoffelheld?« Simon trat ins Zimmer und warf seine Wohnungsschlüssel auf den Tisch.
»Du«, sagte Hermine spöttisch. »Die von uns ach so geschätzte Katharina findet, du seist ein Pantoffelheld.«
»Wer's mit dir aushält, muß einer sein.«
Hermine warf Kathie einen giftigen Blick zu. »Der Fabrikbesitzer hat seine Frau in die Schweiz gelockt«, sagte sie dann, zu Simon gewandt.
»Er ist kein Fabrikbesitzer«, warf Tobias dazwischen.
»Welcher Fabrikbesitzer?«
»Gerdas Mann. Er hat das Kind und rückt es nicht mehr raus.«
Das Telefon klingelte. Tobias stürzte auf den Flur.
Gottlob! Gerda!
»Hallo, Tobias?« Ihre Stimme klang erschöpft. »Ich bin in Zürich. Aber Murmel ist nicht mehr da. Sie hat einen Brief geschrieben, daß sie nach München zurückfährt. Mit dem Zug. Sie hat Harald ein paar hundert Mark geklaut, ihren Paß genommen und ist abgedampft.«
»Gescheites Mädchen.«
»Ich mache mir schreckliche Sorgen. Kannst du zum Bahnhof gehen? Es kommen noch zwei Züge heute abend an in Mün-

chen. Der eine um 19 Uhr zehn und der andere um 21 Uhr vierzehn.«
»Und was ist mit dir?« schrie Tobias den Hörer an.
»Ich gehe in ein Hotel. Und morgen fahre ich nach Hause.«
»Ich freu mich schon, wenn du wieder da bist.« Er schluckte. Er hatte zehn Knödel im Hals und kam sich vor wie ein junger Hund, den man auf der Autobahn ausgesetzt hatte.
»Ich mich auch. Ich ...«
»Gerda?«
Das Gespräch war unterbrochen. War das Zufall? Und wenn es keiner war? Wenn Harald Ohlson in ohnmächtiger Wut gerade seine Jagdflinte von der Wand riß und schoß? Diese Kerle hatten doch immer irgendwo Flinten oder verrostete Schwerter von einem kriegerischen Urahnen hängen und fuchtelten damit herum. Tobias hatte erst kürzlich ein Eifersuchtsdrama im Kino gesehen, er kannte sich aus. Alles hatte geendet in einem Meer von Blut und Tränen, und jene, die überlebten, hatten mit betretenen Gesichtern an diversen Gräbern gestanden und sich gewundert.
»Ich gehe zum Bahnhof, um Murmel zu suchen. Sie ist ausgerissen«, meinte er und sah Kathie flehend an.
»Soll ich mitkommen?« Kathie griff nach ihrer Jacke.
»Ich fahre euch«, sagte Simon.
»Zu dritt zum Bahnhof?« giftete Hermine. »Warum bestellt ihr nicht gleich noch eine Abordnung des Stadtrates zum feierlichen Empfang?«
»Ich fahre mit, weil ich ein Auto habe. Und du bleibst hier, falls Gerda noch einmal anruft.«
»Ach. Bist du also wieder einmal hereingefallen auf Kathies rührenden Augenaufschlag! Du weißt genau, daß wir ins Konzert wollten heute abend.«
»Entschuldige mal. Ich habe überhaupt nichts ...«
Simons Griff war hart. Er drückte Hermine auf einen Stuhl.

»Wer hier auf wen reinfällt, ist noch sehr die Frage«, sagte er schneidend.
»Was soll das heißen?«
»Das soll heißen, daß ich heute mit deinem Vater telefoniert habe, mein Schatz. Mit meinem zukünftigen Schwiegerpapa.« Als Hermine schwieg, fuhr er erbittert fort: »Er ist eine sehr ehrliche Haut, der gute Max. Er kann einfach nicht lügen. Du hattest gar keinen Streit mit deinen Eltern, nicht wahr?« Die Sekunden tröpfelten.
»Heißt es nicht ständig, in der Liebe seien alle Mittel erlaubt?«
»Ich habe diese These immer schon für kompletten Schwachsinn gehalten«, antwortete Simon und ging aus dem Zimmer. Einfach so. Ohne sich noch einmal umzudrehen.
Hermine starrte ihm nach. Sie sah, wie er Kathie fürsorglich die Jacke um die Schultern legte und Tobias aufmunternd zunickte.
Ach ja. Und schon wieder war das Leben kein Rechenexempel mehr. Es war eher eine schaurige Ballade, in der rothaarige Hexen den Geliebten verführten, und das blonde Gretchen, wie immer, im Kerker ihrer eigenen Biederkeit saß und sich grämte.

11. Kapitel

Tobias' Phantasie, während er mit Kathie und Simon zum Bahnhof fuhr, arbeitete auf Hochtouren. Er erschoß fünf vor Muskeln und zähnefletschender Brutalität strotzende Kidnapper, er verfolgte einen bärtigen Sittenstrolch, den er mit seiner knallharten Rechten niederstreckte, und er erwürgte bei dieser Gelegenheit auch gleich noch Harald Ohlson, weil der sowieso nur Ärger machte und zu nichts zu gebrauchen war. Und stets sank in seine weit geöffneten Arme, oh, gerechter Lohn, ein entzückendes Weib namens Gerda, legte seinen dunklen Pagenkopf an seine beträchtlich breiter gewordene Brust und seufzte so bewundernd und rehblickäugig innig, daß warme Vorfreude sich in Tobias' Bauch ausbreitete und seine Ohren heißer und heißer wurden.

Aber Murmel dachte gar nicht daran, Helden zu fabrizieren. Sie kletterte äußerst vergnügt an der Hand eines Mannes mit Rauschebart und Jägerhut aus dem Einundzwanzig-Uhr-vierzehn-Zug, lutschte Hustenbonbons und war so unversehrt wie ein frisches Päckchen Kaugummi. »Herr Momsen hat auf mich aufgepaßt«, krähte sie, während sie Kathie, Tobias und Simon abwechselnd umarmte. »Und an der Grenze habe ich erzählt, meine Mutti würde mich erwarten in München.« Sie blickte sich suchend um. »Wo ist sie?«
»In Zürich. Dir nachgereist«, sagte Kathie.
Tobias beäugte Murmel mit äußerst gemischten Gefühlen und gab dem Rauschebart verlegen die Hand. Schöne Geschichte das. Wie konnte Gerda hingebungsvoll ihren Kopf an seine Brust legen, wenn er nur am Bahnsteig herumstand und sich bedankte?

»Und jetzt?« fragte er kläglich, als Herr Momsen auch ihm ein Hustenbonbon zugesteckt und sich dann freundlich lächelnd verabschiedet hatte.
»Ich habe Hunger«, meinte Murmel und blies ihre blonden Schraubenzieherlocken aus der Stirn.
»Willst du eine Pizza?« Simon, der bisher geschwiegen hatte, warf den Köder nicht ohne Hintergedanken. Er hatte immer noch eine Mordswut im Bauch, und die Erinnerung daran, von Hermine aufs Kreuz gelegt worden zu sein und viel früher als nötig vor den Traualtar geschleppt zu werden, erboste ihn mehr, als er sich eingestand.
»Super. Pizza esse ich fast so gerne wie Pommes.« Murmel schob ihre Hand in die seine und marschierte los.

Die Pizzeria befand sich in der Nähe des Bahnhofs. Simon telefonierte mit Hermine und schmiß, kaum daß er geendet hatte, den Hörer auf die Gabel.
»Alles in Ordnung«, sagte er, als er zum Tisch zurückkehrte. »Hermine bleibt auf und wartet auf Gerdas Anruf.« Er zwängte sich auf eine enge Bank neben Kathie. Seine Schulter berührte die ihre, und Herzflimmern überkam ihn. Stand ihm auch zu, fand er. So wie er sich geärgert hatte über seine Braut...
Während des Essens erzählte Murmel, daß sie in Zürich ohne weiteres hatte die Fahrkarte kaufen und den Zug besteigen können. Dem Schaffner habe sie erzählt, daß ihre Tante in Zürich krank geworden sei und daß sie deshalb nach Hause fahre. Und der Grenzpolizist hätte sowieso geglaubt, Herr Momsen sei ihr Großvater. Denn zum Zeitpunkt der Grenzkontrolle lutschte sie schon seine Hustenbonbons und hatte seinen Jägerhut auf.
»Kommt Mami wieder zurück aus Zürich?« fragte sie.
»Ja, morgen«, antwortete Tobias mit mehr Zuversicht, als er verspürte.

»Und wenn sie bei Papi bleibt?«
Alle schwiegen.
Simon streifte Tobias mit einem verlegenen Blick. »Was macht eigentlich dein Single-Club?« lenkte er ab und wandte sich an Kathie.
»Dem geht's gut. Danke. Ich gehe immer noch zum Stammtisch, ich jogge, und nächsten Sonntag wollen wir ins Theater.«
»Ich habe es eigentlich nie ganz kapiert. Gehen die Leute hin, um Single zu bleiben oder um ein anderes Single zu catchen?«
Kathie lachte. »Eigentlich sollten sie überzeugt sein von ihrem Single-Dasein. Der Club will lediglich Gelegenheit bieten, Freizeit in der Gruppe zu genießen. Aber ich befürchte, die meisten suchen doch den Einzelkontakt. Allerdings... wer nicht mehr Single ist, hat die Verpflichtung, auszuscheiden. Man will verständlicherweise keine Pärchenwirtschaft. Das wäre ja auch paradox. Und läge im Widerstreit mit der Club-Satzung.«
»Toller Club, dessen Satzung sich selbst liquidiert«, grinste Simon. »Und was macht dein Schiwago?«
Kathie erinnerte sich an ihr Mittagessen mit Fräulein Fichte.
»Dem geht's auch gut, glaube ich«, antwortete sie, ziemlich lau.
»Weißt du's nicht?«
»Nicht genau. Ich bin momentan anders orientiert. Außerdem...« Der Teufel ritt sie. »Außerdem trage ich mich mit dem Gedanken, für ein paar Jahre nach Madrid zu gehen.«
»Nach Madrid?« Simon starrte sie entsetzt an.
»Madrid ist eine herrliche Stadt.«
»Aber warum nach Madrid? Ich dachte immer, du trennst dich nie und nimmer von deinem geliebten Ralph Hartmann.«
»Miguel Modet ist auch sehr charmant.«

»Und wäre auch wieder dein Boß. Ist er wenigstens noch ledig?«
»Nein. Aber das spielt gar keine Rolle. Südländische Männer halten sich immer eine Geliebte. Zu Hause die züchtige Hausfrau und in einem kleinen Landhäuschen die raffinierte Freundin. Ist eigentlich eine recht gute Einteilung.«
Simon hechelte verächtlich. »Und mit wem streite ich mich in Zukunft?«
Kathie grinste. »Mein lieber Herr Bräutigam! Schon wieder den 20. September vergessen, an dem du mit feierlichem Blick und bis zur Unkenntlichkeit verkleidet vor den Traualtar trittst? Hermine wird dein Eheweib, an Streit wird's dir also nicht mangeln.«
»Und was wird aus mir? Soll ich vielleicht allein in der großen Wohnung hausen und mich gruseln?« Tobias war schockiert. Schön langsam wurde er von allen verlassen. Er sah sich schon von Zimmer zu Zimmer schlurfen, unrasiert, mit löchrigen Socken und schmutzigen Fingernägeln. Alles, was ich habe, ist eine Küchenschabe.
»Du kannst dir dann endlich einen Harem zulegen. Oder Gerda bitten. Oder eine Kommune gründen.« Kathie zuckte mit den Achseln und schielte zu Simon hinüber. Er kratzte sich am Bart wie ein alter ratloser Mann und kaute auf seiner Unterlippe. »Ja, ja, der Süden«, setzte sie deshalb noch genießerisch hinzu.

Am nächsten Morgen hatte sie einen Kopf, so leer und tot wie ein ausgehöhlter Kürbis. Es lag etwas in der Luft. Eine Katastrophe oder ein Lottogewinn oder eine Veränderung im fünften Haus. Wahrscheinlich bin ich nur urlaubsreif, dachte sie. Aber sie hatte keine Lust, über ihren Urlaub nachzudenken. Wozu auch? Wer schwamm schon gern allein im Mittelmeer? Sie trottete vom Bad in die Küche und wieder zurück und war kribbelig wie ein Haufen Ameisen. Und konnte nicht einmal behaupten, sie wisse nicht, warum. Hatte sie doch gestern in einem Anfall von schwachsinnigem Heldenmut Ralph Hartmann an die Gegenpartei verraten, ohne auch nur im mindesten die Folgen zu bedenken. Eine Göttin der Gerechtigkeit, fürwahr. Wie Dr. Sauer wohl reagiert hatte, als er davon hörte? Falls er schon reagiert hatte. Kathie studierte ihr müdes Gesicht im Spiegel. Sicherlich hatte er sich mit seinem Kontrahenten Faulhaber zusammengesetzt und alle Unklarheiten beseitigt. Und sicher würde er nun voll warmer Freude an Katharina Fröhlich denken und sich bei den nächsten Gehaltsgesprächen reizend ihrer erinnern. Ja, ja. Und wenn sie nicht gestorben sind . . . Kathie wurde immer besorgter.

Eine Stunde später hastete sie ins Büro. Die Luft war schwer und träge, und der Himmel, der sich mit einer dicken Wolkenschicht bezogen hatte, hing giftgelb über der Stadt.
»Unser Boß ist heute stinkesauer«, erzählte Karin Kröger.
»Wieso? Was hat er?«
»Seine Frau hat gestern abend ihr Kind gekriegt.«
»Na und? Dann müßte er doch Freudentänze aufführen. Endlich der ersehnte Stammhalter im blau gestrickten Strampelhöschen.«
»Kein blaues Höschen. Ein rosa Röckchen. Der Ultraschall hat sich getäuscht.«
»Arme Evelyn. Nun muß schon wieder gezeugt und geboren werden.«
»Einen Buben zu kriegen ist halt was Besonderes.«
»Ja? Wieso?«
»Ich weiß nicht.«
»Sehen Sie. Keiner weiß es.«
»Haben Sie was gegen Männer?«
»Ich? Wie kommen Sie darauf . . .«

Gegen Mittag rief Ralph Hartmann sie zu sich. Er war so förmlich, daß sie auf der Stelle Schweißausbrüche bekam und ihr Herz vor Schreck hart gegen die Rippen schlug.

»Ich habe gehört, Sie wurden Vater gestern abend«, sagte sie schnell. »Ich möchte herzlich gratulieren.«

»Danke. Nun, Frau Fröhlich ...« Er wies auf einen Stuhl. Die förmliche Anrede warf sie um Jahre zurück in ihrem ohnedies spärlichen Optimismus.

»Ich wurde heute informiert, daß nun doch Dr. Sauer nach Amerika fährt im September. Außerdem scheinen die Meinungsverschiedenheiten zwischen ihm und Herrn Faulhaber beseitigt. Sonderbar, finden Sie nicht?« Er sah sie an wie ein Insekt, das sehr bald an der Fliegenklatsche hängen und das Zeitliche segnen würde.

»Vielleicht haben die beiden sich zusammengesetzt und über die Schwierigkeiten gesprochen? Wäre doch möglich.«

»Meinen Sie?« Er lächelte maliziös. »Nun, wie auch immer. Ich habe Sie aus einem anderen Grund gerufen. Ich möchte gerne unsere Zusammenarbeit etwas beleuchten.«

»Ach ja?«

»Ihre Tätigkeit gefällt Ihnen nicht mehr so wie früher, scheint mir.« Seine Stimme klang tückisch.

»Ich weiß nicht, wieso Sie zu dieser Ansicht gelangen.«

»Ein unverbindlicher Hinweis. Ihre Loyalität wurde angezweifelt. Können Sie sich vorstellen, warum?«

Kathies Gedanken überstürzten sich. Fräulein Fichte hatte also, wie geplant, wortgetreu weitergegeben, was sie erfahren hatte. Aber nicht Dankbarkeit und der Wunsch, Gehälter aufzubessern, war es, was in Dr. Sauers Brust sich regte. Nein. Nur das drängende Verlangen, zweckmäßig und sofort zu handeln. Er hatte mit Faulhaber gesprochen, mit dem Aufsichtsrat telefoniert, Schiwago verwarnt und ihm gleichzeitig einen kleinen Liebesdienst erwiesen. »Ihre Sekretärin, lieber Hartmann. Ich glaube, sie redet zuviel.«

Düstere Ahnungen beschlichen Kathie. Als sie in Ralph Hartmanns Augen blickte, sah sie nichts als kalte Wut, und sie begann, sich entsetzlich zu fürchten. Nun hatte ausnahmsweise einmal sie Hexenmeisterin gespielt. Und nun tanzte der Besen mit ihr. »Ich glaube nicht, daß ich verstehe, was Sie meinen . . .«, sagte sie lahm.

»Nein? Wirklich nicht?«

Sie schwieg und fühlte sich wie ein Kaninchen, das den Fuchs durch das Kornfeld schleichen sieht und auf ein Wunder hofft. Das fahle Licht, das ins Zimmer fiel, tat ihren Augen weh, der gelb verfärbte Himmel rückte die gegenüberliegenden Häuser enger und enger zusammen, die ganze Welt verwandelte sich in eine düster tapezierte Puppenstube und sie selbst sich in einen buntbemalten Hampelmann, der ängstlich an seinen Schnüren zerrte.

»Wenn Sie darauf anspielen, daß ich gestern eine persönliche Meinung während meiner Mittagspause, also während meiner Privatzeit, geäußert habe . . .«

Seine Faust sauste so krachend auf den Schreibtisch, daß das Foto seines teuren Eheweibes umfiel und Kaffee aus der Tasse schwappte. Seine Stimme paßte zum gallegelben Himmel. »Wissen Sie, was das bedeutet?« fragte er heiser. »Sie haben unsere Zusammenarbeit ganz von selbst beendet, Frau Fröhlich. Sie hatten eine Vertrauensposition. Kein Geschäftsführer der Welt würde mit einer Assistentin arbeiten, die ihn hintergeht.«

»Ich habe Sie nicht hintergangen. Ich habe nur . . .«

»Seien Sie ruhig. Glauben Sie, ich hätte nicht schon die ganze Zeit Ihre unterschwellige Kritik bemerkt? Für was halten Sie mich?«

Für einen aufgeblasenen Idioten, dachte Kathie. Aber sie sagte es nicht. Und sie haßte sich dafür, daß sie es nicht sagte.

»Sie haben eines vergessen«, fuhr er mit eiskalter Stimme

fort. »Sie haben vergessen, daß Sie hier im Grunde lediglich zu funktionieren haben, und es könnte mir ganz gleichgültig sein, ob Sie mich schätzen oder nicht. Es ist mir auch gleichgültig. Leute wie Sie sind jederzeit zu ersetzen. Aber ich dulde nicht, daß Sie im Haus herumspazieren und Rufmord begehen.«

»Das sagen Sie?« Kathie lachte verächtlich. »Außerdem ... Wie könnte eine Null wie ich auch nur den Sockel ankratzen, auf den Sie selbst sich gestellt haben?«

Er schob seine blütenweißen Manschetten zurück und hielt die Schultern ganz gerade. Er sah unbeschreiblich imposant aus mit all dem gallegelben Himmel im Rücken und den düster geballten Wolken. Der große Kirgisenfürst in Rage. Lust zu lachen überfiel Kathie. Und grenzenlose Trauer. Hier ging etwas zu Ende, das ihr einmal sehr viel bedeutet hatte, und sie wußte nicht, ob es ihr nicht eines Tages leid tun würde, dieses jähe, unrühmliche Ende.

»In der Kürze der Zeit konnte noch keine geeignete Position gefunden werden, die Ihren Fähigkeiten voll gerecht wird«, sagte er höhnisch. »Man hat sich deshalb entschlossen, Sie für ein paar Tage ins Schreibbüro zu setzen. Natürlich wird dies nur vorübergehend sein. Sie können sich also den Gang zum Betriebsrat sparen.«

»Ich hatte nicht vor, unseren tapferen Betriebsrat in Verlegenheit zu bringen. Ich werde die Firma verlassen und nach Madrid gehen. Señor Modet hat mir ein Angebot gemacht.«

Ralph Hartmann zog die Augenbrauen hoch. »Ach ja?« sagte er böse und verzog seinen Mund. »Hat er?«

Kathie erhob sich. Eine Windbö schlug einen Fensterflügel zu, und in der Ferne grollte Donner. »Wann wünschen Sie, daß ich meinen Schreibtisch räume?«

»Sofort.« Er beugte sich demonstrativ über ein paar Akten. Die Audienz war beendet und die Hinrichtung vollzogen.

Kathies leerer Kürbiskopf rollte in einen Eimer voller Sägespäne, und sie wunderte sich, daß sie dennoch aufstehen und zur Tür gehen konnte.

Hermine trällerte eines ihrer fröhlichen Liedchen und schloß, als es zu regnen begann, das Fenster. Sie hatte sich einen Tag freigenommen, um sich nachmittags mit ihrer Mutter zu treffen und das Hochzeitskleid zu kaufen. Für einen kurzen Moment lächelte sie ihrem Spiegelbild zu und war blödsinnig glücklich. Endlich, dachte sie. Endlich war es soweit!
Sie zog die oberste Schublade der Wäschekommode auf und ordnete Hemden ein. Wie gut, daß sie bald eine eigene Wohnung haben würden. Alles war zu eng hier und zu klein. Und dann diese Kathie! Hing ständig wie ein Damoklesschwert über ihrem unschuldigen Haupt und raubte ihr den Schlaf. Und nicht nur ihr! Sie schob ein paar Taschentücher zur Seite. Und wunderte sich. Zartblaue Briefe? Versteckt zwischen Simons Wintersocken? Sie ging in die Küche, braute sich einen starken Kaffee und begann zu lesen. »Hallo, lieber Löwenzahn ...« Der Kaffee wurde so kalt wie ihr Herz. Sie las Seite um Seite, ihr Erstaunen wich hilflosem Zorn. Sie hatte es ja gewußt! Sie hatte gewußt, daß diese rothaarige Hexe scharf war auf Simon. Aber wieso beide diesen umständlichen Weg beschritten, wo sie doch Wand an Wand und fast auch Bett an Bett ... Hermines Gesicht verfärbte sich. Die hatten doch etwas miteinander! Das konnten sie ihrer Urgroßmutter erzählen, daß sie wie Bruder und Schwester gelebt hatten, ohne sich je zu berühren oder zu küssen oder ... Ja, was? Eines stand fest: Schuld trug einzig und allein Kathie. Diese kitschigen Briefe konnten nur dem kranken Gehirn einer Frau entspringen, die sich an alles klammerte, was Hoffnung versprach. Hoffnung auf einen Ehering! Tobias' Heiratsannonce kam ihr in den Sinn. Wie hatte sie doch gleich gelautet?

»Ringelblume sucht Löwenzahn«? Und wie begannen die Briefe?
»Hallo, lieber Löwenzahn!« Hermine schleuderte ihre Kaffeetasse quer durch die Küche. Sie zersprang in tausend Scherben, und Kater Moritz stob auf den Balkon.
»Ringelblume suchte monatelang Löwenzahn, verstehst du?« schrie sie außer sich dem erschrockenen Kater hinterher. »Und hat einen gefunden!«

Nach einer halben Stunde hatte sie sich soweit in der Gewalt, daß sie sich sagte, sie müsse unter allen Umständen sachlich bleiben. Da Simon sich offensichtlich entschlossen hatte, sie zu heiraten und keine andere, mußte zwischen ihm und Kathie alles zu Ende sein. Sie studierte das Datum des letzten Briefes. Es lag einige Wochen zurück. Na also! Sie hatten sich gestritten. Aus irgendeinem Grunde entzweit. Und sich getrennt.
Nun wäre es natürlich klug gewesen, die ganze Affäre zu vergessen, das zartblau gebündelte Corpus delicti wieder an seinen Platz zu legen und zu schweigen. Aber Hermine war nicht klug, wenn es um Kathie ging. Und welche Frau war schon fähig zu schweigen? Also sagte sie die Verabredung mit ihrer Mutter ab, kehrte die Scherben der Kaffeetasse zusammen, weinte und fluchte und goß sich einen Grappa ein. Einen doppelten. Dann breitete sie die Briefe auf dem Küchentisch aus und wartete.

Kathie schleppte sich unterdessen mehr tot als lebendig nach Hause. Der Nachmittag war ein einziger Alptraum gewesen. Sie hatte ihren Schreibtisch aufgeräumt, ein paar alte Fotos und einen Ledergürtel, den sie lange schon vermißte, gefunden, sie hatte nicht geantwortet, als Udo Marquart, gerade erst zurückgekehrt aus einem vierwöchigen Urlaub, fragte:

»Was ist hier denn los?«, und sie hatte mit der Personalabteilung telefoniert und sich sehr kühl bestätigen lassen, daß sie ab morgen im Schreibbüro sitzen würde und daß man ihre Kündigung zur Kenntnis nehme.

Es goß wie aus Kübeln. Kathie kletterte vollkommen durchnäßt und frierend die Treppen zu ihrer Wohnung hinauf und wünschte sich nur noch ein heißes Bad, einen Grog und ihr Bett. Und eine Tablette, die sie vergessen ließ, was sie zu vergessen wünschte. Sie schloß die Eingangstür auf, warf ihre Handtasche in die Ecke und betrat die Küche.

Hermine saß da wie ein weiblicher Donnergott.

»Falls du vorgehabt hast, wieder wegen irgend etwas zu stänkern«, sagte Kathie müde, »dann spar dir deine flammende Rede für morgen auf. Ich habe einen so schwarzen Tag hinter mir, daß es mir reicht bis ins Jahr zweitausend.«

»Wer sagt dir denn, daß dein schwarzer Tag schon zu Ende ist? Vielleicht werde ich ihn noch ein bißchen schwärzer machen!«

Hermine sah sie haßerfüllt an.

»Was ist los? Ist dir dein Bräutigam durchgebrannt?«

Das war anscheinend eine sehr unpassende Bemerkung. Denn nun sprang Hermine auf und machte alle Anstalten, auf Kathie loszugehen.

Kathie wich zurück. »Du hast sie wohl nicht mehr alle!« sagte sie eher verwundert.

Hermine riß einen der Briefe, die auf dem Tisch lagen, an sich und begann mit hochgeschraubter Stimme zu lesen: »Hallo, lieber Löwenzahn. Was für eine reizende Idee, sich schreibend zu entdecken. Und was für eine Lust, schreibend miteinander zu sprechen und zu wissen, wie sehr man sich versteht... Kommt dir das bekannt vor? Ja?« Sie zerfetzte den Brief und warf ihn Kathie vor die Füße.

»Aber...« Kathie glaubte, ihr Kopf müsse zerspringen. Sie

sah ihre Briefe, die sie an Eberhard Bleibtreu geschrieben hatte, ausgebreitet zwischen einem Marmeladentopf und einer Tüte Bircher Müsli auf dem Küchentisch liegen, und Hermine fuchtelte kreideweiß mit den Händen vor ihrem Gesicht herum und stank nach Grappa wie eine feucht-fröhliche Geburtstagsrunde aus Neapel.

»Woher hast du die Briefe?« fragte sie fassungslos.

»Du hast wohl nicht damit gerechnet, daß ich dir je auf die Schliche komme, was? Aber ich hab's immer gewußt, daß du auf Simon scharf bist. Wie hast du ihn denn herumgekriegt? Hast du dich nackt zu ihm ins Bett gelegt? Anders kann es nicht gewesen sein! Denn er hat sich nie ein Fitzelchen aus dir gemacht!«

»Simon? Was hat Simon mit diesen Briefen zu tun?«

»Tu doch nicht so scheinheilig!«

»Ich tue gar nichts. Also: Was hat Simon mit diesen Briefen zu tun?«

»Sie lagen zwischen seinen Wintersocken, teure Katharina. Er hat sie dort deponiert, weil er wohl dachte, dort seien sie sicher. Warum er sie überhaupt aufgehoben hat, ist mir ein Rätsel.«

»Moment mal.« Kathie verstand immer weniger. »Du hast meine Briefe zwischen Simons Socken gefunden?«

»Ja. Ich habe deine Briefe zwischen seinen Socken gefunden. Aber wenn du geglaubt hast, ich werfe nun Simon meinen Verlobungsring vor die Füße und stürze mich von der Großhesseloher Brücke, hast du dich getäuscht. Simon und ich werden heiraten am 20. September, und wenn ich ihn mit der Pistole zum Altar treibe. Ich habe nicht umsonst sieben lange Jahre gewartet, um dann ... um dann ...« Sie begann zu schluchzen.

»Du blöde Gans. Ich habe niemals an Simon einen einzigen Brief geschrieben.«

»Lügnerin!«
»Aber ich schwöre dir...«
»Schwöre lieber nichts. Und jetzt werde ich kein Wort mehr mit dir sprechen. Ich werde hier sitzen und warten, bis Simon vom Laden heraufkommt. Dann werden wir ja sehen!« Hermine sprühte Funken vor Zorn.
»Daß du nichts mehr redest mit mir, soll wohl ein wunderbares Versprechen sein?« Kathie setzte sich ebenfalls an den Tisch, schob ihre Briefe zusammen und preßte die Lippen aufeinander.

Tobias stand, als der Himmel verrückt spielte und seine Schleusen öffnete, in Gerdas Wohnung und zog seinen alten Parka über. Gerda wollte am frühen Abend aus Zürich zurückkehren, und Tobias hatte von seinem letzten Geld rote Rosen gekauft, hatte sich gebadet und gesalbt wie einer der drei Könige des Morgenlandes und einen kräftigen Schuß von Gerdas Parfum über sein altes T-Shirt gegossen. Murmel übernachtete bei einer Freundin, ein herrlicher Abend lag vor ihm, und bald schon konnte er so viel Gerda um sich haben, daß ihm in Gedanken daran ganz schwindelig wurde vor Glück.
Das Telefon klingelte. »Hier bei Ohlson«, meldete er sich fröhlich.
»Gott sei Dank, daß ich dich noch erreiche«, sagte Gerda nervös.
»Bist du schon in München?«
»Nein. Hör mal, Tobias. Ich komme heute noch nicht. Erst morgen. Ich habe noch einiges hier zu erledigen. Und Murmel ist, soviel ich weiß, sowieso bei einer Freundin eingeladen. Ist also nicht weiter schlimm, die Verzögerung.«
Ist schon schlimm, dachte Tobias, und seine Enttäuschung war grenzenlos. Die schönen Rosen. Und er so frisch gebadet.

»Aber ich dachte, du seist im Hotel und wolltest heute mit dem Zug ... Hast du vielleicht bei deinem Mann übernachtet?« fragte er mißtrauisch.
»Ja. Ich habe hier im Haus übernachtet. Etwas dagegen?«
»Sehr viel.« Tobias hatte das Gewitter plötzlich mitten im Zimmer. »Aber natürlich, warum nicht?« rief er empört. »Man hat mir schon prophezeit, daß du wieder zu deinem reichen Pinkel zurückkehren würdest. Wer läßt schon gerne zwei Villen sausen und ein Privatflugzeug und Millionen Dosen voller Sauerkraut. Aber mit mir kannst du das nicht machen, mit mir nicht.«
»Bitte, Tobias, führ dich nicht auf wie ein Kind.«
»Wie ein Kind? Wer führt sich hier auf wie ein Kind? Du doch. Aber ich hab schon kapiert. Und du brauchst auch gar nicht zu befürchten, daß noch irgend etwas von mir da sein wird, wenn du wiederkommst.« Er warf den Hörer auf die Gabel und hatte die Augen voller Tränen. Aus Zorn natürlich. Er raste wie ein Irrer durch die Wohnung und führte Selbstgespräche. Dann ging er ins Bad, packte die Ente Jollidudel in eine Plastiktüte, stopfte seine Zahnbürste dazu und seinen Waschlappen, nahm einen Abfalleimer, stellte ihn auf den Tisch und steckte die Rosen hinein. Das Ende einer großen Liebe. Nichts als Müll, aus dem welke Blumen wuchsen. Er schloß die Wohnung ab und ging in seine Stammkneipe.
»Zwei Pils«, sagte er.
»Zwei auf einmal?«
»Zwei auf einmal!«

Kathie und Hermine warteten genau eine halbe Stunde. Dann sperrte der ahnungslose Simon die Tür auf, pfiff vergnügt vor sich hin und betrat die Küche.
»Zwei schöne Frauen, vereint am heimischen Herd«, sagte er gutgelaunt. Er hatte am Nachmittag seinen Weinhändler

empfangen und ein paar kleine Pröbchen zu sich genommen. Seine Probleme waren von Glas zu Glas geringer geworden, und er fühlte sich eins mit sich und der Welt.

»Setz dich«, sagte Kathie drohend.

»Zu Befehl.« Er setzte sich rittlings auf einen Stuhl und grinste.

»Ich habe einem sehr netten und romantischen Mann namens Eberhard, der auf die Ringelblumen-Anzeige antwortete, Briefe geschrieben. Und diese meine Briefe lagen unter deinen Socken. Wieso?«

Simon dämmerte, daß er doch nicht so eins sein konnte mit sich und der Welt. »Welche Briefe?« fragte er, um Zeit zu schinden und einen vorsichtigen Blick dahin zu wagen, wo Hermine einen kerzengeraden Schatten warf.

Kathie hielt mit spitzen Fingern einen der zartblauen Briefe hoch. »Diese Briefe!« schrie sie. »Wie kommen sie zu dir?«

»Das ist eine lange Geschichte, weißt du. Also, bitte, laß es dir der Reihe nach erklären...«

»Einen Moment«, warf Hermine dazwischen. »Ich möchte nur, daß du mir eine Frage beantwortest. Ich habe nämlich keine Lust, euer wohlinszeniertes Theater länger mit anzuhören. Also: Sind diese Briefe von Kathie oder nicht? Und sind sie an dich geschrieben worden und von dir beantwortet?«

»Ich habe nie im Leben von Simon einen Brief bekommen. Nur einmal eine Ansichtskarte vom Staffelsee...«

»Sei ruhig. Mit dir rede ich nicht! Nun?« Sie sah Simon in die Augen.

»Die Briefe sind von Kathie. Und ich habe auch auf diese Briefe geantwortet«, sagte Simon erschöpft. »Aber...«

»Danke. Das genügt.« Hermine ging aus dem Zimmer, riß ihren Mantel vom Haken und verließ die Wohnung. Ihre Schritte klapperten so aufrührerisch wie Kastagnetten auf den alten Treppenstufen.

»Ja, bin ich jetzt vollkommen unter die Idioten geraten?« rief Kathie. »Ich habe dir doch nie und nimmer einen Brief geschrieben.«
»Doch. Alle deine Briefe an Eberhard Bleibtreu gingen eigentlich an mich. Und ich habe sie beantwortet.«
Kathie starrte ihn an. »Das glaube ich nicht«, sagte sie tonlos.
»Doch.«
»Aber ich habe doch an Eberhards Adresse geschrieben. Und er hat mir geantwortet. Ich habe ihn sogar persönlich kennengelernt. Und wir haben darüber gesprochen, daß wir uns geschrieben haben und ...« Kathies Gedanken verwirrten sich immer mehr.
»Eberhard Bleibtreu ist ein Freund von mir. Er hat mir seinen Namen geliehen, praktisch. Und seine Adresse. Und sein Foto. Er hat mir die Briefe ausgehändigt, und ich habe sie beantwortet.«
Kathie schwieg sehr lange. »Warum?« fragte sie dann.
»Zu Anfang war es einfach, weil ich dir beweisen wollte, daß es Spinnerei ist, Heiratsannoncen aufzugeben. Ich wollte dir vor Augen führen, was für eine romantische Gans du bist. Und daß die meisten Männer, die schreiben, es nicht ehrlich meinen. Aber dann ...«
»Ich höre.«
»Dann lief das ganz anders mit diesem Schriftverkehr, als ich gedacht hatte. Ich habe ...« Er unterbrach sich. »Auf jeden Fall habe ich sofort aufgehört mit dem Quatsch. Ehrlich, Kathie, ich wollte wirklich nicht ...« Er legte seine Hand auf die ihre.
Sie stieß ihn zurück und begann zu lachen, schrill und zornig. »Es ist wirklich der schönste Tag heute in meinem Leben«, sagte sie. »Im Büro spiele ich plötzlich die heilige Katharina und benehme mich wie eine Geisteskranke, und zu Hause werde ich auch wie eine solche behandelt. Von einem Men-

schen, den ich für meinen Freund gehalten habe. Schöner Freund das! Hach! Wie müßt ihr über mich gelacht und euch amüsiert haben, Eberhard und du.« Simons Zimmer fiel ihr ein und jener Kuß, der ihr schier den Verstand geraubt hatte, und so viel Haß stieg in ihr auf, daß sie meinte, durch Feuer zu gehen.

Sie sprang auf, stürzte zum Telefon und wählte eine Nummer. Sie zitterte am ganzen Körper.

»Mein lieber Herr Bleibtreu«, rief sie überschwenglich. »Hätten Sie Lust, mit mir auszugehen? Mir ist sehr sonderbar, und ich habe das Gefühl, daß dies heute unser Tag ist oder, besser gesagt, unsere Nacht.« Ihr Lachen perlte wie das einer Soubrette in der Fledermaus. »Sie holen mich ab? Jetzt gleich? Wie entzückend!« Sie legte auf und sah Simon, der ihr gefolgt war wie ein begossener Pudel, herausfordernd an.

»Du wirst dich nicht treffen mit diesem Weiberhelden! Weißt du, daß er nur die ›Schwabinger Liebesmaschine‹ genannt wird? Und daß er sämtliche Frauen auf seine runde Couch wirft und Orgien mit ihnen feiert?«

»Darum seid ihr wohl so gute Freunde? Du ziehst ja auch wehrlose Frauen in dein Zimmer und küßt sie und hintergehst Hermine. Nein, nein. Heute nacht werd ich die Puppen tanzen lassen, Schätzchen. Wenn er dir seine werte Freundschaft geschenkt hat und seine Adresse und sein Bild, dann bin heute ich dran, findest du nicht?«

»Und was soll er dir schenken?«

Kathies Augen funkelten. »Was verschenkt eine Liebesmaschine denn im allgemeinen?« fragte sie böse. Dann nahm sie ihre feuerroten Spinnweben, die immer noch an der Flurgarderobe hingen, und ließ ihn stehen.

12. Kapitel

Junge, Junge, es war ein verdammt edler Schuppen, in den der gute Eberhard sie geführt hatte, und die Champagner-Cocktails, die er bestellte, verliehen ihr das Gefühl, als hätten Körper und Geist sich in äußerst gutem Einvernehmen getrennt und führten nun, jeder für sich, ein interessantes Eigenleben. Der Körper, geduldig und genügsam, hatte sich reduziert auf ein ansehnliches Stück Weib, rothaarig, blauäugig, mit schwellenden Formen und langen Beinen, während der Geist in euphorischer Seligkeit einen halben Meter daneben schwebte und gar nicht mehr begreifen konnte, weshalb er sich einst gegrämt hatte über so Nebensächlichkeiten wie einen verlorenen Job oder einen verlorenen Traum oder eine verlorene Liebe.

»Herrlich ist es hier«, seufzte sie voll Wohlbehagen und betrachtete vergnügt einen hochgewachsenen, schlanken Ober, der, einem schwarzbefrackten Zauberkünstler gleich, stets aus dem Nichts aufzutauchen schien und sie mit neuen Cocktails versorgte.

»Und Sie sind nicht mehr böse, daß ich Simons garstiges Spiel mitgespielt habe?«

»Ich? Und böse?« Kathie lächelte Eberhard zu. »Aber nein. Sie haben ja nur Freundesdienste geleistet, nicht wahr?«

Er erwiderte ihr Lächeln. In seinen Augen saß leichte Verwunderung. »Ich habe Simon von Anfang an gesagt, daß das Ganze einfach albern sei. Ein hirnverbrannter Schülerstreich. Aber er wollte ja nicht hören.«

Kathie winkte ab. Elegant, mit einer schmalen, weißen Hand. »Vergessen wir Simon. Vergessen wir ihn.« Sie schlug die

Beine übereinander, nahm sich eine Zigarette und ließ sich Feuer geben. »Ich habe sehr lange und sehr gründlich nachgedacht über die Männer«, meinte sie, während sie dem Ober abermals winkte und in winzigen zweieinhalb Sekunden einen neuen Cocktail vor sich stehen hatte.

»Und das Ergebnis Ihrer Nachdenklichkeit?«

»Man darf das männliche Geschlecht nicht so ernst nehmen. Denn sehen Sie . . . nehmen uns denn die Männer ernst?«

Eberhard Bleibtreu grinste. »Ich nehme Sie zum Beispiel sehr ernst. So ernst, daß ich sofort alles liegen und stehen ließ und zu Ihnen eilte, als Sie meiner bedurften. Ich hoffe nur, Sie bereuen es nicht.«

»Aber nein, wo denken Sie hin. Außerdem habe ich beschlossen, eine Frau von Welt zu werden. Tolerant, großzügig und mit dem nötigen Mut zum Risiko.« Sie warf den Kopf zurück, bis ihre Ohrringe klimperten, und war Lady Chatterley und Marquise de Pompadour in einem.

Eberhard schien sehr erfreut, daß sie tolerant und großzügig sein wollte. Er nahm ihre blassen Hände in die seinen und zog sie an die Lippen. Im Hintergrund sang Barbra Streisand vom Leben, das so einfach war, und von der Liebe, erhebend schön, und Kathie, schon wieder einen neuen Cocktail vor sich, war einer Meinung mit Barbra. Das Leben war ein Kinderspiel, wenn man es genau betrachtete, und die Liebe wohl auch, so man es richtig machte und nicht stümperte, und es war schon sehr verwunderlich, daß sie's nicht kapiert hatte die ganze Zeit.

»Wollen wir tanzen?«

Kathie nickte. Sie sah Eberhard tief in die Augen und bemerkte erst jetzt, was für ein angenehm schöner Mann er war. Sehr viel angenehmer und sehr viel schöner als Simon. Was war schon Simon? Ein dunkler Bartträger mit düsterem Gesicht und entsetzlich schlechten Manieren. Simon, nein danke, dachte sie und kicherte. Klang wie einer dieser Aufkleber, den die Leute an ihr Auto hefteten. Atomkraft, nein danke. Männer, nein danke. Simon, nein danke. Sie ging mit wiegenden Hüften zur Tanzfläche, sehr heiter und sehr glücklich und fühlte sich so schwindlig, als stünde sie kopf in der Achterbahn oder tanze einen Wiener Walzer linksherum.

Simon hatte keine Ahnung, daß er, zum Aufkleber degradiert, Kathie momentan nur noch amüsierte. Er hatte auch keine Champagner-Cocktails getrunken, und Körper und Geist bildeten noch eine Einheit. Eine schlechte Einheit, zugegeben, denn der Geist rebellierte und versuchte, Klarheit zu gewinnen, wo Klarheit nicht möglich war. So viel stand fest: Er, Simon, war ein Einzelgänger, ein Romantiker, der, vergeblich bemüht, das goldene Kalb der Vernunft anzubeten, strauchelte über jedes bißchen Poesie, das sich am Wegrand bot. Gib's zu, alter Freund, sagte er sich bitter. In Wirklichkeit bist du ein ignoranter Träumer, ein Hasenfuß, du lehnst an Kathie Eigenschaften ab, die du selbst in reichem Übermaß besitzt. Und dieses Wissen um sich selbst war es wohl, das ihn zu Hermine trieb. Hermine war nüchtern und sachlich und borniert wie ein kleiner Schildbürger und kümmerte sich einen Dreck darum, ob die Welt nur mehr halb in den Angeln hing, ob man hungerte in Afrika oder eine Bombe bereitlag, die Erde zu zerstören. Sie suchte nicht die blaue Blume der Romantik, sie suchte eine zweckgebundene Partnerschaft. Sie strebte nach Wohlstand und Familie, nach Haus und Garten, nach Blümchenporzellan und Spitzendeckchen. Und nach ihm, Gott sei's geklagt! Pardon! Gott sei's gedankt, natürlich. Er goß sich hastig einen Cognac ein.
Dann wählte er Eberhard Bleibtreus Nummer. Das Telefon tutete und tutete, richtig hämisch klang es, und Simon saß lange da, den Hörer in der Hand, und überlegte.

Als Hermine eine halbe Stunde später zurückkam, redete er sich ein, daß er sich freute.

»Ich muß mit dir sprechen«, sagte sie mit mühsam unterdrückter Erregung. Sie warf ihren Mantel auf einen Stuhl und blieb vor ihm stehen.

»Du kannst dir vorstellen, ich war furchtbar zornig, als ich die Briefe fand. Aber sicherlich wäre es vernünftiger gewesen, mir erklären zu lassen, was vorgefallen ist.«

»Sicherlich«, meinte er muffig.

»Warum habt ihr euch Briefe geschrieben?« Sie strich ihr Haar mit einer so müden Geste aus der Stirn, daß Simon schweißnasse Hände bekam vor schlechtem Gewissen.

»Es sollte nur ein Spaß sein. Ich weiß jetzt auch, daß es kindisch war.«

»Du neigst doch sonst nicht zu so albernen Späßen? Warum jetzt plötzlich?«

»Ich habe mich damals furchtbar geärgert über diese dumme Heiratsannonce. Und daß Kathie tatsächlich Gebrauch machte davon. Und da wollte ich ihr beweisen, wie schwachsinnig das Ganze ist. Ich habe mir Eberhard Bleibtreus Adresse ausgeliehen und seinen Namen und sein Bild. Ich habe ihr geschrieben, und sie hat geantwortet. Ohne zu wissen, daß ich es war, verstehst du?«

»Nein. Kein Wort.«

Simon verstand es im Grunde auch nicht. Und wurde sehr zornig deswegen. »Weil du eben keinen Funken Phantasie hast.«

»Phantasie nennst du das?«

»Ja. Phantasie. Ich wollte Kathie aufs Glatteis führen, phantasievoll aufs Glatteis führen, um ihr zu zeigen, daß jeder sie hereinlegen kann, wenn er nur will.«

»Und du hast das alles nur getan, um sie vor Unheil zu bewahren? Aus rein . . . brüderlichem Gefühl heraus?«

Eine gute Frage. Die beste, die er gehört hatte in letzter Zeit.
»Aber ja doch«, brummte er und räusperte sich.
»Und jetzt?«
Er zuckte die Achseln.
»Darf ich dir einen Vorschlag machen?«
Als er nicht antwortete, sagte sie schnell: »Ich gehe heute noch zurück zu meinen Eltern. Es wird klüger sein, wenn wir bis zur Hochzeit nicht so eng aufeinanderhocken. Es sind ja nur noch ein paar Wochen. Und dann ...« Sie blickte angestrengt an ihm vorbei. »Ich verspreche dir, nie mehr auf diese Sache zurückzukommen. Ist das okay?«
Nein, wollte er rufen. Es ist sehr edel, aber nicht okay. Doch er schwieg. Wie gesagt: ein Hasenfuß, wie er im Buche stand.

Tobias hatte nach seinem Streit mit Gerda die ersten zwei Pils längst hinter sich gelassen und unternahm das, was er eine Sause nannte. Die Sause hatte ihn bereits durch zahlreiche Schwabinger Kneipen geführt, und nicht nur ihn, denn er hatte Ferdinand getroffen, einen Studienkollegen, er hatte sich, ausgehungert nach männlich rauhen Späßen, auf ihn gestürzt, ihn eingeladen und nur um eines gebeten: an diesem Abend die Wörter Liebe, Glauben, Hoffnung, Frau und Gerda zu vermeiden und keinerlei Geschichten zu erzählen, die andere mit anderen hatten und die die anderen mit den anderen auch noch glücklich machten.

Aber obwohl Ferdinand krampfhaft bemüht war, seiner Bitte nachzukommen, und bereits seit fünf Stunden nur über Fußballspiele und das Wetter sprach, versank Tobias immer mehr in stumpfer Trübsinnigkeit. Ferdinand begann sich zu langweilen. Er sah verstohlen auf die Uhr und gähnte. »Ich glaube, ich muß jetzt heim.«
Tobias stierte vor sich hin. Dann sagte er: »Ich werde noch

eine letzte große Vorstellung geben. Ich werde sie am Bahnhof erwarten. Zwischen rauchenden Zügen und Kofferbergen und weinenden Menschen, die winke, winke machen mit ihrem Taschentuch.«

»Die Züge rauchen heut nicht mehr«, antwortete Ferdinand grantig.

»Symbolisch. Es ist symbolisch gemeint, verstehst du? Abschied und Bahnhof, das gehört einfach zusammen.«

»Spendierst du mir noch ein Paar Würstchen mit Kraut?«

»Mit Kraut?« Tobias lachte hohl und verzweifelt. »Damit machst du Harald, den Reichen, noch reicher, du Trottel. Kannst du nicht etwas anderes essen? Brot und Butter und Haferflocken?«

»Jetzt?«

»Ach, laß mich in Frieden, du Spießer. Denkst ständig nur ans Essen.« Tobias kämpfte mit einem Schluckauf. Er schob einen Geldschein unter sein Glas und tippte verächtlich grüßend an einen Hutrand, den er nicht besaß. Und ging. Mit sehr viel Schlagseite, eingehüllt in eine Wolke ›L'Air du temps‹. Wenn man bedachte! Mit so vielen Hoffnungen hatte er Gerdas Parfum über sein Hemd gegossen. Und wozu? Um Ferdinand zu verführen?

Als Kathie aus einem der marmorverkleideten Waschräume zurückkehrte, traf sie auf den Grafen. Er stand am Rande der Tanzfläche, neben sich eine Frau mittleren Alters mit einem langen, großflächigen Gesicht, das etwas von einem verdrießlichen Dromedar an sich hatte. Ihre Hände waren schwer beringt.

»Marius von Möller! Was für eine Überraschung!« Kathie freute sich aufrichtig.

»Hallo!« Er lächelte. Er wirkte angestrengt und müde.

»Ich setze mich an die Bar, Darling«, sagte das Dromedar,

Kathie arrogant übersehend, und stieg ein paar gläserne Treppen empor zu einer Theke, die so lang und breit war wie der Mississippi. Kathie atmete tief durch. »Ist sie das?« flüsterte sie. »Die Reiche, die du gesucht hast?«
Er vergrub beide Hände in seinen Sakkotaschen. »Liliane hat viel übrig für einen Adelstitel, selbst wenn er sehr bürgerlichen Ursprungs ist. Und natürlich für das Chiemseer Gut. Sie will es sanieren und ausbauen. Und du? Immer noch auf der Jagd nach deinem eifersüchtigen Untermieter?«
»Simon und eifersüchtig? O nein. Er ist nicht eifersüchtig. Er ist der kälteste Klotz, den ich kenne, und ich kenne eine Menge.« Sie lachte auf. »Ist aber nicht weiter schlimm. Gibt schließlich viele Lieben auf der Welt, nicht wahr?«
»Für dich, glaube ich, nicht. Oder ich müßte mich sehr getäuscht haben.«
»Das hast du sicherlich. Ich bin eine Frau von Welt, wußtest du das nicht?«
»Nein. Das ist mir neu. Ich fand dich immer herzerfrischend normal und fröhlich und ...« Er wurde unruhig. Als er ihren forschenden Blick bemerkte, sagte er bitter: »Ich muß weiter. Liliane wartet nicht gern. Und ich möchte nicht, daß sie pfeift und ich vor deinen Augen Männchen mache.«
»O Marius«, rief Kathie leidenschaftlich. »Tu's nicht! Du brauchst doch eigentlich gar nicht so schrecklich reich zu werden. Mußt du denn unbedingt reich werden?«
Um seinen Mund geisterte ein kleines Lächeln. »Darf ich dich einmal anrufen in nächster Zeit? Ich habe große Lust, wieder einen Salat mit dir zu essen und durch den Englischen Garten zu wandern.«
»Und deine Millionärin?«
»Sie wird's nicht erfahren.«
Als sie schwieg, beugte er sich rasch vor und küßte sie auf die Wange. »Mach's gut, Kathie Ringelblümchen. Wahrscheinlich bin ich der größte Trottel auf der Welt.«

»Ja, das bist du«, antwortete sie zornig und wandte sich um. Männer!
Sie kehrte an ihren Tisch zurück und zündete sich eine Zigarette an.
»Nehmen wir den nächsten Drink bei mir?« fragte Eberhard mit leerem Gesicht.
Kathie überlegte. Ein neuer Drink war gut. War sehr gut. Und das Angebot interessant. Denn offensichtlich trat man jetzt ein in Phase zwei des Geschehens, und es war an der Zeit, daß sie das Spiel lernte und begriff. »Aber gern«, meinte sie und sah, wie das Dromedar hautnah mit Marius tanzte. Seid umschlungen, Millionen! Sie drückte ihre Zigarette aus und erhob sich.

Und dieses Mal gab es keine Alarmglocke in ihrem Inneren, als sie, in Eberhards Wohnung angekommen, wieder in dem weichen Muschelstuhl versank, der eigentlich ein ganzes Fußballfeld war. Sie streifte ihre Sandaletten ab und trank Champagner und fühlte sich wie ein Schmetterling, der seinen Kokon verlassen hatte und trunken vor Freude der Sonne entgegentorkelte. Wann hatte sie sich zum letztenmal so losgelöst, so frei, so leicht gefühlt? Damals in Madrid? Mit Schiwago? Der gute Schiwago. Sie lächelte schadenfroh. Saß jetzt daheim mit einem weiblichen Säugling im Arm und guckte verbittert die Spätnachrichten.

Eberhard betrat, gehüllt in einen seidenen Morgenmantel, das Zimmer.
Heiliger Bimbam. Kathie vergaß Schiwago auf der Stelle, so beeindruckt war sie. Diese direkte Art von Leben und Lieben kannte sie bis jetzt nur von der Leinwand. Dieses Willst-du-vorher-noch-duschen und Da-müssen-irgendwo-seidene-Nachthemden-liegen-bedien-dich. Und da sie begierig darauf

war, zu lernen, was es noch zu lernen gab, setzte sie ein verführerisches Lächeln auf und sagte geziert: »Was für ein wunderschöner Morgenmantel, liebster Eberhard. Und so bequem.«

Er lachte leise und setzte sich zu ihr. Kathie hielt den Atem an. All die Cocktails begannen zu wirken, das Zimmer drehte sich im Kreise, ihre Gedanken waren kleine Knäuel, die sich mehr und mehr verhedderten.

»Sie sind eine reizende Frau, Kathie. Ich glaube, wir werden sehr gut miteinander auskommen.« Eberhard strich ihr leicht übers Haar. Und wieder waren seine Hände so sanft und sein Blick so herrlich grün umschattet, er flüsterte tausend Zärtlichkeiten, und ihr elendes Spinnwebenkleid rutschte von den Schultern, es war sehr peinlich, fast bis zur Taille nackt herumzusitzen. Und sie dachte an Simon und daran, wie er wohl gelacht haben mochte über sie und ihre albernen Briefe und ihre dummen Prahlereien. Aber auch dieser Gedanke verschwand. Sie machte ihren Kopf ganz leer und verspürte, wie hinter Schleiern, den Wunsch, einzutauchen in ein Meer aus Lust und Wonne, und sie seufzte und sagte: »Ich glaube, ich sollte lieber machen, daß ich nach Hause komme.« Aber sie rückte dennoch keinen Zentimeter zur Seite. Wozu auch? Sie wußte ohnehin, daß sie bleiben würde. Und er wußte es auch.

Als Simon erwachte, kroch fahles Licht ins Zimmer. Er schreckte auf. Er saß in seinem alten Lehnstuhl, neben sich eine leere Rotweinflasche. Ihm war kalt. Er hatte einen faden Geschmack im Mund, und die Erinnerung an den vergangenen Abend lag ihm wie unverdautes Essen im Magen.

Er stand auf, streckte sich und gähnte. Dann tastete er sich auf den Flur und blieb vor Kathies Tür stehen. Er lauschte. Die Wohnung wirkte wie ausgestorben, nur Kater Moritz strich um seine Beine und miaute. Simon öffnete die Tür zu Kathies Zimmer einen winzigen Spalt.

Das Zimmer war leer. Ein so greller Blitz des Zorns durchfuhr ihn, daß er meinte, explodieren zu müssen. Was hatte sie ihm doch gestern abend ins Gesicht geschleudert? »Heute nacht werde ich die Puppen tanzen lassen!« Und sie hatte es getan. Bei Gott, dieses verdammte Frauenzimmer war nicht nach Hause gekommen! Er lief durch die Wohnung und suchte seinen alten Janker.

»Ich habe ihn gewarnt, diesen Bastard«, schrie er, »ich habe ihn gewarnt.«

Er stürmte zu seiner Garage, warf sich in sein Auto und fuhr geradewegs zu Eberhards Wohnung. Er hatte Glück. Ein ausgeruhter Bürger, die Morgenzeitung und eine Tüte Semmeln unterm Arm, ließ ihn ein.

Simon keuchte, immer zwei Stufen auf einmal nehmend, zu Eberhard Bleibtreus Wohnungstür und klingelte Sturm. Als nichts sich regte, ließ er seinen breiten Daumen auf der Klingel liegen und beschloß, nicht eher zu wanken und zu weichen, als bis ihm aufgetan und Einblick gewährt worden war.

Eberhard öffnete. Wutentbrannt. »Spinnst du?« schrie er.

Simon schob ihn beiseite. Er gewöhnte seine gereizten Augen an das dämmerige Licht. Und sah sie liegen. Auf einem überdimensional großen läppischen Stuhl, der die Form einer Muschel hatte und so penetrant lila war wie das Sofa im Empfangsraum eines liederlichen Clubs. Sie trug sehr viel Haut, ihr karottenrotes Haar war ein einziges reizendes Gewuschel, sie war nur in ein weißes Laken gehüllt, während ihr Kleid neben ein paar anderen Nebensächlichkeiten am Boden lag. In Simons Gesicht stand schiere Mordlust. Er wandte sich langsam um.

»Ich habe dich gewarnt«, sagte er so eiskalt, daß Eberhard unwillkürlich zurückwich. Aber es war zu spät. Simon drosch ihm seine linke Faust in den Magen und die rechte unters

Kinn. Es knirschte, und Eberhard riß beide Arme hoch und ging zu Boden.
»Was ist los?« Kathie fuhr erschrocken auf.
Simon nahm ihr Kleid, warf es ihr zu und sagte: »Zieh dich an. Du kommst sofort nach Hause.«
Kathie blickte verwundert auf den stumm und bleich daliegenden Eberhard.
»Du hast ihn umgebracht«, sagte sie ehrfürchtig.
»Der ist zäh. Solche Situationen hat er schon öfters durchlebt. Zieh dich an jetzt.«
»Scher dich zum Teufel, Simon Burger«, antwortete Kathie, ohne ihren Blick von Eberhard zu wenden, der sich leicht bewegte und dessen Kehle ein paar schmatzende Geräusche von sich gab.
»Ach! Du willst wohl hierbleiben und die Überreste deines Liebhabers zärtlich pflegen?«
»Genau. Das will ich. Nach dieser hinreißenden Nacht hat er wahrlich eine bessere Behandlung verdient.«
»Daß du dich nicht schämst!«
Kathie kletterte aus ihrer Muschel. »Das ist meine Sache!« schrie sie. »Ich brauche keinen gottverdammten Aufpasser.«
»Anscheinend doch.« Auch er schrie.
»Was willst du eigentlich?« fragte sie mit angewidertem Gesicht. »Seit gestern abend ist doch weiß Gott alles ausgestanden.«
»Was ist ausgestanden?«
»Du Feigling! Du weißt genau, was ich meine. Du hast es die ganze Zeit hindurch gewußt. Ja, ich habe dich einmal sehr gern gehabt. Nein, jetzt nicht mehr. Ich hasse nämlich Feiglinge, die sich nicht entscheiden können. Ich hasse sie, hörst du?«
Sie wickelte sich bis zum Kopf in ihr weißes Bettlaken und ging in die Küche, um Eis zu holen.

Als sie zurückkam, war er fort.

Zwei Stunden später schlich sie zu Ulla. Sie fühlte sich wie zerkaute Lakritze und hatte das heulende Elend.
»O Ulla«, schluchzte sie. »Wenn du wüßtest, was ich alles hinter mir habe. Man hat mich durch den Fleischwolf gedreht, ich schwör's dir. Aber ich bin keine stolze Boulette geworden, sondern mickriges Haschee.«
»Na komm. Trink erst ein wenig Kaffee. Was haben dir die bösen Menschen denn angetan?«
»Keine Menschen! Männer! Ich glaube, ich gehe nicht nach Madrid, sondern in die Einöde. Ich kann keinen einzigen Mann mehr in meinem Leben ertragen.«
»Warum denn das?« Ulla lachte.
»Erstens: Schiwago hat mich geschaßt, weil ich mich verwandelt habe in Katharina, die Edle, die auszog, der Welt wieder Gerechtigkeit zu schenken. Doch keiner wollte sie haben, die Gerechtigkeit.« Kathie verbrühte sich fast den Mund an Ullas heißem Kaffee. »Und dann der Graf, der schöne Marius. Er zieht herum mit einem dürren reichen Dromedar und verschachert sich als gottverdammter Gigolo. Und Eberhard Bleibtreu hat mich vollgepumpt mit Champagner-Cocktails und dann seine zarten Chirurgenhände an mich gelegt, bis ich bloß noch Nerven und Fasern war. Ist doch unfair, so was. Und Simon ...« Sie ballte die Fäuste.
»Was ist mit Simon?«
»Er hatte meine Briefe unter seinen Wintersocken.«
»Welche Briefe?«
»Die Briefe an den Perversling. Aber er war ja gar nicht pervers, verstehst du, Simon war pervers. Heiliger Strohsack. Und weil Schiwago so herzlos war und Simon so pervers und Hermine so wütend, habe ich drei Kopfschmerztabletten geschluckt und all den Champagner und habe mich verführen

lassen in einem lila Muschelstuhl. Kannst du dir das vorstellen?« Sie stöhnte. »Ich bin fünfunddreißig Jahre alt und lasse mich verführen in einem lilafarbenen Muschelstuhl. Und werde in neun Monaten sicherlich lilafarbene Drillinge bekommen. Ach, du liebes bißchen!« Sie wurde weiß wie die Wand bei diesem jähen Gedanken.
Ulla legte ihr besorgt eine Hand auf die Stirn. »Hast du Fieber? Du redest so irre!«
»Ich bin so klar wie nie zuvor. Und wenn du geglaubt hast, das wäre nun genug des Dramas, hast du dich geirrt. Denn vor zwei Stunden stürmte Simon in Eberhards Wohnung und schlug ihm zwei seiner kostbaren Jacketkronen kaputt und sein markantes Kinn.«
»Aber das ist ja wunderbar, Schätzchen.«
»Wunderbar? Was ist daran wunderbar?«
»Simon ist also eifersüchtig. Und wenn er eifersüchtig ist, ist er verliebt. Und wenn er verliebt ist, wird es nicht mehr lange dauern...«
»Eifersüchtig? Dieser Klotz? Der ist nicht eifersüchtig.«
»Warum denn sonst sollte er sich aufführen wie ein Berserker?«
»Weil er den totalen Aufpasserwahn hat. Wahrscheinlich war er in einem früheren Leben mal Gefängniswärter. Oder Eunuch. Genau, das ist es! Er hatte einen dicken Schlüsselbund um den Bauch und hat arme Suleikas bewacht. Oh, wie ich ihn hasse!«
»Ja, meine Liebe«, sagte Ulla mit todernstem Gesicht. »Ist entsetzlich, wenn man einen Mann so haßt. Ich schlage vor, du fährst jetzt nach Hause und legst dich ins Bett. Schlaf ist immer gut gegen Haß. Glaub mir.«
Kathie musterte sie mißtrauisch. »Du nimmst mich wohl nicht ernst?«
»Aber Kathie. Natürlich nehme ich dich ernst. Ich nehme die

Liebe immer ernst.« Sie legte Kathie die Stola um die Schultern und rief nach einem Taxi.

Als Gerda mit dem Frühzug auf dem Münchner Hauptbahnhof ankam, stand Tobias, blaß und frierend, auf dem Bahnsteig. Rotblonde Bartstoppeln, hohläugig, ein Bild des Jammers. In der einen Hand trug er einen verstaubten Bund Astern, geklaut aus den Betonkübeln vor dem Bahnhof, und in der anderen Jollidudel, die Gummiente.

»Ich hab die Nacht im Park verbracht«, sagte er und küßte Gerda irgendwo zwischen Mund und Nase, »und bin seit sieben schon im Bahnhof. Ich habe ein paar unanständige Anträge bekommen, einer alten Frau die Koffer getragen und einer Öko-Tante in Jesuslatschen beim Stillen ihres Babys geholfen. Ich bin ein richtig guter Mensch geworden durch dich.«

Gerda seufzte. »Ich dachte, du bist so entsetzlich böse mit mir?«

»Bin ich auch. Böse und unglücklich. Warum hast du in der reichen Pinkelvilla übernachtet?«

»Wir haben zwei Tage lang die Scheidung besprochen. Er hat's geschluckt jetzt. Er sieht ein, daß ich nicht mehr zurückkomme. Nur über dich waren wir nicht einer Meinung.«

»Nein? Was sagt er denn über mich, der gute Herr Ohlson?«

»Er meint, daß wir nicht zueinander passen. Und daß ich dich falsch einschätze.«

»Und du?«

»Ich meine auch, daß wir nicht zueinander passen. Und daß ich dich richtig einschätze.«

»Wie nett. Und seid ihr zu einem Ergebnis gekommen?«

»Wir haben gewettet.«

»Ach. Und wie lautet die Wette?«

Gerda stellte ihren Koffer ab und öffnete ihre Handtasche. Sie nahm ein Stück Papier und reichte es Tobias.

»Ein Scheck? Was soll ich damit?«
»Lies die Summe.«
»Dreißigtausend Mark? Was soll das werden? Eine Starthilfe für uns beide?«
»Eine Starthilfe für dich. Wenn du mich verläßt.«
»Wenn ich dich verlasse, kriege ich vom reichen Harald dreißigtausend Piepen?«
»Genau.«
»Und wenn ich dich nicht verlasse?«
»Das war ja unsere Wette. Er meint, du würdest sofort.«
»Ich bringe ihn um«, heulte Tobias auf. »Wie kann er dich so beleidigen? Und mich? Er ist, er ist...« Er brach hilflos ab.
Gerda lachte.
»Was riecht hier eigentlich so komisch?« fragte sie dann.
»Mein Pulli. Ich hab mir gestern dein ganzes Parfum drübergegossen, damit ich dufte, wenn du kommst. Tja...« Er starrte auf Jollidudel und ließ sie ein bißchen quietschen.
Schweigen breitete sich aus. Ein alter Mann wühlte in einem Abfallkorb, eine Schar Spatzen flog durch das glasverschalte Bahnhofsgewölbe.
»Und wann heiraten wir?«
»Ach, Tobias. Ich hab dich furchtbar lieb. Aber ich glaube wirklich, es geht nicht gut mit uns beiden.«
Er sagte leise: »Ich will aber, daß wir heiraten.«
»Ich bin noch verheiratet.«
»Ich will, daß wir heiraten.«
»Vielleicht. Vielleicht, wenn du ein bißchen erwachsener geworden bist und ich ein bißchen kindischer...« Sie hakte sich bei ihm ein. Dann blieb sie wieder stehen. Sie fühlte sich so grundlos und so herrlich glücklich. Sie nahm Tobias Jollidudel aus der Hand und quietschte einem Kontrolleur hinterher.
»Ganz schön kindisch«, grantelte der.
»Ja? Finden Sie? Wie wunderbar!« entgegnete sie strahlend.

Der 20. September zog herauf. Tiefblau und wolkenlos. Die Vorhänge in Kathies Zimmer bewegten sich sacht, ein paar Tauben gurrten, in der Ferne rauschte morgendlicher Verkehr.
Kathie saß auf ihrem Bett und dachte nach. Wenn man es genau betrachtete, hatte sie seit jenem denkwürdigen Tag, da das Schicksal mit ihr Pingpong gespielt und ihr gezeigt hatte, wie schnell das Blatt sich wenden konnte, einen Idealzustand erreicht. Sie war frei. Frei von Schiwago, frei von Marius, frei von Simon, frei von Eberhard, frei sogar von Señor Modet. Denn dieser hatte ihr nach einem kurzen Telefonat mit Ralph Hartmann in einem kühlen Briefchen mitgeteilt, daß er sich außerstande sähe, ihre charmanten Dienste in Anspruch zu nehmen. Die leidigen Geschäftsbeziehungen, nicht wahr?
Sie kletterte aus dem Bett und nahm eine eiskalte Dusche. Und nun, Kathie, Schätzchen, sagte sie sich, lassen wir es uns gut ergehen an Simons Hochzeitsmorgen. Denn wenn er auch kein Wort mehr mit ihr sprach und auch keine Rede mehr davon war, daß sie, gerührt und feierlichen Gesichts, Hermines Trauzeugin spielen sollte, so wollte sie trotzdem dieses Tages gedenken und ihn als gelungenen Auftakt nehmen zu ihrem funkelnagelneuen Leben, das Freiheit hieß.
Sie brutzelte und kochte und goß Kaffee auf. Dann griff sie nach der Zeitung. Mord und Totschlag und Raubüberfälle. Ein Rathaus, das rebellierte. Ein Starlet, das randalierte. Und arme Irre, die Heiratsannoncen aufgaben und nicht wußten, was sie sich damit antaten.
Plötzlich saß sie so kerzengerade wie Kater Moritz, wenn eine unschuldige Amsel vorbeiflog und ein Liedchen trällerte, das ihr letztes sein sollte. Ihr Herz begann zu stolpern, ihre Wangen wurden glutrot.
Eine riesige Anzeige zierte eine der Seiten, eine Anzeige, die ein halbes Vermögen gekostet haben mußte und dennoch sehr

wortkarg war. LÖWENZAHN LIEBT RINGELBLUME! Er liebte in Fettdruck, der gute Löwenzahn, und dick umrandet und so circa fünfzehn auf fünfzehn Zentimeter, und es war wirklich nett, daß alle Münchner Bürger es erfuhren, bevor sie es wußte, und wenn diese Liebeserklärung nicht die teuerste war, die sie jemals bekommen hatte, wollte auch sie Ananaspflanzerin auf Grönland werden wie ihr bayerischer Landesvater.

Sie ging wie im Traum über den Flur und betrat Simons Zimmer. Er saß in seinem alten Lehnstuhl und grinste ihr entgegen.

»Ist die Anzeige von dir?« fragte sie unumwunden.

»Welche Anzeige?«

»Diese Anzeige!« Kathie hielt ihm die Zeitung unter die Nase.

»LÖWENZAHN LIEBT RINGELBLUME«, las er vor. »Muß ein furchtbar kitschiger Romantiker sein, der Heini, der das aufgegeben hat.«

»Was ist mit deiner Hochzeit?« Kathie sah sich um. Keine Spur von einem dunklen Anzug oder einem weißen Hemd oder glänzenden Schuhen.

»Hochzeit? Welche Hochzeit?«

»Simon Burger. Heute ist der 20. September. Und am 20. September wolltest du heiraten.«

»Stimmt. Ich will heiraten. Aber nicht am 20. September.«

»Ist Hermine krank geworden?«

Er fragte statt dessen: »Was ist mit Eberhard?«

»Der braucht zwei neue Zähne. Und will nichts mehr mit mir zu tun haben.«

»Ich werde ihm nochmals zwei Zähne ausschlagen, wenn er es wagt, sich in deine Nähe zu begeben.«

Kathie kicherte. »Du hast aber gar keinen Grund dazu. Es hat sich nichts getan mit Eberhard an jenem schönen Abend.«

»Ach? Was habt ihr denn getrieben? Domino gespielt?«
»Es war der Champagner. Eberhard hat's mir erzählt. Während der heißesten Liebeserklärung bin ich eingeschlafen. Einfach so. Und jetzt braucht er einen Psychiater. Weil noch keine seiner Damen eingeschlafen ist, während er balzte. Ich glaube, ich bin eine ziemliche Niete als Vamp.«
»Mir scheint, alle Männer, die mit dir zu tun haben, brauchen über kurz oder lang einen Psychiater.«
Sie sahen sich an, und die Zeit stand still. Plötzlich begann Kathie zu lachen. »Erinnerst du dich? Ich habe dir ja gesagt, ich heirate meinen geheimnisvollen Briefeschreiber eher als du deine Hermine.«
»Wie könnte ich es vergessen! Ich bin vor Schreck fast gestorben!«
»Wieso?«
»Weil ich damals noch nicht so todesmutig war wie heute«, sagte er rauh.
Und dann stand er auf und legte seine Hand so fest in ihren Nacken, als sei sie eine störrische Katze oder ein junger Hund, und zog sie an sich. Und das Zimmer stand unter Strom, sie mußte es schleunigst dem Hausmeister melden, und ein Erdbeben überkam die Stadt, denn als er sie küßte, fielen ihr die Wände entgegen, und der Boden schwankte, und ihre Knie zitterten so sehr, daß es fast schon bedenklich war. Heiliger Strohsack, dachte sie verwundert. Wozu also das ganze Theater? Wozu auf fremden Wiesen die Suche nach einem kräftigen Löwenzahn? Hatte sie's denn nicht schon in der Schule gelernt? Der Löwenzahn war eine Pusteblume. Und Pusteblumen standen überall. Sogar in der eigenen Wohnung.

Cordes, Alexandra
Nach all diesen Jahren
Nach zwanzig Jahren Ehe entschließt sich Georg Camberg einen Auftrag in Amerika anzunehmen… Nach all diesen Jahren läßt er seine Frau mit scheinbarer Selbstverständlichkeit alleine zurück. Für Gisela Cramberg bricht eine Welt zusammen. 240 S. [1495]

Die Buschärztin
Helga Kreuzer übernimmt im Zululand die Praxis ihres verstorbenen Vaters. Aus Liebe und Fürsorge zu Land und Leuten beschließt sie, Buschärztin zu werden. 192 S. [1149]

Liebe kennt keine Jahre
Ein Roman über zwei Frauen, die zwei Jahrhunderte trennen und die doch schicksalhaft miteinander verbunden sind. 255 S. [829]

Das Lied von Liebe und Tod
Ein junges Paar reist nach Portugal, um dort seine Flitterwochen zu verbringen. Unversehens geraten sie in eine blutige Familienfehde, in der es um Leben und Tod geht. 208 S. [1293]

Wilde Freunde
Die Abenteuer des Rick Hardt. Ein Roman voller Leben, voller Unmittelbarkeit. 192 S. [1160]

Haus der Träume
Um ein altes Patrizierhaus kämpfen zwei, seit Generationen verfeindete Familien. Eine Liebesgeschichte zwischen den Kindern macht diesem Streit schließlich ein Ende. 192 S. [1152]

Gast, Lise
Es ist eine alte Geschichte, doch bleibt sie immer neu
Die Geschichte eines jungen Mädchens, das nach einer zerbrochenen Liebe einen ungeliebten Arbeitsplatz aufgibt, um an der Seite eines älteren Mannes zu leben. 208 S. [1438]

Heim, Peter
Frauenklinik Lenzhalde
Die Frauenklinik ist seine Welt und sein Leben. Frauenarzt Dr. Reinhard wird von seinen Patientinnen geliebt und verehrt. Ihre Ängste und Nöte, ihre Sorgen und Freuden sind auch die seinen. 224 S. [1500]

Hersch, Jeanne
Begegnung
In ihrem einzigen Roman erzählt die Genfer Philosophin in der Rückschau die erste Liebe einer jungen Frau, die ein Kind erwartet. Sie empfindet nochmals die Gefühle, die sie als junges Mädchen einem älteren Mann entgegengebracht hat. 128 S. [1312]

Hill, Rebecca
Die Blauen Hügel
Was ist eine Ehe heute noch wert? Diese Frage muß sich die Psychologin Jeannine stellen, die nach zehn Jahren ehelicher Gemeinschaft in den Schoß ihrer Familie im Süden der USA geflohen ist. 320 S. [1514]

Donner, Florinda
Shabono
Eine Frau in der magischen Welt der Iticoteri. Die Anthropologin Florinda Donner folgt einer sterbenden Indianerin tagelang durch den Dschungel – bis zu ihrem Dorf Shabono. Dies ist der eindrucksvolle Bericht über ihre Erlebnisse. 320 S. [1279]

Clarke, Brenda
Der ferne Morgen
Sie ist schön, sie ist reich. Und ohne es zu wollen, wird sie vielen Männern zum Verhängnis. Um so größer ist die Überraschung, als der alles andere als standesgemäße Tom ihr Ehemann wird… 448 S. [1414]

Zeit der Ginsterblüte
England zur Zeit der Jahrhundertwende. Ein undurchsichtiges Gewirr aus Feindseligkeit, Argwohn und Haß trennt die verschwägerten Familien Read und Hunnicutt, in das die blutjunge Emily gerät… 400 S. [1415]

Romane